Dear ....,

with love,
....

책의 조각이 합쳐져
책장이 되듯

삶의 조각이 합쳐져
사람이 되듯

당신과 나의 조각이 합쳐져
우리가 되듯

목차 ⅢⅢ

| 책장을 열며 | 8 |

- 투명 — 10
- 분리수거 — 36
- 자기소개 — 56
- 표류 — 64
- 미용 — 88
- 토 — 96
- MAY, DAY! — 124
- 황혼기념일 — 142
- 즐거운 토요일 — 174
- 우리 책장을 합치죠 — 186

| 책장을 닫으며 | 298 |

책장을 열며

나는 어느 글도
나의 온 세포로 느끼며
겪지 않은 것은 쓰지 않았다.

이 모든 생의 쏨이
과거든 현재든 미래든
설령 마음속, 그리고 꿈속일지라도.

투명

어느 샌가부터 나와 그녀는 매 점심시간
그리고 방과 후 여유 시간이 생길 때마다
〈중간〉에서 만나고 있었다.

1

"여기서 무얼 하고 있니?"

나는 나만의 장소에서 책을 읽고 있었다. 검은색 모스콧 안경 너머로 펼쳐진 책을 둘러싸고 있는 배경. 이곳은 학교에서 가장 밝으면서도 제일 어두운 곳이었다. 옥상 구석의 조그만 창고 옆, 낡은 의자들이 뒤엉켜 범람하고 있는 곳. 마치 이 학교의 모든 혼돈을 모아 마구 야적(野積)한 것 같았다.

이곳은 나를 제외한 그 누구도 관심을 두지 않았다. 그 누구도 옥상에 올라갈 일은 좀처럼 없었기 때문이다. 그 좀처럼 없을 일은 운명적 고리에 걸려버린 듯, 새 학기 첫날에 일어났다. 청소 당번에 걸려 불필요한 의자를 정리하게 된 것이다.

나는 우연히 발견한 이곳에 이상한 매력을 느꼈다. 남몰래 이곳을 천천히 정리하고 다듬었다. 꼬여서 쌓여있는 의자들을 풀어 한쪽으로 차곡차곡 밀어두었다. 며칠에 걸쳐 그 의자를 쌓아 마치 이글루의 입구처럼 보이는 그럴듯한 모양을 만들어 냈고, 그렇게 그곳은 나만의 아지트가 되었다.

이곳은 차분하면서도 중간의 색을 가진 이상한 장소였다. 물론 빛의 변화에 빠르게 적응하지 못하는 내 눈의 문제일 수도 있겠지만 ―아마 그걸 교과서에서는 야맹증 혹은 주맹증이라고 불렀던 것 같은데― 이 장소가 중간의 색을 지니고 있다는 것은 온몸의 감각으로 알아차렸다. 반경 일 킬로미터 안에서 제일 높아 햇빛이 가장 밝게 비추는 동시에 옥상 안에서 가장 어두운 그늘과 맞닿아 있었다. 나는 가장 밝고 가장 어두운 그 두 지점으로 인해 이 장소가 가진 특유의 색을 분명하게 느낄 수 있었다.

이곳의 특징을 조금 더 자세히 설명해 보자면, 옥상 한구석 조그만 창고의 그늘이 만들어 낸 선과 옥상을 채운 밝은 햇빛의 경계선이 맞닿아 교차하는 지점. 바로 그 중간 지대로, 해가 떠 있을 때면 창고 그늘 때문에 가장 어둡지만, 해가 질 즈음이면 창고의 흰 벽과 투명한 유리창, 쌓인 의자와 잡화들이 주는 아늑한 느낌이 반사되어 어두워졌음에도 정반대의 밝은색을 띠는 곳처럼 보인다고 해야 하나? 아마 밝은 햇빛과 어두운 그늘을 번갈아 바라보다 보니 내 시력과 신경이 착각한 것은 아닐까, 생각도 해 봤지만, 이러나저러나 중요한 것은 내 감각이 이 장소의 특징에 편안한 매력을 느낀다는 사실이었다.

나는 장소든, 사물이든, 생명이든, 무언가 나만의 이름을 붙여 주는 것을 좋아했다. 게다가 먼저 이름을 붙여주기 전에 자연스럽게 자신을 드러내고 있는 귀한 것을 발견할 때면 희열을 느끼곤 했다. 이 장소를 발견한 것은 행운이었다. 낯을 가릴 것 같으면서도 은근히 자신을 드러내는 멋을 아는 장소였다. 나는 이 장소를 무엇이라 부를지 꽤 오래 고민했는데 −인생의 첫 아지트 이름을 짓는 것은 나름 심각한 문제였다− 센스를 떠나 아무리 생각해도 '중간'이라는 말밖에 떠오르지 않았다.

나는 시간에 따라 변화무쌍한 이곳의 배경과 중간이라는 특징이 만들어 낸 아늑함이 참 좋아 홀로 이곳에서 자주 책을 읽곤 했다. 그 시간만은 나에게 있어 마음이 흔들리지 않는 고즈넉한 편안의 시간이었다. 이러한 나만의 성역에 지금 누군가가 침범한 것이었다.

"누…누구야? 너?"

나는 비밀 금고에 침입한 도둑이 들키기라도 한 듯, 본능적으로 재빨리 책으로 얼굴을 가리며 물어보았다. 하긴 그도 그럴 것이 가끔 이 근처를 배회하는 걸음이 느린 경비 아저씨를 제외하고 누군가 올 것이라고는 한 번도 예상하지 못했기 때문이었다.

"누구긴 누구야. 너랑 같은 신입생이지! 봐봐, 우린 명찰 색이 똑같잖아."

그녀는 의아한 표정으로 조그만 입술을 오므리며 가늘고 긴 하얀 손가락으로 자신의 명찰을 까딱거리며 가리켰다. 진한 노란색이었다. 마치 봄날의 개나리를 한 잎 한 잎 따서 만든 것 같은 명찰이 그녀와 나, 우리의 교복 왼쪽 가슴에 짙게 매달려 있었다. (아마 이 기억이 아니었다면 나는 졸업할 때까지 명찰 색 따위 신경 쓰지도 않았을 거다)

"위대한 개츠비? 너 위대해지고 싶구나?"

그녀는 왼쪽 눈을 책에 응시한 채 나머지 눈으로는 책과 달라붙어 당황한 내 눈을 빤히 쳐다보며 물었다. 하지만 나는 아무 대답도 할 수 없었다. 그녀의 눈빛은 투명했지만, 어두운 그늘 속에서 이상하리만큼 반짝거려 내 눈이 마치 주맹증을 확진 받은 듯 쓰라렸으니까.

사실 나는 『위대한 개츠비 The Great Gatsby』라는 소설을 그리 좋아하지 않았다. 몇 번을 읽어봐도 대체 그깟 여자 한 명 때문에 한 남자가 온 생애를 바친다는 사실을 아무리 읽고 또 읽어도 이해할 수 없었다. 한참 이성에 관심 있을 열일곱 살 소년임에도 불

투명 *13*

구하고, 나는 분명 또래 애들보다 여자아이들에게 별 관심이 없었으니까. 매 쉬는 시간마다 교실 뒤편에 모인 친구들이 몇 반의 어떤 여자아이가 예쁘다는 둥, 여자 아이돌의 누가 어떻다는 둥 시끄럽게 떠들어 대도 모두 내 귓바퀴를 스쳐 지나가는 잡음이었다. 오히려 나는 책 속, 특히 고전문학의 이야기를 읊으며 머릿속에 들인 후, 스스로 떠올린 세상과 인물을 상상하는 것이 더 즐거웠다. 그러하기에 말 그대로 위대한 소설이라 떠들어대는 이 소설을, 지루한데도 불구하고 이상한 지적 허영과 —언젠가 나는 지식인이 될 거라는 건방진 허세와 함께— 의무감이 뒤섞여 억지로 여러 번 읽고 또 읽은 것이었다. 그 지루하고 힘겨운 고독의 시간에 갑자기 튀어나온 한 여자아이가 나만의 장소에 갑작스레 침범했다는 사실 하나만으로 나는 순간 매우 마뜩잖았다. 게다가 그녀는 가녀리지만, 또래보다 큰 키의 실루엣으로 내가 책을 읽는 데 필요한 빛을 가로막고 있었다. 그 덕에 그늘져 얼굴도 잘 보이지 않는 그 아이가 앉아있는 나를 내려다보는 것 같아서 괜스레 더욱 기분이 상했다.

"봐봐. 나도 좀 볼래!"

그녀가 입을 여는 순간 태양이 눈을 뜨고 움직인 듯, 그늘이 걷히며 그녀의 얼굴이 환해졌다. 눈이 부셨다. 그 찰나의 순간, 그녀는 한 손을 뻗어 내 얼굴을 가리고 있던 헤진 책을 재빨리 낚아챘다. 그녀의 그림자와 햇빛이 뒤섞이며 내 시야를 흩뜨렸다. 흐트러진 어둠 사이로 빠져나온 하얀 빛 결이 그녀의 올림머리 목 아래로 난 솜털과 잔머리들을 밝게 물들이며 사방으로 퍼져나갔다. 나는 그 빛이 햇빛이 아니라 달빛처럼 느껴졌다. 그녀가 책을 낚아채면서 살짝 스친 그녀의 손톱이 낮에 뜬 하얀 초승달처럼 보였기 때문이다.

그깟 여자가 그 여자로 바뀌는 낮밤이었다.

2

⟨Black or White⟩. 내가 가장 좋아하던 뮤지션, 마이클 잭슨 Michael Jackson의 곡이다. 중간의 장소와 나, 그리고 그녀를 가장 잘 표현하는 곡이라고 느껴져서 그 장소에서 자주 듣곤 했다. 나만의 생각일지는 몰라도 내 성격과 분위기, 소지품들이 '검정'이라면 그녀의 것들은 아무리 봐도 '하양'이었다. 행동이나 말투, 좋아하는 색이나 음식 같은 사소한 취향까지, 내 눈에 그녀는 명확한 하양이어서 우리는 대부분 맞는 것 없이 정반대에 가까웠다. 아, 지나고 나서 하는 말이지만 그녀가 좋아하던 여러 소설 중 하나는 『위대한 개츠비』였다. 그래서 그런지 몰라도 당시의 나는 그 소설을 제대로 읽는 것을 포기했다. 어차피 읽어봤자 그녀와 나는 반대니까, 내가 그 이야기를 좋아할 일은 앞으로 없겠지, 하면서.

어느샌가 나와 그녀는 매 점심시간 그리고 방과 후 여유 시간이 생길 때마다 '중간'에서 만나고 있었다. (우리는 자연스레 그 장소를 '중간'이라고 부르는 것 또한 익숙해졌다) 물론 나는 그녀를 초대하지 않았다. 하지만 오지 말라고 반대할 권리도 내게는 없었다. 내가 거절 의사를 밝히지 않은 것이 그녀에게는 동의로 받아들여졌는지 그녀는 거의 매일 '중간'으로 찾아와 내게 말을 걸었다. 사실 맨 처음에는 굉장히 귀찮았다. 아니, 어떻게 대해야 할지 몰랐다. 같은 또래의 여자아이와 거의 말을 섞어본 적 없는 내 성격의 문제도 있었겠지만, 하필이면 내가 책을 읽는 장소에 찾아와서 마치 껌딱지처럼 쉴 새 없이 말을 걸어 고요한 집중을 깨곤 했으니까.

한번은 책에 집중하고 싶어서 그녀가 와도 아는 체를 전혀 하지 않았다. 그러나 그녀는 포기하지 않고 끊임없이 혼잣말하며 봄철의 흰나비가 꽃을 찾아 돌아다니듯, 이리 왔다 저리 갔다, 하며 내 주변을 노니는 것이었다.
"와아~ 오늘은 날씨가 좋네!"
터벅- 터벅- 터벅-
"해는 정말 저~~ 멀리서 살 텐데 여기서 보면 가까이 있는 것 같아. 이카로스가 이런 기분이었을까?"
터~벅. 터~~벅 터~~~벅.
"나도 책이 참 좋아. 하지만 마냥 책만 읽다 보면 책들이 너를 가운데 놓고 쌓이고 쌓여서 우물로 변할지도 모른다니깐? 오늘 날씨가 얼마나 좋은데! 저 꽃 좀 봐봐. 너~무 예쁘다! 치, 너 자꾸 책만 보면 그 우물 안에 개구리로 변할 수도 있다구. 그래서 나는 독서보다 더 중요한 건 살아있는 것과의 소통이 아닐까, 싶어. 물론 개구리가 왕자라서 공주를 만날 수 있을지도 모르지만!"
그녀는 정리되지 않은 문장들을 노래하듯 −설령 내가 끝까지 대꾸하지 않아도− 쉴 새 없이 뱉어냈다. 일종의 화이트 노이즈를 계속 만들어 내는, 마치 피터 팬의 주위를 돌아다니는 정신없는 팅커벨처럼 빛의 가루를 마구 뿌려댔달까.

　게다가 그 가루의 향에도 불구하고 내가 꾹 참고 그녀의 말을 무시할 때면 그녀는 책과 같은 높이와 각도에서 얼굴을 갑자기 확 들이밀고는 "내 눈 속에도 글자가 흘러간다고!"하는 식의 장난스러운 말들로 내 집중을 깨곤 했다. 결국, 나는 어쩔 수 없이 그 빛의 가루에 존재하는 듯한 이상한 성분에 홀려, 참고 참다 안경을 벗고 힘이 풀린 입술로 "왜? 뭔데?"라는 말을 꺼낼 수밖에 없는 상황에 자주 이르렀다.

　이러한 상황과 서로 다른 각자의 온도를 보면, 내 기준에서 우리는 분명 어울리지 않는 조합이었다. 나는 나와 동류(同類)의 사람이 아니면 본능적으로 거부감을 느끼는 사람이었으니까. 하지만 이상하리만큼 정반대인 우리의 조합이 '중간'에서는 가능했다. 이제 와 생각하면 아마 그 장소가 가진 고유의 힘 때문이 었을까. 더구나 신기하게도 이곳이 주는 편안함 때문인지 우리는 대화하는 내내 의견이 다르다 한들, 단 한 번도 다투거나 커다란 갈등이 생기지 않았다. 물론 늘 대화를 시작하는 것은 그녀였지만, 그녀가 어떠한 주제에 관해 꺼내기 시작하면 서로의 의견이 달라 정반대에 서 있다가도, 결국엔 우연히 혹은 운명적으로 자연스럽게 한 지점을 향해 달려가고 있다는 사실이 느껴졌다. 마치 가장 하얀 지점에서 시작해 검은색으로 달려 나가는 그러데이션 표처럼, 반대로 가장 검은 지점에서 시작해 하얀색으로 달려 나가는 그러데이션의 잔적처럼, 우리는 반대였지만 같은 선상 위에서 움직이며 한 그림의 완성을 향해 점을 찍고, 선을 이어갔다. 그 느낌을 명확히 무어라 말할 수 없었지만, 나는 그 느낌이 썩 나쁘지 않았다. 아니, 오히려 마음에 들었다. 그래서인지 과묵하고 내성적이었던 나는 시간이 지날수록 그녀와의 대화가 즐거워졌고 －물론 티는 내지 못했지만－ 나도 모르게 그녀와의 대화 시간을 기다리게 되었다.

"어떤 책에서 봤는데, 삶은 극단적으로 치우쳐 사는 것보다 중간을 향해서 균형을 잘 맞추며 사는 게 가장 좋은 거래."
초여름이 기별을 보내온 어느 날, 그녀가 말했다.
"뭐, 맞는 말이겠지. 왜, 잘은 모르지만, 중용(中庸) 같은 단어도 있잖아. 열심히 공부하고 묵묵히 자기 성찰하다 보면 자연스레 균형이 맞춰져서 언젠가 그 지점에 도달하지 않을까?"
"그래? 어… 그럴 수도 있겠다! 근데, 자기 성찰만 끊임없이 한다고 해서 그게 말처럼 쉽게 맞추어질까? 사람은 각자 태어난 기질이 다르고 자기만의 색이 존재하잖아. 우리만 해도 전혀 반대이고 확실히 다른 색 같은걸? 자기 성찰은 좋은 말이긴 하지만, 나는 분명히 균형을 맞추라는 말속엔 혼자서는 불가능하니 누군가와 함께 맞추라는 말이 몰래 숨어있다고 봐. 내 고유의 색을 세상 때문에 억지로 변화시키지 말고 잘 간직해서 중간 근처까지 간 다음! 나와 어울리는 사람과의 균형을 맞추라는 거지. 제대로 된 누군가를 찾지 못하면, 설령 중간에 있으려 해도 늘 허전하고 재미없어서 삶이 아름답지는 않을 것 같아. 당연히 아름다움은 각자의 기준이겠지만……. 저~기 운동장의 태극기 봐봐! 저 문양도 뭔가 다른 두 개가 합쳐져서 하나가 되니 더 예쁘잖아. 결국, 사람은 사람을 통해서 균형이 맞추어진다고 생각해. 비록 불완전

한 모양일지라도!"

그녀는 손끝으로 운동장 게양대의 태극기를 가리키며 하얀 눈밭에 놓인 숯덩이 같은 눈썹을 씰룩거리면서 말했다.

"글쎄, '사람이 사람을 통해서 중간에서 균형을 맞춘다면 삶은 아름다워질 수 있다.' 이 말인 거지? 음… 뭐, 좋은 말이긴 한데, 너무 이상적인 말 아니야? 인간이 인간을 통해 균형을 완성한다는 건 소설이나 철학서에서나 나올 법한 이야기 같아. 내게는 그 말이 한 인간이 한 인간을 완벽하게 이해해야 한다는 말처럼 들리거든. 완벽한 이해라는 건, 애초에 불가능한 일이잖아. 나는 나 자신도 잘 모르겠는걸. 더군다나 설령 그런 게 세상 어딘가에 극소수로 존재한다 해도 우리의 현실과는 동떨어진 이야기일 거야. 십 대인 우리조차 교과서랑 인생이 다르고, 삶은 개인의 몫이라는 것쯤은 느낌으로 알고 있잖아. 학교만 해도 봐. 서로 경쟁하기 바쁘고, 다들 본인밖에 모른다고. 어른이 되면 달라질지도 모르겠지만, 아마 비슷하거나 더 할걸? 일단, 지금의 나는 사람을 통해 완성되기를 기다리느니 언젠가 혼자서라도 내 삶을 책임지고 싶어. 그것도 또 다른 하나의 균형일 테니까. 근데… 너도 아는구나! 우리가 반대라는 걸. 너무 네 멋대로 행동하길래 전혀 모르는 줄 알았어."

나는 한쪽 입꼬리를 씩 올린 채, 고개를 휘저으며 말했다.

"으응?! 멋대로가 아닌걸. 너에게 내가 맞추든, 네가 나에게 맞추든, 우리는 서로 맞출 수밖에 없는 우연과 운명이 분명히 있는 거야! 난 너를 처음 본 날 확실히 느꼈는데, 너는 아직 모르는구나? 사람이 사람과 균형을 맞추는 데 있어서 애초에 이해는 그렇게 중요한 게 아니라구. 나는 완벽한 이해 같은 건, 느낌만 확실하다면 전혀 바라지도 않아. 직감적인 신호가 오는지 안 오는지가 내겐 가장 중요해. 그게 뭐냐면…… 아무튼, 그런 게 있어. 어휴, 바보. 나중에 후회하지 말고 내가 지금 놓아줄 때 이 '중간'에서 균형을 잘 맞춰 봐!"

그녀는 나를 향해 손가락으로 한쪽 애굣살을 내리며 혀를 빼꼼 내민 뒤, 반대 손가락으로 내 이마를 쏙 밀고는 창고의 그늘 밖, 밝은 햇빛을 향해 하얀 종아리를 내밀었다. 그녀의 손가락에 의해 고개가 조금 밀쳐진 나는 흘러내린 검은색 모스콧 안경을 손끝으로 간신히 올렸다. 잠시 흐려져서 사라진 듯 보였던 그녀가 다시금 뚜렷해졌다.

나는 검은색을 좋아한다. 그렇다면 그녀는 하얀색을 좋아할 수밖에 없다. 우연히 혹은 운명적으로 그렇게 될 수밖에 없는 것이다. 인정하기 싫었지만, 그녀와 대화하면 대화할수록 나는 그녀가 말했던 대로 그녀를 통해 내 삶의 균형이 맞춰지고 있다는 느낌을 지울 수가 없었다. 물론 그 느낌은 오직 그녀와 만나는 '중간'에서만 가능했다. 나는 '중간'을 벗어나 일상으로 돌아올 때면 이해할 수 없는 그 느낌에 대한 생각에 빠져 번져가는 의문에 허덕였다.

내가 수없이 읽었던 소설들은 한 인물과 다른 인물이 갈등과 해소를 거치면서 커다란 이야기의 목표가 해결되고 결말에 이르렀다. 나와 그녀는 정반대임에도, 커다란 갈등이 전혀 존재하지 않았음에도, 서로를 향한 깊이가 그녀의 말 따라 적실해지는 느낌이 자주 발현되었다.

삶은 소설이 아니던가. 소설은 삶의 갈등과 해소, 그 지점들이 플롯으로 구현되고 이야기가 펼쳐지면서 만들어지는 것이 아니던가. 어린 나이임에도 내가 가지고 있던 단단한 고정관념이 그녀와의 시간 속에서 부서지는 것 같았다. 그 느낌은 부서짐을 끝으로 사라지는 것이 아니라 다른 형태로 변화하면서 그녀라는 특성과 섞여 새로운 형태로 조합되는 것이었다. 서로가 각자의 색을 지닌 채로 상대를 녹여 무한한 틀 속으로, 있는 그대로인 우리를 새롭게 짜 맞추어 어떤 무언가로 재탄생하는 느낌이었다.

또 다른 소설의 형태, 아니면 삶의 방식이었을까. 시간이 지날수록 그 느낌이 점점 내 안에 첨예하게 들어서는 날들이 쌓여갔다. 물론 내 안에서 느껴지는 것을 제외하고도 그녀는 실제로 구현된, 나와 반대라 균형의 욕구를 불러일으키는, 하얀색의 무언가를 여러 개 지니고 있었다. 그것들은 나를 확연히 끌어당겼다. 그중에서도 확실히 기억나는, 단연 눈에 띈 것은 그것이었다. 그것이 그 시절, 우리의 끄트머리를 장식할지는 몰랐지만.

"내가 가장 아끼는 팔찌야. 우연히 어떤 가게에 들어가서 본 팔찌인데, 아주 진한 하얀색을 띠고 있는 게 완벽한 내 취향이더라고. 일 초의 고민도 없이 바로 샀지. 주인아주머니 말로는 사람의 기분에 따라 색이 변하는 마술 팔찌래!"

어느 날, 그녀는 난생처음 액세서리를 착용한 유치원 아이 같은 표정을 지으며 말했다.

"흠, 마술?"

나는 되물었다.

투명　21

"응응! 게다가 어떤 색으로 변하게 되는지는 그 순간이 되어 보지 않으면 모른다 하더라고! 아쉽게도 아직 단 한 번도 완벽하게 다른 색으로 변한 적이 없어서 무슨 색이 될지는 나도 몰라. 그래도 언젠가 제대로 변할 거라 생각하면 참 신기하지?"

"보통 그걸 사기당했다고 하지. 애초에 사람의 기분에 따라 색이 변하는 게 말이 되나? 하긴 온도에 따라 색이 변한다는 돌도 있다고 하니까, 감정에 따라 체온도 바뀐다고 치면 어느 정도 이해가 되긴 하는데… 한 번도 변하지 않았다는 걸 보면 그런 걸 아마 멋진 단어로 '사기'라고 표현할 수 있을 거야. 사기를 샀다고나 할까."

나는 확신하며 답했다.

"엥! 설마 그런 건가?! 으흠… 근데 완벽하게 변한 적은 없었지만, 처음으로 미세하게 변한 듯한 느낌을 받은 적이 있어! 분명 색이 약간 투명하게 변한 것 같았는데……."

"그게 언제였는데?"

"여기, 중간에 처음 왔던 날! 내가 너한테 『위대한 개츠비』 책을 친절하게 건네받은 순간 있잖아? 내가 차분히 움직여서 그늘이 사라지고 빛이 들어섰을 때, 확실히 색이 약간 투명한 톤으로 변했었어."

"보통 갑자기 뺏는다는 행위를 친절하게 건네받는다고 표현하지는 않는데, 여러모로 대단하구나. 근데 왜 이곳에서 변했을까? 그것도 다른 색이 아니라 투명하게. 이건 나도 꽤 궁금하긴 하네."

"그러게. 여기가 중간이라서 중간의 색으로 변하는 과정이려나? 으음, 아마 검정인 너를 보고 깜짝 놀라서 어떤 색으로 변하려다

투명에서 멈췄는지도 몰라!"

그녀는 나를 놀리려고 그런 것이 아니라, 정말 느낀 그대로 말하듯 해맑게 말했다.

"그, 그래, 그렇다고 치자."

나는 분명 빛나는 햇빛이 강하게 반사되어 그녀가 잘못 본 것이라고 생각하며 얼렁뚱땅 답했다. 하지만 이내 다시 생각했다. 그녀의 팔찌 색깔은 변했을 리 없다. 그녀의 손목을 볼 때마다 팔찌의 보석 하나하나가 그녀의 눈빛을 모아 만든 것처럼, 맑은 그녀의 눈동자와 닮았다고 느꼈으니까. 그 의문의 마술 현상은 단지 하얀 보석 속, 숨어있는 색이 동류(同類)인 그녀의 눈을 찾아 반사되어 투명하게 보였던 것뿐이라고, 하는 공상들이 내 안에서 끝없이 맴돌았다.

3

얼마 뒤, 우리는 마치 수업 시간표의 정해진 일정대로 움직이는 학생들처럼 —실제로 우리는 학생이었지만— '중간'에서 다시 얼굴을 마주했다.

"짠! 내가 널 위힌 선물을 가지고 왔어."

얇은 쌍꺼풀을 물들인 그녀가 눈으로 곡선을 그리며 말했다.

"뭔데? 간식거리면 차라리 나을 것 같아. 급식메뉴가 별로라 건너뛰었거든. 이런 여름 날씨면 시원한 음료수가 좋겠네."

사실 나는 그녀와 시간을 조금이라도 더 보내기 위해 점심을 건너뛰는 일이 많아졌다. 그러나 이날은 해가 가장 높이 뜬 바람에 옥상 온도가 꽤 높았던지라 나는 간절하게 답했다.

"땡! 아쉽게도 먹는 건 아니랍니다~♬ 그것보다 훨씬 소중하고 귀한 거야!"

그녀는 이상한 멜로디에 낭랑한 목소리를 섞으며 말했다.

"음… 대체 뭔데? 나는 책이나 먹는 거, 마실 거 아니면…."

내 말이 끝나기도 전에 그녀는 허리춤에 숨겨놓은 조그맣고 하얀 손을 주먹 쥔 채로 내 얼굴 앞에 들이댔다. 마치 하얀 꽃이 꽃잎을 피우듯, 눈앞에서 활짝 펴 보이며 배시시 미소 짓는 것이었다.

"팔찌야, 마술 팔찌. 저번에 예쁘다는 듯이 쳐다보길래 마음에 든 것 같아서!"

"내, 내가 언제? 난 예쁘다고 말한 적 없는데?"

나는 당황하며 되물었다.

"아냐, 내 눈 속에 네 생각이 분명 그렇게 흘러 들어왔는걸. 대신 아쉽지만, 이건 내 팔찌랑 색이 좀 달라."

그녀는 내 생각을 모두 알고 있다는 듯, 따스한 눈빛과 함께 팔찌를 흔들어 보였다. 그녀가 쥔 손가락 끝에는 검은색 팔찌가 매달려 있었다. 모양과 크기는 그녀의 팔찌와 같았지만, 신기하게도 색은 정반대인, 검은색 중에서도 아주 진한 검정 보석이 연결된 팔찌였다.

"고, 고맙긴 한데, 하필 왜 내 팔찌는 검은색이야?"

나는 의아해하며 물었다.

"모르겠어. 나는 네가 마음에 들어 하는 것 같아서 분명 나랑 똑같은 하얀 팔찌를 사려고 갔는데, 너를 생각하다 보니 참 이상한 게 역시 검은색 팔찌밖에 보이지 않더라고."

"그래? 뭐, 아무튼 고마워. 사실 액세서리는 하지 않는 편이라 필요는 없지만 그래도 준거니까, 잘 써 보도록 할게."

나는 그녀에게 무심한 듯한 감사의 말을 던지며 그녀가 손에 쥐고 있던 팔찌를 가져가려 손을 뻗었다. 그러나 그녀는 하얗게 핀 꽃잎을 재빠르게 다시금 오므리며 손을 거두었다.

"필요가 없다니! 이 팔찌의 보석은 검은색 고유의 아름다움이 분명 존재하니까, 네게 꼭 필요한 거라구. 음…… 좋아, 그게 낫겠다! 확실한 의미를 부여해 줄게. 잠깐만 기다려 봐."

그녀는 갑작스레 확신에 차서 말하더니 이내 자기 오른팔에 차고 있던 흰 팔찌를 빼냈다. 그러고는 교복 재킷 안주머니에서 자그마한 쪽가위를 꺼내 ─대체 언제 준비해 온 것인지는 모르겠지만─ 그녀의 하얀 팔찌를 가위로 잘라내고 검지와 엄지 끝으로 보석이 떨어지지 않게 팔찌의 끈을 부여잡았다.

"뭐, 뭐 하는 거야?"

나는 물었다.

"일종의 마술이자 미술이랄까?! 내가 원래 손재주가 좋아서 이것저것 만들거나 고치기도 하거든. 우리가 지금 있는 이곳은 '중간'이잖아?! 그리고 이건 내가 너한테 주는 첫 선물이기도 하고."

"그래서?"

"그래서 내 팔찌랑 네 팔찌랑 합칠 거야. Black and White! 생각해 보면 여기는 중간이고 가장 밝으면서도 가장 어두운 곳이잖아. 우리가 이곳에서 함께 보낸 시간은 분명 섞여버렸으니까 어쩌면 균형이 맞춰졌을지도 몰라. 그러니 이 팔찌도 균형을 맞춰서 서로 합치는 게 더 예쁘겠지?! 혹시 정말로 마술이 존재한다면 우리가 팔찌를 합치는 순간! 서로의 색에 반응해서 어떤 색으로 변하지 않을까? 자, 잘 봐봐!"

"으, 으응?"

당황한 나를 보며 그녀는 미소 짓더니 남은 한 손에 쥐고 있던 검은색 팔찌마저 가위로 끊어버리곤 하얀 팔찌를 지닌 손에 옮겨 함께 쥐었다. 그러고는 내가 당시에 한참 읽기 시작했던 요한 볼프강 폰 괴테Johann Wolfgang von Goethe의 『젊은 베르테르의 슬픔 The Sorrows of Young Werther』을 채가더니 ―이것도 친절히 건네받았던 걸까― 옥상 바닥에 내려놓고 아무 페이지나 활짝 펼쳤다. 이내 그녀가 한 치의 고민 없이 팔찌 끈에 매달려 있던 보석들을 빼서 그 위로 던지니 고요했던 책의 페이지가 아스러지기 시작했다. 떨어지는 보석들은 어느새 햇빛이 들어갔는지 멀리 보이는 운동장 수돗가의 수도꼭지 끝, 천천히 떨어지고 있는 물방울처럼 반짝거렸다. 그러나 그와 달리 속도는 매우 빨라서 행여 잃어버리지 않을까, 하는 걱정을 하며 나는 온 신경을 집중하고 있었다.

"정말 괜찮아? 너한테 소중한 건데, 그렇게 다뤄도 괜찮겠어?"

나는 그녀의 얼굴을 살피며 말했다.

"걱정하지 마. 일어날 일은 분명 일어날 순간에 생겨나는 법이니까. 지금이 딱 그 순간인 느낌이 왔거든."

그녀가 흩어지는 보석에 미소를 뿌리며 답했다. 모든 보석이 책의 화폭에 수를 놓자, 우리는 한참 동안 중간의 바닥에서 팔찌를 조립하기 시작했다. 보석의 수는 총 스물네 개여서 검은색 열두 개와 하얀색 열두 개를 각각의 끈에 섞어 끼웠어야 했는데, 보석을 교차로 끼울 것인지, 같은 색 여섯 개를 한꺼번에 끼울 지로 우리는 잠시 논쟁했다. 결국, 나보다는 미적, 마술적(?) 감각이 훌륭하다는 그녀의 곧은 주장으로 검은색과 하얀색을 교차로 끼워 넣었고 마침내 팔찌는 완성되었다.

"자아~ 완성! 봐봐. 역시 내가 말한 대로 만드니까 훨씬 예쁘네! 그렇지?!"

그녀는 오른쪽 손목에 두 팔찌를 모두 채우고는 나를 향해 긍정적 대답을 종용하는 눈빛을 보내며 말했다.

"그래, 어련하시겠어. 그러면 이제 나도 한번 차보게, 친절히 건네주지 않겠니?"

"아직 안 돼! 팔찌를 차면서 마지막으로 해볼 게 있어."

"또 뭔데?"

"말 그대로 '해' 볼 거야."

"그러니까, 뭘 해본다는 건데?"

그녀는 한낮의 햇빛보다 밝은 순백의 오른손으로 내 왼손을 천천히 잡았다. 그녀의 오른쪽 손목에는 방금 만들었던 두 팔찌가 함께 채워져 있었는데, 그녀의 팔이 너무 하얘서 마치 내 눈에는 검은색 보석만 존재하는 것 같았다. 그녀는 내 손을 잡은 채로 중간의 경계, 옥상에서 가장 어두운 곳과 밝은 곳의 선이 맞닿는 지점으로 나를 데리고 갔다.

"우리가 처음 만난 지점이 이 정도쯤 되겠지? 여기서 팔찌를 차고 손목을 들어보자. 그러면 분명 두 팔찌 모두 색이 그때처럼 어떤 색으로 변할 거야. 여기야말로, 딱 '중간'이니까."

"그 '해'가 이 '해'를 말하는 거였구나. 엄청난… 유머 감각이네."

"그걸 이제 알았어?! 어, 너~ 살짝 웃었다~ 방금~? 자, 이제 내 팔찌 하나를 네 손목 쪽으로 옮겨주면 팔을 아주 높게 들어봐! 알겠지?!"

그녀는 내 볼멘소리를 천진하게 대꾸하면서, 내 손을 맞잡은 오른쪽 손목의 팔찌를 왼손으로 굴려 내 손목으로 옮기기 시작했다. 그녀의 손가락 끝에 걸린 팔찌는 그녀의 손목에서부터 구르기 시작해 서로 맞닿아 있는 낮과 밤을 닮은 손끝을 지나 내 왼쪽 손목으로 올라오더니 사뿐히 안착했다. 그리고 그녀와 나는 약속이라도 한 듯 서로 맞잡은 손과 팔을 높게 들었다.

투명했다.

'분명 검은색이었는데, 분명 하얀색이었는데. 아니, 중간이면 회색이어야 하지 않나? 왜 모두 투명하지? 정말 마술은 존재하는 걸까?'

처음 보는 광경에 나의 의문이 맴돌기 시작하는 순간, 내 입술의 가장 어두운 선은 그녀 입술의 가장 밝은 선과 스쳐 지나가며 다른 투명을 자아내고 있었다.

4

처음이자 마지막 선물이었다. 그날 이후로 그녀는 '중간'에서 그리고 내 앞에서 밤하늘이 햇빛을 삼켜 버린 듯 사라져 버렸으니까. 어쩌면 그녀는 어두운 밤을 닮은 내게 잘못 찾아온 해였을지도 모르겠다고 생각했다. 그 생각이 드니 '어두운 밤인 내가 그녀를 찾아내기 위해 밝은 낮이 되어야 하나'라는 생각도 잠시 하긴 했지만, 그녀가 말했던 내가 지닌 색과 기질을 변화시키는 것은 무의미하다고 생각했다. 결국, 나는 새롭고 적극적인 행동을 취하지 않기로 했다. 게다가 혹 그녀를 찾아 나선다 해도 나는 그녀에 대해서 아는 것이라곤 당최 없었다. 그녀의 머릿결과 눈동자의 색, 그녀만의 향기가 묻은 가치관과 대화 그리고 목소리는 기억하고 있었지만, 다른 부분에 대해서는 모르는 것이 너무 많았다. 생각해 보면 나에게 무겁든 가볍든 늘 질문을 건넨 것은 그녀였다. 내가 그녀에게 질문을 한 적이 별로 없었다는 것이 문제였다. (당시의 어린 내가 여자와 대화하는 방식을 알 리가 없었다) 물론 서로의 취향이나 어떤 주제에 관해서는 꽤 이야기를 많이 나눴다고 생각했지만, 나는 그녀가 몇 반인지, 어디 살며 누구와 친한지, 휴대전화 번호가 어떻게 되는지와 같은 것들은 전혀 모르고 있었다. 어쩌면 내게 그런 것들은 애초에 중요하지 않았을지도 모르겠다. 나는 그녀라는 사람과 함께 있다는 사실과 어떤 주제에 관해 진정으로 이야기할 수 있는 시간과 공간에 서서히 물들었던 것이지, 그녀의 환경적인 요소들은 전혀 중요하지 않다고 생각했다.

    그녀가 오지 않던 뒤로 나는 더 자주 '중간'에 갔다. 아무리 기다려도 그녀는 오지 않았지만, 내가 할 수 있는 거라곤 중간에 있기 위해 노력하며 기다리는 것, 그것 말고는 아무것도 없었으니까. 처음 느껴보는 이상하고 휑뎅그렁한 느낌에 허든거리던 나는 조금이나마 침착함을 찾기 위해 중간으로 갈 때마다 소설 『젊은 베르테르의 슬픔』을 들고 갔다. 그녀가 사라지고 나서부터는 단 한 페이지도 넘기지 못했으니까. (소설의 결말에 관해서는 한참 후에야 알게 되었다) 페이지의 모서리 끝조차 넘기지 못하는 내 손가락은 책보다는 늘 손목의 팔찌, 보석 하나하나에 더 지문을 남겼다. 어쩌면 모든 그리움의 흔적을 품은 이 보석이 매개체가 되어 그녀에게 내 마음속 빛을 전달하는 마술을 부리지 않을까, 되뇌면서.

'갑자기 사라진다는 것은, 언젠가처럼 갑자기 나타날 수도 있다는 희망을 주는 것일까.'라는 생각을 품다 보니 어느새 일 년이 넘는 시간이 흘렀다. 하지만 고삼의 문턱 앞이 보이자 '중간'을 향하던 나의 모든 끈기는 마침내 끈적임이 사라지고 말았다. 무슨 이유에서인지 갑작스레 옥상이 봉쇄되어 걸음을 옮길 수조차 없었기 때문이었다. 끝내, 갑자기 중간과 멀어진 절망을 맞이한 나는 원래의 내 위치로 돌아와 학생의 본분과 평범한 길이라는 또 다른 중간에 도달하기 위해 그녀를 속에 묻은 채로 차차 삶에 충실하기 시작했다. (과연 그게 원래였을까)

그렇게 나는 고등학교를 졸업했고, 중간 수준의 대학을 입학했다. 보통의 남자가 그러하듯 보통의 군대를 다녀왔으며, 남들이 그러하듯 평균의 학점으로 졸업과 동시에 취업을 준비했고 ― 몇 번의 실패를 맛보긴 했지만 ― 중간 규모의 그럴듯한 직장에 취직했다. (과연 그게 원했던 걸까) 몇 번의 만남과 몇 번의 이별, 몇 번의 연애라 말하는, 몇 번의 사랑도 했다. (과연 그게 사랑이었을까) 나는 어느새 노력하지 않아도 중간의 삶을 살아가는 평범한 삼십 대의 남자가 되어버렸다. 굳이 '중간'이라는 공간을 만들려 하지 않아도 자연스레 중간의 삶에 위치하게 된, 따분하고 재미없는 어른이 되어 버린 것이었다. 분명 나는 어린 시절 말했던 대로 스스로 내 삶을 책임질 수 있는 사람이 되었다고, 어쩌면 이것이 나란 인간의 삶에 있어서는 그나마 맞춰진 중간의 균형일지 몰라, 라는 말을 스스로 자주 되뇌곤 했다. (아마 사라진 그녀에 대한, 잠든 열일곱 살 나의 가치관으로부터 불러온 일종의 반항심이었을지도 모르겠다)

하지만 나는 살아오면서 끊임없이 내 삶이 불완전하고 아름답지 않다는 느낌을 받을 수밖에 없었다. 결국, 정말 그녀의 말대로 되어 버린 것이었다. 우연히 혹은 운명적으로. 심지어 삶의 낙이었던 독서조차도 시간을 내야만, 아니 세상을 살아가는 데 필요한 정보 서적이나 사회생활에 도움이 될 듯한 자기계발서 따위만 가끔 읽게 되었다. 또 다른 중간이라는 공간에 갇힌, 이 중간에서만 살 수 있는 인간으로 늙어가게 된 것이었다. 그 이상한, 내가 추구했던 균형감은 생각보다 우울함을 자주 —어쩌면 매일— 자아냈다. 그 이상한 우울감에 절여질 대로 절여지고 나니 이대로는 안 되겠다고 생각했다. 그때부터였다. 학창 시절 내가 머물던 옛 '중간'과 닮은 공간을 홀로 찾아다니기 시작했다. 여러 시도 끝에 어린 내가 좇던 무언가와 닮은 장소를 찾아냈다.

도시 빛이 덜 물든 한구석. 도시의 모서리 끝, 진한 검은색을 머금은 것 같은 곳. 고전문학을 닮은 옛 음악들이 한밤의 수를 놓아 공기가 하이얀 달빛처럼 흐르는 곳. 고유의 편안함을 자연스레 드러내는 멋이 있어, 딥한 알코올에 취해 기억을 생생하게 회상할 수 있는 곳. 중간에서 홀로 사는 나를 찰나라도 다른 어딘가로

끌어 올리거나 내릴 수 있는 곳.

5

허비 행콕Herbie Hancock 〈Alone And I〉의 안온한 피아노 음과 현의 베이스, 반짝거리는 금관악기의 고독한 소리가 흑과 백을 지닌 엘피판 위, 파란 〈BLUE NOTE〉 마크의 움직임처럼 밀려오고 쓸려가듯이 물결치고 있었다. 물론 그 소리는 보통의 파란색보다는 조금 짙고 어두우며 차가운 파랑이었지만.

나는 오늘도 긴 새벽의 마무리를 단골 재즈바 〈창공〉의 바 테이블 앞 의자에 비겨댄 채 시작했다. 늘 그래 왔듯『위대한 개츠비』의 아무 페이지나 펼쳐 놓고는, 홀로 손목을 매만졌다. 책은 읽지 않았다. 아니, 읽지 못했다. 라섹 수술 덕에 자주 흘러내리던 검은색 모스콧 안경을 쓰지 않아도 책은 충분히 읽을 수 있었을 텐데. 책을 펼치고 손목을 만지는 행동은 나를 지난 기억의 뫼비우스 띠 속으로 안내했다. 중간의 공간을 갖지 못해 '중간'을 만들어 드나들던 열일곱 살의 나와 다른 이들처럼 또 다른 중간에 갇혀 사는 삼십 대 중반의 나. 그깟 여자가 아닌 그 여자를 꿈꾸며 기억 속으로 그녀를 찾아 떠나는 여행의 출발. 그 일이 있은 지도 벌써 십수 년이 흘렀건만 '중간'의 기억은 여전히 내 마음 깊은 곳에 스며들어 있었다. 남들이 말하는 몇 번의 연애와 몇 번의 이별 그리고 몇 번의 이직처럼 삶을 크게 변화시키는 일이 눈앞에 다가올 때조차도 오로지 '중간'의 그녀가 내 눈앞으로 다가오던 기억만이 더 크고 또렷하게, 늘 내 마음 한가운데 구멍을 뚫은 채로 왔다 갔다 담금질해댔다.

"어! 손님. 죄송… 응?! 아, 자네군! 미안, 미안. 멍과 씨름하다 보니 내가 살짝 늦은 듯한데? 이번에 새로 들여온 레이디가 너무 아름다워서 내 눈을 홀리더라고! 아니면 레이디가 내 눈에 홀린 걸지도? 하하하! 자, 딱 둘러보니 오늘 라스트 오더도 자네 차지인데?! 그럼 알 듯하지만, 오늘은 뭘로?"

아이보리 폴로 셔츠를 롤업한 바텐더가 멍하니 한 술병을 응시하던 중, 뒤늦게 나를 발견하고는 깜짝 놀라며 입을 열었다. 그는 내가 온 사실을 정말 몰랐다는 듯이 미안한 표정을 지으면서도 금세 정겹고 따뜻한 눈빛을 보냈다. 이제는 친밀해진 바텐더는 대략적인 나이가 예상되지진 않았지만, 나이가 있어 보임에도 관리된 탄탄한 몸과 낮은 목소리 그리고 정갈하면서도 수컷 향을 풍기는 포마드 헤어 스타일로 인해 유쾌한 성격임에도 특유의 중후한 무게감을 풍기는 사람이었다. 나는 우연히 이곳을 발견했을 때, 그와 몇 마디를 나누고는 그가 이 어두운 지하 세계를 지키는 자상한 연금술사처럼 느껴져 이 공간에 더 빠르게 편안함을 느낄 수 있었다.

"김릿Gimlet이요. 아시잖아요, 마스터. 늘 첫 잔은 이걸로 한다는 거. 물론 신청곡도 아시겠지만… 오늘은 이상하게 다른 곡이 떠오르네요."

나는 왠지 이곳에 정착한 주당이 된 것 같은 기분에 민망함이 섞인 미소를 지으며 답했다.

"오호, 평소와 다른 신청곡이라. 나도 궁금해지는데?! 그런데

이 어여쁜 술이 많은 곳에서 왜 첫 잔은 늘 김릿을 마시는 거야? 송곳을 좋아해서?!"

"그러게요. 늘 마음 한가운데가 송곳에 뚫린 듯한 기분이 들어서 그런가 봐요. 하하, 오늘 제 신청곡은…"

신청곡을 말하려는 찰나, 재즈바의 커다랗고 두꺼운 나무 문에 달린 은색 벨이 서로 차란차란하며 스치더니 청아한 소리를 자아냈다.

'이 늦은 새벽 시간에 올 사람이 나 말고 또 있나? 번화가도 아니고 거리의 끝, 반경 일 킬로미터 내에서 가장 어두울 것 같은 지하의 끝, 마치 세상의 끄트머리 절벽을 뒤에 두고 지하의 지하로 빠지지 않기 위해 간신히 술에 피의(跛倚)하면서 버티고 사는 사람만이 올 듯한 이 공간에? 이 시간에?'

혼자만의 생각이 혈관 속 흐르는 알코올처럼 빠르게 나를 휘감던 그 순간. 어린 시절, 어두운 옥상 그늘을 환히 비추던 해를 닮은 천장의 백색 조명이 깜박이기 시작했다. 또각, 또각, 또각. 몇 번의 구두 굽 소리가 재즈 피아노 선율에 템포를 맞추듯 휑한 공간에 울려 퍼졌다. 나도 모르게 눈을 감고 들려오는 발소리에 귀를 기울였다. 귓가를 건드리는 소리에 고개를 끄덕이며 리듬을 천천히, 직감적으로 맞추어 가면서.

'이 템포의 온점은 내 옆 의자에 맞추어져 있다. 분명, 이 걸음, 이 소리, 이 신호는 확실히 나를 향해 다가오고 있다.'

반복되는 고갯짓에 피어난 생각의 문장들이 감은 눈꺼풀 속을 스쳐 지나갔다. 맑은 발소리가 피아노 연주곡이 끝남과 동시에 멎었다. 마치 원래부터 정해져 있던 것처럼. 우연과 운명이 마침내 균형을 맞춘 듯, 흰나비가 검은 꽃에 사뿐히 앉듯이 누군가 내 옆을 수놓으며 한 마디를 반짝거렸다.

"여기서 무얼 하고 있어요?"

내 오른쪽 손목 팔찌의 거멓고 하얀 모든 기억의 색이 다시금 확실히 투명하게 바뀌는 순간, 그 여자가 한 여자로 바뀌는 밤낮이었다.

분리수거

신은 마치 노년의 마에스트로처럼 교향곡을 지휘하듯
두 손을 휘휘 저으며 분류하기 시작했다.
물론 그 지휘는 같은 곡조인 것처럼,
분리 방법은 매번 단순하게 반복되었다.

신은 지루했고 짜증 났다. 저 인간계에 소설가라는 직업을 지닌 이들은 '짜증'이라는 감정이 모호한 것이라 사용하면 안 된다고 이야기하던데, 누구보다 명확해야만 할 신은 '짜증'이라는 표현 말고는 대체할 단어가 딱히 떠오르지 않았다.

짜증의 원인이었을까. 날씨는 매우 더웠다. 습하기도 했고. 이런 날에는 이상하리만치 신은 허리가 아팠다. 정말 더워서, 습해서 그런 것일까? 신이 아플 리가 없을 텐데, 하는 생각을 신은 속으로 거듭 되뇌었다. 인간들이 완벽하게 쾌적하리라 생각하는 천국의 이미지와 달리 신이 사는 신계의 계절은 인간계와 똑같았다. 그 이유에 대해서 신은 한 번도 의문을 품은 적은 없었지만, 신의 기억 속에 이곳이 존재할 때부터 이곳은 인간계와 똑같았다. 게다가 오늘은 신의 아내조차도 폭풍 잔소리를 날렸다. 그 잔소리가 무엇이었는지 기억나지는 않았지만, 신은 확실하고 명확한 잔소리를 들은 기억이 존재했으므로 그 덕에 기분이 좋지 않아졌다는 것만큼은 제대로 기억하고 있었다.

"여기까지 어떻게 왔더라… 뭐, 그래도 일단 도착."

의구심도 잠시, 신은 분리수거장 앞에 도착했다는 사실만으로 안도의 한숨을 내쉬었다. 그도 그럴 것이 오늘 아침부터 분리수거를 재촉하는 알림이 평소보다 더 많이 신의 머리 주위에 피어올랐기 때문이었다.

딩딩 디기기기 동동동~! 신이 하는 일은 신나~ 신난다~ 신난다~ 신나는 알림♬

"으. 대체 이딴 알림 신호는 누가 만든 거야, 정말!"

신도 만든 기억이 없는 이상한 알림 신호. 신의 얼굴 주위로는 마치 공상과학 영화에 나오는 과학자의 연구실에서 수시로 나타나는 듯한 빛나는 홀로그램 알림 신호가 이상한 멜로디와 함께 온종일 뜨고 사라지기를 반복했다. 물론 신이 손으로 건드리면 사라지긴 했지만, 귀찮아서 분리수거를 하루라도 미룰 때면 깊은 새벽에도 다시 나타나 밤새 머리 주변을 깜박거리며 시끄럽게 했던 기억이 존재했으므로 신은 여간 거슬릴 수밖에 없었다.

Today
인간 – 사망 수 146,750
동물 – 사망 수 1,245,434
식물 및 기타 – 사망 수 13,343,534

신이 분리수거장에 도착하자마자 큼직한 말풍선 하나가 신의 왼쪽 귓불을 건드리며 빠르게 떠올랐다. 신이 분리수거장에 발을 들이대는 순간부터 이 말풍선은 일의 시작을 알리는 신호처럼 늘 나타났는데, 신이 분리수거장에서 정해진 분량의 일을 끝마치기 전까진 아무리 건드려도 이 말풍선만큼은 절대 사라지지 않았다.

"젠장. 인간은 어제보다 적은데 동물하고 식물은, 어휴! 오늘도 하루 죽 쒔구먼!"

하기 싫은 마음에 신은 한동안 망연히 멍을 때리다가 낮은 목소리로 '체크.' 하고 외쳤다. 영혼을 분리하는 조건들이 정리된 거대한 말풍선이 이번에는 신의 오른쪽 귓불을 건드리며 나타났다.

"어휴, 하기 싫어."

신은 만년 과장의 귀찮은 톤으로 말을 내뱉으면서도 마치 노년의 마에스트로처럼 교향곡을 지휘하듯 두 손을 휘휘 저으며 분류하기 시작했다. 물론 그 지휘는 같은 곡조인 것처럼, 분리 방법은 매번 단순하게 반복되었다.

조그만 구 모양. 마치 먼지 부스러기를 뭉친 듯한 영혼의 덩어리가 분리수거장과 연결된 거대한 천장 호스의 구멍을 통해 내려와 신의 이마 위쯤에서 둥둥 떠다니며 머무른다. 그 모습은 마치 적당한 바람을 넣어 떠다니는 헬륨 풍선 모양과도 같다. 동시에 이 영혼 덩어리 주인의 삶의 궤적에 관한 정보들이 요약되어 정면에 말풍선으로 나타나면 신은 찬찬히 살피며 오른쪽 말풍선에 보이는 분리 기준과 대조해 가며 체크한다. 체크가 끝나면 그 기준에 맞게 판정을 내린다. 이 판정에는 신의 판단력은 중요하지 않은 느낌이다. 그저 무의식적 혹은 직감적으로, 신의 머릿속에 결과가 바로 떠오른다. 결과가 떠오르자마자 몇 개의 숫자 형태로 영혼의 덩어리가 빠르게 변신한다. 숫자는 총 네 개. 이 숫자가 쓰인 곳으로 영혼이 간 뒤에 어떤 일이 일어나는지는 신조차도 모른다. 다만 네 개의 숫자가 각각 어떤 것을 의미하는지 신은 직감하고 있다. 좋은 곳과 나쁜 곳 그리고 다시 인간계. 남은 숫자 하나는 즉각 소멸. 마지막으로 신이 손가락으로 탁, 하는 소리를 내며 마치 대기업의 회장이 빠르게 사인하듯 지휘하면 신의 발 앞에 놓인 숫자가 쓰여있는 상자 중 하나로 스르 빨려 들어간다. 물론 소멸의 숫자를 받은 영혼 덩어리는 즉석에서 먼지 한

톨 남기지 않고 소멸한다. 마치 원래부터 이 세상에 존재하지 않았던 것처럼. 그것도 매우 빠르게.

이 순서는 신이 매번 반복하던 방법이자 주된 일상이었다. 하지만 오늘은 이상하게 신의 머릿속에서 무언가가 스쳐 지나가고 말았다. 평소와 다른 무언가. 신은 그 이유가 '짜증'이라는 감정 때문이라고 생각했다.

"아니, 내가 왜 분리수거를 하고 있지. 나는 신이잖아. 그럼 신 밑에 분리수거를 하는 관리자를 두면 되겠네. 다른 부하 신을 두는 거지. 역시 나는 완벽하게 똑똑하다니깐!"

신은 자신의 영리함에 탄성을 질렀다. 그렇게 생각한 순간, 갑자기 모든 말풍선이 사이렌 소리를 울리며 깜박대기 시작했다.

삐용! 삐용! 삐용!

귀가 찢어질 듯한 시끄러운 소리가 분리 수거장의 천장과 바닥의 모서리까지 모두 닿았다. 더해서 말풍선 안의 모든 글자도 〈ERROR!!!〉라는 글자로 변형되어 명멸하고 있었다.

"뭐, 뭐야. 이, 이게. 이런 적은 분명 단 한 번도 없었는데!"

신은 당황했다. 신의 기억 속에 이런 적은 확실히 단 한 번도 없었으니까. 하지만 얼마 뒤, 신은 더욱 당황할 수밖에 없었다. 신의 양쪽 귓불 근처에 있던 말풍선과 정면의 말풍선이 모두 연기의 형태로 스멀스멀 변하더니 신의 정면으로 한데 모여 뭉치는 것이었다. 그리고 그 뭉친 연기는 잠시 후, 신의 모습과 같은 형태로 변형되기에 이르렀다.

"젠장, 또 구만. 또야, 또. 벌써 이번이 몇 번째였더라."

신의 눈앞에 뭉친 실루엣이 울리는 저음의 목소리로 말을 꺼냈다.

"뭐, 뭐야. 너는. 여기는 신의 영역이다! 너는 대체 뭔데 갑자기 나타났지?"

신은 처음 보는 광경에 당황하여 큰소리로 물었다.

"글쎄, 뭐라고 말해야 하나. 음, 네가 헷갈리겠지만 신이라고 소개할게, 일단. 그대가 나를 뭐라고 부르면 좋으려나. 아, 잠깐만!"

실루엣은 당황한 신의 얼굴을 마주하면서 왼쪽 눈을 치켜세우곤 혼자 생각에 빠진 듯 보였다. 그와 동시에 실루엣 옆으로 말풍선 하나가 떠올랐다. 그 말풍선 안에는 빨간색의 〈100!〉이라는 숫자가 크고 뚜렷하게 쓰인 채로 깜박이고 있었다.

"키야, 드디어 백 번이구먼. 설마, 설마, 했더니 백 번을 채울지는 몰랐네. 자, 보자. 그러면 일단 나의 언어 유희적 유머를 보여주지. 100번째 왔으니, 자네가 헷갈리지 않게 100신 어떤가? 백신! 하하하!"

백신이 말했다.

"내가 너를 뭐라고 부르든 그딴 건 중요한 게 아니야. 이곳은 네가 올 수 없는 곳이란 말이다. 오롯이 신의 영역에 감히 갑작스레 와서 다짜고짜 자신이 신이라니. 이게 말이 된다고 생각하나?"

신이 답과 동시에 되물었다.

"그래? 음… 역시 내가 생각해도 잘 만들었는데? 뭐, 나를 기초로 만들었으니깐, 건방진 게 딱 내 성격과 비슷하단 말이지. 하지만 너의 생각과 달리 '무엇'이라고 부르는 이름을 붙인다는 건 꽤 중요한 일이야. 안 그러면 분류가 힘들어지거든. 아, 그리고 나는 언제든지 여기 올 수 있지. 이곳은 내가 만들었으니까."

분리수거

"뭐, 뭐라고?! 당신이 이곳을 만들었다고? 그럴 리가 없어. 이곳은 내가 만든 곳이란 말이다. 분명히…"

"그렇게 기억하게끔 내가 만들었으니까! 자, 그러면 퀴즈를 하나 내지. 못 맞추면 앞으로 나를 백신이라고 부르는 거다? 사실, 이 이름이 느낌적인 느낌이 들어서 꽤 맘에 들거든. 아무튼, 신! 자네가 여기를 만들었던 기억을 내게 자세히 설명해 보시게나."

"그건, 그건, 그건……"

신은 당황한 표정으로 같은 단어만 반복했다.

"음, 그것에 대한 의문까지는 아직 가지 않았나 보군. 다행이야. 이번 에러도 쉽게 해결하겠어."

"의문이라고? 대체 뭐지? 에러는 뭐고! 어서 설명해!!!"

"방금 말하지 않았나. 이곳은 내가 만들었고, 신, 자네도 내가 만들었네. 그리고 자네의 모든 기억은 내 기억에서 추출했지. 내 기억을 자네가 기억하게끔, 내가 직접 설계했거든."

"아니, 잠깐! 그럼 나는 뭐지. 나는… 나는…."

신은 고개를 좌우로 흔들며 말했다.

"음, 저번과 반응이 그다지 크게 다르지는 않군. 어차피 내가 손보겠지만 조금 스스로 진화하는 것을 기대했는데 아쉽구먼. 뭐, 좋아, 대신 저번에는 그냥 에러만 수정하고 갔으니, 이번에는 자네와 시간 좀 보내다 가주지."

백신은 어깨를 넓게 펴면서 말했다.

백신은 혼란스러워 고개를 숙인 신을 마주한 채 눈을 꾹 감더니 다시 눈을 크게 떴다. 잠시 후 백신의 행동이 마치 시작 버튼이라도 된 듯, 분리수거장은 모두 연기가 되어 사라졌고 하얗고 커다란 빈티지 사각 테이블과 두 개의 의자가 나타났다. 테이블은 오래되어 보였지만 기품 있는 꽃 모양 장식이 각각의 모서리 끝을 장식하고 있었고, 그 한가운데 위로는 고급스럽고 영롱한 찻잔 세트가 놓여있었다. 그렇게 나타난 물건들 뒤에는 마치 교통통제센터의 대형 컴퓨터 화면처럼 여러 장면이 분할된 아주 거대한 액자가 마지막으로 나타났다. 이 모든 것들은 마치 영화의 가장 작은 프레임 단위의 편집점처럼 초 단위로 깜빡거리며 마법처럼 이루어졌다.

"일단 앉지. 다리가 아프다는 느낌은 모르겠지만 이렇게 감정이 혼란스러울 때는 앉아서 차를 마시고 기다리며 이야기해야 한다고, 인간계 어디서 누가 말하는 모습을 본 것 같단 말이지. 게다가 이 가구들과 식기들 그리고 이 거대한 액자! 아주 아름답지 않나? 이건 인간계에 유명한 디자이너가 디자인한 것인데……"

백신의 말이 들리지 않는 듯한 신은 온몸을 떨며 의자에 몸을 털썩 기대앉았다. 그 모습이 익숙하다는 듯 백신은 다시금 말하기 시작했다.

"뭐, 어차피 설명해봤자 다시 잊을 테니까 이런 교양수업 따위는 접어두지. 약간 아쉽긴 하지만. 교양이란 건, 누구의 그릇과 기억에 채워지느냐에 따라 그 쓰임이 참 달라지는 법이거든. 어찌 됐든 특별히 내가 짬을 냈으니 궁금한 게 있으면 뭐든 물어봐. 나도 백 번째 기념으로 스스로 점검하는 시간이라 생각해야겠군. 오고 가는 질문과 답에 따라 자네의 오류를 수정하는 게 나도 쉬울 것 같긴 하니까."

백신이 여유롭게 말을 건네면서 손가락을 기울이니 손끝에서 뜨거운 차가 흘러나와 찻잔을 채우기 시작했다.

"나는 뭐지? 당신이 나를 만들었다고? 그게 말이 되냐?! 나는 여기 산 지 오래되었어. 벌써 분리수거를 한 지는 꽤 오래되었고. 이곳을 오고 간 많은 기억이 존재하지. 가령 당신이 나를 만들었다면 내가 어떻게 신의 마음과 능력을 지닌 기억이 있는 거지? 확실한 건, 내 기억 속에 당신이란 기억은 존재하지도 않는다고!"

신은 연거푸 솟아오르는 의문을 인간계 래퍼의 속사포 엇박자 랩처럼 쏟아냈다.

"워워, 진정해. 귀한 차 쏟을 뻔했잖아. 너도 한 잔 들면서 릴렉스하라고. 아까 다~ 말했잖니. 내가 너를 만들었다는 가정을 하면 모든 게 말이 된다니까. 네가 오래 일했다는 기억도, 분리수거장에 오고 갔다는 기억도, 신의 마음이란 것도, 나를 기억하지 못하는 것도, 그저 모두 내가 디폴트값을 정해서 입력하고 설정한 것뿐이야. 신, 자네는 오롯이 분리수거를 하기 위한 프로그램으로 내가 만든 것이네."

"말도 안 돼. 그럴 리가 없어. 나는 오늘 분명 부인의 잔소리와 분리수거 신호 알림에 시달리다가 나온 것뿐이야. 어제는 분리수거를 하지도 않았다고. 게다가 나는 오늘은 날씨가 더워서 매우 힘들다는 감정까지 느꼈어!"

"어휴, 차가 별로 효과가 없나 보군. 술을 준비했어야 했나. 에헴, 그러면 이 친절한 내가 역으로 한번 묻지. 부인의 얼굴은 기억하나? 잔소리는? 신호는 누가 만든 거지? 어제는 뭘 했고 날씨는 어땠나?"

"내 아내의 얼굴은, 신호는, 그러니까… 어제 날씨는…… 그럴 리가 없어. 분명 느낌이 있는데…"

"그렇지! 이그잭클리exactly! 바로 그거야. 정확한 기억은 애초에 중요하지 않아. 느낌만 있으면 그것이 실재한 기억이라고 믿게 된다는 거지. 사실, 이 아이디어는 보통의 인간들을 관찰하다가 만든 특징이긴 한데, 신기하게 그들은 기억에 관해 조금 특이한 점이 있더군. 인간들은 자신의 지난 기억을 현재의 느낌을 통해 수시로 조작하면서 변조하고는, 그걸 진짜 기억이라고 믿는 느낌을 만들어 내더라고. 아아, 걱정하지 마. 당연히 똑똑한 나는 수시로 조작되는 특징은 오류가 빈번히 날 것 같아서 자네를 만들 때는 뺐으니까. 대신 내가 지닌 최근 기억의 느낌을 자동 전송해서 자신의 기억이라고 생각하게 하는 디폴트값만 설정했지. 오류가 날 때마다 매분 매초 수정하는 건 귀찮거든. 아무튼! 나만의 규칙에 따라 자네를 만들었어. 자네의 대부분 성격과 행동 방식은 내 머릿속에서 빼냈고. 잘 생각해 봐. '짜증 난다'라는 말. 인간계에 소설가들이 지향하지 않는다는 그 단어. 정말 자네가 본 건가? 자네가 본 거라면 대체 어디서 봤다는 거지? 누가? 대체 누가 그런 말을 했다는 건데? 하하."

백신은 웃으며 말하더니 다시금 차분하게 차를 마셨다.

"그건 내가 분명히 어디선가, 제기랄, shit! 기억이 없군. 말도 안 돼! 그럼 여태껏 내가 한 행위들은 무슨 의미가 있는 거지. 대체……"

신은 허탈하면서도 차오르는 분노를 머금으며 말했다.

"어이쿠? shit이라니! 욕은 정신건강에 안 좋다고. 쉿! 조용히 내 말을 들어봐. 자네는 아주 프로그래밍이 잘됐어. 감정을 느끼게 설정되었다는 것 자체가, 자네가 훌륭한 프로그램이라는 증거일세. 지금도 표정과 호흡이 내가 만든 규칙에 따라 정확하고 섬세하게 움직이거든. 아주 아름다워. 레오나르도 다 빈치Leonardo da Vinci 녀석의 비트루비우스적 인간Vitruvian Man을 참고하길 잘했군. 인간들은 수치화하는 짓을 참 좋아해서 유용하단 말이지. 참고로 '짜증 난다'라는 표현의 일화는 내가 자네를 만들 때 인간계에 놀러 갔다가 알게 된 거라네. 감정의 명확성과 섬세한 표현에 관한 이야기였지. 이럴 줄 알았으면 '귀차니즘이 스며든 짜증'이라고, 나름의 내 표현을 담아 느낌적인 느낌으로 입력할 걸 그랬어. 아, 그리고 의미라니! 자네는 분리수거를 시작한 지 채 한 달이 되지 않았어. 별로 많은 작업을 수행한 것도 아니니 너무 징징거리지 말라고. 그동안 내가 얼마나 힘들었는지 알아? 물론 이전보다 편하긴 하지만, 앞으로 평생 자네를 관리해야 하는 내 상황도 이해해 달라고. 뭐, 어디까지나 나야, 나 편하려고 자네를 만든 거긴 하지만. 그리고 본래 의미 같은 건 중요하지 않네. 자네는 꾸준히 '분리수거'라는 행위를 반복하면 돼. 그것이 자네의 끝나지 않는 운명적 행위니까 말이야. 나는 그것만으로 아주 만족한다네."

"웃기는 일이군. 영혼을 분리수거하고 있던 내가 그저 기계처럼 반복되는 존재였다니. 그럼 나는 애초에 영혼 같은 것이 존재하지 않았던 것인가?"

신은 차오르던 분노를 간신히 추스르며 말했다.

"기계라, 기계… 기계란 것은 영구장치가 아닌 이상 보통 수명이 있지 않나? 자네를 영원히 반복되는 프로그램으로 만들기 위해 내가 얼마나 공을 들였는데, 조금 섭섭한 말인걸. 무슨 의미로 그런 말을 하는지는 알겠지만. 음, 근데 꼭 그런 것만은 아니야. 내 기억을 조금이라도 지니고 있으니, 일종의 영혼을 지닌 것 아니겠나?"

백신은 마치 신이 자기 자식이라도 되는 것처럼 따스한 표정으로 답하고는 다시 차분히 찻잔을 입에 갖다 댔다.

"좋아, 근데 한 가지 궁금한 게 있어. 애초에 당신은 그리고 나는, 대체 분리수거를 왜 하는 거지? 그저 이 세상 영혼의 분류를 위해서? 운명적 행위라서? 의미는 중요하지 않다고 당신은 말했지만, 결국 행위라는 것은 어떤 이유가 존재해서 이루어지는 것 아닌가?"

"오호, 새로운 의문을 품다니. 저번보다 조금 진화한 거 같긴 하군. 드디어 딥러닝이 발동한 건가. 뭐, 어떻게 생각하면 그렇게 생각할 수 있겠지만, 이유 따윈 없네. 어느 날 보니, 나도 신으로 존재하고 있었고 갑자기 머릿속에 인간계를 만들어야 한다는 생각이 떠올라 인간계를 만들었다네. 그러고 나니 갑자기 또 어느 날, 분리수거를 해야 한다는 생각이 떠올랐다네. 음, 자네도 어렴풋이 느꼈겠지만, 이것을 '생각'이란 단어로 표현하기에는 썩 어울리지 않는군. 그냥, 본능적으로 그렇게 행동하게 되는, 일종의 '입력'과도 같은 느낌이라고 말하는 게 더 어울리겠어. 그렇게 꾸준한 입력과 실행이 반복되면서 나는 해야 할 일이 자꾸만 불어나는 것을 느꼈지. 안 그래도 일이 많은데 분리수거까지 직접 하니 다른 일을 도저히 못 하는 지경에 이르더군. 그래서 중간 관리자가 필요하다는 입력이 떠올랐고 그저 만들었다네. 그게 바로 자네였고 오늘까지 꾸준히 테스트 겸 사용… 아니, 잠깐, 이건 너무 정이 없군! 다시, 에헴! 일과를 주어 보았지. 뭐, 만족도는 음… 좋긴 하지만 약간 아쉽긴 하군. 봐봐, 자네는 벌써 백 번이나 오류를 냈다고."

 백신이 푸념하자마자 그의 머리 위로 숫자 '100'이 나타났는데, 이내 백신이 휘파람을 불자 바람을 껴안은 연기처럼 빠르게 사라졌다.

 "그렇다면 내가 모두 구십구 번의 기억을 잃었다는 것으로 설명이 되는군…. 그렇다면 오류의 기준은 뭐지?"

 신이 물었다.

 "자각(自覺). 자각하면 안 되네. 이 일을 왜 하고 있는지 자각하지 말고 그저 일하면 된다네. 자네의 행위는 나도 뭐라 설명하지 못하겠지만 필시 존재해야만 하는 일이고 내가 해야만 할 일을 분담한 것뿐이니, 자네는 중간 관리자로서 한눈팔지 말고 묵묵히 분리수거를 해내기만 하면 되네. 근데 자네가 오늘 갑자기 이 일을 하기 싫다며 중간 관리자를 만들 생각을 했지. 그게 바로 오류라네. 나는 그런 생각을 하라고 입력한 적은 없거든. 자네는 내 일을 분담하는 역할이지. 내가 되면 안 되잖아? 나도 내 입장이라는 게 있다네."

 "입장이라, 이해되질 않는군. 당신이 세상을 위한 신이라면 말이지. 당신 말 대로라면 나도 내 밑에 관리자를 두면 더 쉽게 일을 진행할 수 있어 세상이 잘 돌아갈 것 아닌가? 까짓거 역할 하나 생긴다고 해서 크게 달라질 것도 없고 말이야. 오히려 당신이 원하는 대로 더 잘 굴러갈 것 같은데?"

 "까짓거 역할 하나라… 뭐, 그것도 괜찮은 생각이긴 하군. 하지만 그 새로운 생각 자체도 오류야. 나는 애초에 이 세상이 잘 굴러가야 한다, 위한다, 그런 생각은 한 적이 없다고. 말했잖아. 그저 입력이 떠오르면 나는 실행으로 옮긴다네. 내가 하는 행동들이 세상을 위한 것인지 아닌지 판단해서 만들지는 않아. 모든 것은 존재를 위한 것, 그 느낌만 존재할 뿐이야. 이해하려 하지 말고 느끼시게나. 오케이?! 그나저나, 역시 스스로 조금씩 진화하고 있는 게 확실해진 것 같은데? 역시 나는 대단해! 크크, 에헴! 사실, 자네 아이디어도 나쁘진 않지만… 만약 자네 말대로 자네 밑에 새로운 관리자를 만들라는 입력이 내게 새로이 떠올라 그걸 행하려면 자네가 지금보다 조금 더 진화해야만 할 것만 같다는 느낌이 들어. 한번 예상해 보면… 아직은 아니야. 쉽게 말해서 이런 테스트가 적어도 몇백 번은 더 이루어져서 내가 신경을 쓰지 않을 정도로 완벽한 진화의 완성을 이루어야 다음 스텝으로의 입력이 뜰 것 같단 말이지. 즉, 내가 백신이 아니라 천신 혹은 만신이라고 불릴 정도로 꾸준히 반복되어야 한단 말이네. 하하하!"

백신이 말했다.

"진짜 신은 신인가 보군. 완벽한 완성에 관해서 이야기하는 거 보면 말이야. 어차피 내가 뭐라고 말하든, 당신은 당신에게 떠오르는 대로 또 일을 진행할 테지. 그나저나 아직도 믿기질 않는군. 분명 오늘 날씨는 더웠는데 말이야. 허리도 아팠고."

신이 말을 끝내며 고개를 들어 위를 보자, 하늘이라 불러야 할지 모르는 무언가가 무한하게 펼쳐져 있었다.

"크크, 믿기지 않는다는 표현은 저번과 똑같군. 맞아. 나도 해야만 할 일들을 진행하는 입력이 각자만의 형태로 수시로 탄생하고 있고, 그래야만 하네. 자네를 원래대로 돌려놓고 제대로 내 일을 완벽하게 수행하게끔 하는 것이 내 일과이기도 하니까 말이지. 아, 날씨? 엊그제는 내가 비가 왔다는 느낌을 설정하긴 했어. 날씨에 따라 각각의 반응도 다르게 설정했고. 허리 아픔의 강도 같은 디테일까지 친절히 신경 썼다고."

"그런가? 이상한 완벽주의군. 근데 왜 하필 많은 부위 중에 허리지? 다른 곳이 아플 수도 있잖아. 무릎이라던가."

신은 흡족해하는 백신의 모습을 위아래로 훑어보며 물었다.

"음, 뭐랄까. 중간의 역할을 하는 누군가는 세상에 꼭 필요하지. 이유는 모르지만 생과 사, 소멸이 존재해서 관리해야 하는 이 세상에서는 말이야. 생각해 봐. 인간이든 동물이든 몸 전체를 바라보면 허리는 중간의 역할을 하는, 존재해야만 하는 것처럼 보이잖아? 그러니까 자네는 중간에서 일하는 사람. 그러니 허리가 아파야 하지. 게다가 할 일이 매번 무수히 늘어나니 늘 Hurry up! 이기도 하고. 하흠, 이렇게 나의 완벽한 유머가 완성되는 것이지!"

백신은 낄낄대며 말하더니 찻잔의 모서리를 빠르게 쓱 매만졌다. 금세 따뜻한 차가 다시금 차올랐다.

"괴이하군. 겨우 그런 의미로 허리 아픈 느낌이 들게끔 설정했다니."

"의미라는 거창한 단어는 사용할 필요가 없어. 어디까지나 유쾌하게 받아들이는 습관을 길러보라고. 심각하고 진지해져봤자 오만해질 뿐, 좋을 거 하나도 없으니까 말이야. 이런 부분은 내 유머력을 더 주어야겠군. 뭐, 사실은 나도 이따금 허리가 아파. 특히 자네를 프로그래밍하는 날은 오류라도 난 듯이 유난히 허리가 더 아팠지. 그래서 아픔을 잊는 방법을 생각하다가 날씨에 따라 허리가 아프다는 Hurry up! 유머가 입력되어 설정한 것이라네. 내 작업 시간은 유쾌하지 않으면 그저 지루함의 연속일 뿐이라고. 하긴 나에게는 그 시간의 개념 따위 존재하지 않지만! 당연히 유머의 결과에는 아주 만족하고 있지."

"당신이 신인데, 당신도 이따금 아프다니. 이해할 수가 없군. 인간들도 이런 사실을 아는지 모르겠네. 그들은 일어나는 모든 일의 이유가 당장은 몰라도 의미가 있으니 생긴다고 생각하며 하루하루 열심히 살 것이 아닌가. 끝내 의미 따위는 없고 순환일 뿐이라니. 결국, 다 부질없다는 느낌을 지울 수 없군."

신은 망연히 뒤편의 커다란 액자를 쳐다보며 백신의 말을 듣다가 자신도 모르게 떠오른 생각을 말했다.

잠시 정적이 흘렀다. 신의 말을 들은 백신은 잠시 신을 가만히 응시하더니 눈을 감고 생각에 빠진 듯했다. 조용해진 그들이 앉아있는 의자 뒤, 거대한 액자의 분할된 화면 속은 온 세상에서 일어나는 일들이 미셸 공드리Michel Gondry 감독의 〈더 캐미컬 브라더스The Chemical Brothers - 스타 기타Star Guitar〉 뮤직비디오처럼 다채로운 속도감을 보이며 흘러가고 있었다. 그 모습을 멀리서 바라보노라면 마치 신과 백신이 빠르게 달리고 있는 무언가에 타고 있는 듯한 착각을 주었다. 신은 백신과의 대화에 집중하느라 그 장면을 여태 제대로 보지 못했지만, 마음을 진정하고 나서야 바쁘게 지나가는 세상과 생명 그리고 인간들의 반복적인 삶을 찬찬히 바라볼 수 있었다.

분리수거 51

"오호, 관찰을 통한 생각의 진화라… 게다가 내게 잠시 차분히 생각할 시간을 주다니 대단한데?! 그래, 자네의 말대로 그럴 수도 있겠지만, 설령 부질없어 보이는 순환이라 한들 인간도 이 세상에서 중요한 중추를 맡고 있다네. 기준을 어디에 두느냐에 따라 다를 뿐이지. 그들도 허리 즉, 중간의 역이 될 수 있다는 말이야. 그래서 내가 아까 처음 말하지 않았나. 이름을 붙이는 건 아주 중요한 것이라고. 이름에 따라 각자의 분리 기준이 세상에 반영되니까 말이지."

"인간은 인간 나름대로 태어남과 살아감, 그리고 그 반복을 통해서 본인들의 역할을 잘하고 있네. 동물과 다른 생물들도 마찬가지고. 아! 자네가 아까 기계라는 표현을 했지? 예시를 들기 쉽겠군. 온 우주의 모든 것은 마치 거대한 세상이라는 기계가 제대로 돌아가게끔 각자 맡은 톱니바퀴 역을 하고 있다네. 물론, 기계 속 거리와 기준을 어디에 두느냐에 따라 누구는 자신을 허리 같은 중추라 할 수도 있고 누구는 부서져 흩어진 각질처럼 하찮다고 할 수도 있지만 말이야. 하지만 각자가 지닌 이름의 규정 그리고 그에 맞는 역할을 제대로 수행한다면 분명 어떤 것이든, 난 중추라고 생각한다네. 물론 기쁨이나 행복을 느끼는 건 다른 문제의 이야기겠지만 말이야. 모든 삶은 그저 입력된 프로그래밍일 수도 있겠지만, 자기 삶 속에서 진정한 기쁨을 찾아내는 생도 있고, 아닌 생도 있거든. 신기하게 동물이나 곤충보다 인간만은 자기 삶에서 기쁨을 잘 찾아내지 못한다네. 만족의 욕망이 끝이 없는 존재랄까……."

"어휴, 자네가 하도 의미에 대해 말하니 이렇게 진지한 이야기를 마지막 신scene에서 독백하는 배우처럼 길게 늘어뜨릴 수밖에 없구먼! 이제 정리를 딱! 해주지. 그러니까, 결론적으로 나는 신이라는 이름과 역할 그리고 입력된 기준을 통해 움직이는 중추로서 모든 생을 관리해 왔고 편의성을 위해 자네라는 중추를 또 만든 것뿐이라네."

백신은 한참을 길게 말하더니 이내 목이 아프다는 듯 자신의 목젖을 쓰다듬은 후, 다시 차를 마셨다.

"나로서는 내 앞에 보이는 당신이 완벽한 존재라고 느껴지는데 말이야. 그런 당신조차도 자신을 스스로 중추라고 말하니 이해할 수 없는 부분들도 있군. 이러나저러나 신의 말이니 그저 따를 수밖에 없겠지만… 하긴 여태껏 귀찮아했던 세상과 인간, 생명에 대해 생각해봤자 뭐 하겠어. 어차피 이 기억은 모두 지워질 테고 난 내일이면 또 귀찮아하면서 영혼을 분리수거 하러 오겠지……."

신이 말했다.

"노우~ 노우~! 걱정하지 마. 나는 자네를 보면서 점점 만족하고 있다고. 게다가 자네와 나누는 대화는 아주 재밌어서 자주 하고 싶어질 정도야. 자네가 조금씩 스스로 진화하는 것뿐만 아니라 나와의 대화 속에서 반응을 통해 진화하는 것 같아서 감탄했다고! 하는 일을 더 빠르게 실행하게끔 스스로 진화하는 기능을 넣어놓긴 했는데, 사실 별 기대 안 했거든. 물론 이 또한 '자각'의 종류인 것 같으니 미안하게도 몇몇 오류는 수정하거나 삭제해야겠지만! 어찌 됐든 이런 결과를 얻다니 오늘 짬을 내서 대화한 게 좋은 선택이었어. 앞으로 자네의 큰 가능성을 엿볼 수 있어, 창조자로서, 백신으로서, 꽤 보람 있는 시간이었다네. 오늘 대화는 내게 아주 큰 의미가 있었거든. 나야말로 앞으로 신으로서 또 다른 의미와 길을 찾았다고……."

삐용! 삐용! 삐용!
삐—용! 삐—용! 삐—용!

순간 백신의 말을 자르는 커다란 사이렌 소리와 함께 모든 것이 비상 신호치럼 다시 깜박거리기 시작했다. 신과 백신이 앉아 있던 의자를 포함한 빈티지 사각 테이블과 찻잔들 그리고 이 공간의 주인공들처럼 보이던 그들의 몸까지, 광경 속 모든 오브제가 사라짐과 나타남을 반복했고 속도감을 지니고 있던 거대한 액자는 연속적인 장면을 멈춘 채로 명멸하고 있었다. 이내 신과 백신의 한가운데 아주 커다란 구름 모양의 연기가 갑자기 나타나더니 빠르게 글자 모양을 만들기 시작했다.

ERROR!!! ERROR!!! ERROR!!!

아까보다 괜스레 더 크게 울리는 듯한 소리가 이 공간의 모든 모서리 끝까지 촘촘히 채워졌다. 동시에 깜박거리던 모든 오브제가 신과 백신을 제외하고는 희뿌연 연기 형태로 변하며 그들의 앞에 한데 뭉치기 시작했다. 잠시 후, 커다랗게 뭉친 그 무언가는 흥분과 불만이 섞인 목소리와 함께 그들을 닮은 실루엣으로 나타나며 울리는 소리만큼이나 선명해지기 시작했다.

"젠장, 또 구만. 또야, 또."

자기소개

면접.
표준 국어 대사전에 쓰여 있는 의미로는
첫째, 〈서로 대면하여 만나 봄〉
둘째, 〈직접 만나서 인품(人品)이나 언행(言行) 따위를 평가하는 시험.
흔히 필기시험 후에 최종적으로 심사하는 방법〉이라고 쓰여 있습니다.

「정말 특기가 자기소개라고요? 이건 면접인데요?」

네. 그렇습니다. 이 글을 읽는 분은 아무쪼록 다 이해하시리라 믿고 써 내려갑니다만, 저는 최근에 한 회사의 면접을 봤습니다. 앞서 쓴 저 두 문장은 제 담당 면접관이 제게 던진 문장이지요. 벌써 올해만 해도 면접을 몇 번이나 봤는지 모르겠네요. 하긴 놀라실지 모르겠지만, 저는 우리나라 대부분 기업 서류전형을 거의 다 통과한 편입니다. 그들이 원하는 건 거의 모두 준비해 놓았으니까요. 하지만 문제는 면접이었습니다. 너무나 아이러니한 일이죠.

「아니, 우리 회사 면접에 자기소개를 특기로 쓰는 사람은 처음 보네요. 그게 대체 우리 회사에 무슨 도움이 된다는 거죠?」

그 회사의 면접관은 다시 한번 저한테 따지듯이 말하더군요. 참 웃기는 일 아닙니까. 아무리 생각해도 저는 저 면접관이 어떻게 이 회사에 들어갔는지 그 자체가 미스터리 해서 웃음이 나오더군요. 나름 국내 불굴의 대기업이라는 이 회사의 인사팀 직원일 텐데 말이죠. 면접의 기본조차 모르다니, 그저 안타까울 따름입니다.

면접. 표준 국어 대사전에는 첫째, 〈서로 대면하여 만나 봄〉 둘째, 〈직접 만나서 인품(人品)이나 언행(言行) 따위를 평가하는 시험. 흔히 필기시험 후에 최종적으로 심사하는 방법〉이라고 쓰여 있습니다. 이렇게 누구나 검색하고 알아볼 수 있는 이십일 세기 정보화 시대에 누군가를 채용해야 하는 사람들이 면접의 진정한 의미에 대해서는 전혀 파악하지 못하고 있다는 겁니다. 서로 대면하여 만나볼 때 혹은 누군가를 평가할 때, 상대방의 진정을 파악해야 하는 것이 그들이 할 일 아닙니까? 저의 할 일이요? 물론 정해져 있지요. 저 자신을 명확하게 소개하는 것. 이것이야말로 제가 이 면접에서 해야 할 일이었습니다. 심지어 저는 자기소개만큼은 자신 있던지라 굉장히 설레는 마음마저 안고 있었으니까요.

「자, 그럼, 특기라 하시니 자기소개를 한번 해보시죠!」

당연히 면접관의 입에서 나와야 할 말은 이 문장이었습니다. 그러나 현실은 달랐죠. 저 문장은 제 슬픈 바람에 일단 한번 써놓은 겁니다만, 듣지 못했으니, 이곳에라도 써놓아야겠군요. 만약 이 말이 면접관의 입에서 나왔다면 저는 내뱉으려 준비한 문장이 아주 많았습니다. 어렸을 때부터 저는 늘 자기소개에 관해서는 일가견이 있었으니까요.

일반적인 자기소개를 떠올려 보세요. 대부분 어디에서 태어났고, 몇 살이고, 블라블라하는 식의 이야기들을 나열해 놓지요. 제게 있어서 저런 인위적인 정보들은 저 자신을 소개하는데, 처음부터 그리 중요하지 않았습니다. 이 세상에 태어난 누구나 어디선가 태어났을 테고, 나이는 순리대로 먹어갈 테니, 그저 사실을 나열하는 식의 이야기들은 누구나 할 수 있는 뻔하디뻔한 이야기니까요. 쉽게 말해서, 서류에서나 나올 법한 이야기는 서류에나 적으면 되는 겁니다. 저런 정보들이 인간과 인간이 대면하는 자기소개에서는 그리 중요하지 않은 것이라고 어렸을 때부터 생각했다면 믿으시겠습니까? 아무쪼록 믿어주시면 좋겠습니다만, 설령 믿지 않으신다고 한들 일단 설명은 드려보겠습니다.

앞서 말한 평범한 서류전형 같은 식의 소개는 대부분 십 점 만점을 기준으로 봤을 때, 일 점에서 삼 점 따위의 소개들입니다. 그래서 저는 학창 시절, 저런 식으로 태어난 곳과 나이 따위나 나열하는 자기소개를 들을 때면 차라리 잠을 자거나 멍을 때렸습니다. 진정한 자기를 내놓을 줄 모르는 이들을 바라보는 건 짧은 삶 속에서 시간만 아까우니까요.

그다음 유형으로는 자신의 장점이나 특징을 나열하는 유형입니다. 이들의 점수는 그래도 사 점에서 육 점 정도는 됩니다. 그래도 남들과 다른 자신만이 가진 무언가에 관해 이야기하고 있으니 최소한 앞서 말한 유형들과는 구별이 되겠지요. 하지만 이 경우에는 대부분 입에 발린 말을 하거나 증명하기 어려운 것들을 나열하기 때문에, 선거철에 달리느라 바빠진 정치인들의 혀와 크게 다르지 않습니다. 차선을 바꾸지도 못하고 어떻게든 도착하기 위해 직진으로만 달려대면서 빠른 속도와 목표만 중요하게 생각하지, 주변을 중요하게 생각하지 않거든요.

다음으로는 칠 점에서 구 점 유형입니다. 이 사람들은 그래도 인간다운 사람들입니다. 장점으로 보이든 단점으로 보이든, 타인의 시선을 넘어선 자신만의 취향과 그 이유에 대해서 나열하지요. 아마 저란 사람이 학창 시절에는 이 정도 점수를 유지하려 노력했던 것 같군요. 선생님이 뭐라 한들 자기소개를 할 시간이 될 때면, 저는 그 당시에 저의 일과에 가장 소중한 부분이라든지 혹은 제가 가진 치부와 아픔에 대해서도 자신 있게 드러내며 스토리텔링을 했지요. 자신이 추구하는 무언가에 확신을 두고 자신을 제상이 스토리텔링하여 내놓는 것, 이것이야말로 진정한 특기 아니겠습니까. 물론 그것 때문에 놀림을 받은 경우도 꽤 많았지만, 그래도 저는 늘 날 것이었습니다. 참 인간적이며 창의적이지 않습니까? 길을 걷어가다 꽃을 보면서 시집을 읽고 글을 휘갈기는 것이라든지, 좋아하는 여자아이 집 앞에서 온종일 기다리다 독감에 걸리고 고독을 느꼈던 일은 저라는 사람의 특성으로부터 태어나는 일이었습니다. 제대로 온 피부로 느낀 일들이니까요. 물론 문장으로 나열하면 다른 이의 기억들과 비슷해 보일 수는 있겠습니다만, 그건 분명 디테일적으로는 다른 일인 것입니다.

그렇게 저는 칠 점에서 구 점의 자기소개 실력을 유지하다 대학 졸업 후, 마침내 취업전선에 뛰어들었습니다. 어쩌면, 제가 여태까지 한 모든 공부가 이 시간을 위해 주어진 것이 아닐까, 하는 기대를 하면서 말이지요. 한 기업의 미래를 짊어질 창의적이고 개성 있는 인재를 뽑는다는 식의 비슷한 공고들을 보면서 저는 당연히 저의 스펙과 실력이라면 어떤 채용이든 통과해서 붙을 것으로 생각했습니다. 그래서 처음에는 남들과 비슷한 서류를 작성했지요. 하지만 몇 번의 낙방을 반복하면서 무언가 빠뜨렸다는, 허전함을 느꼈습니다. 분명 무엇인지 모를 불완전함이 느껴졌지요. 그때였습니다.

'단편을 쓰고 난 후, 다시 읽으며 쉼표를 모두 제거하고 또다시 읽어보며 쉼표를 넣었을 때, 같은 자리에 쉼표들이 들어가면 글이 완성되었다는 것을 깨닫는다.'라고 말한 소설가 에반 코넬 Evan S. Connell Jr.의 말이 떠올랐습니다. 여러 번의 서류작성을 통해 수없이 저를 적어내면서 늘 특기 칸에 써넣었지만, 타인들의 기준에 맞추다 보니 마지막에 **빼버렸던** 것. 미처 채우지 못한 쉼표가 제게 있었습니다. 그것은 바로 서류 특기 칸에 〈자-기-소-개〉를 끝내 적지 않았다는 사실이었습니다. 자. 기. 소. 개. 자신이라는 역량을 마음껏 공식적으로 뽐내고 소개할 수 있는 공간에서, 나를 보임과 동시에 그것이야말로 내가 가진 특기라고 말하며 행한다는 것. 이것이야말로 제 자기소개 특기가 완성될 기회이자 또 다른 미래로 향하는 길이었던 것입니다.

「음, 네, 잘 알겠습니다. 수고하셨습니다. 나가시면 됩니다.」

하지만 역시나. 오늘도 듣게 된 저 말. 오늘도 등장한 저 문장. 대부분 기업의 면접관에게 들었던 저 문장이야말로 제 자기를 잃어버리는 길의 시작이었습니다. 절대 이 글을 읽고 있는 분들에게 드리는 말씀은 아닙니다만, 앞서 봤던 면접관들에게 꼭 여쭙고 싶군요. 기업은 기계의 부품을 뽑는 곳입니까. 인재를 뽑는다면서요. 인터넷에 검색만 하면 나오는 정보들을 바탕으로 한 스펙만 제대로 준비하니, 늘 처음의 서류전형 과정은 쉽게 패스했습니다. 아이러니하게도 모든 기업의 특기 칸에는 분명 '자기소개'를 기재했는데도 말이죠. 서류전형에서는 서류에 적힌 내용들을 제대로 읽어보지도 않고, 면접전형에서는 버젓이 적혀 있는 내용을 읽고도 무시하는 그들의 행태를 보면서 처음에는 화가 났지만,

이제는 확신이 듭니다. 그들도 어느 순간 '자기'를 잃어버린 것입니다. 그러니 자기소개하는 사람의 자기소개를 제대로 볼 생각조차 못 했던 것이지요. 그러니 증명할 수도 없는 사회성 이론이니, MBTI 따위의 기준을 열거하면서 본인과 사람들의 소중한 시간과 주관을 뺏어가고 있는 것 아닐까요. 참 안타까울 따름입니다.

이것이 오늘 있었던 일과 그동안의 경험 그리고 솔직한 저의 자기소개입니다. 그러니 정말 창의적이고 개성 있는 인재로 회사의 미래를 만드시려면, 인사팀의 인원을 구성하실 때 저 같은 사람을 새로이 채용해야만 혁신을 이룰 수 있다는 것을 이렇게나마 글로써 말씀드립니다. 물론 글이다 보니 진심이 혹 전달되지 않을까, 걱정은 됩니다만, 분명 제게 진정한 자기소개할 기회를 실제로 주시리라 생각합니다. 확실히 이 회사는 백오십 자 이상, 오백 자 이내 같은 제한을 두지 않아서 지원자로서 마음이 참 편하군요. 그 제한을 두지 않으셨기에 저와 같은 창의적인 인재들이 공정하고 올바른 면접을 볼 수 있으리라 생각합니다. 저의 글이 회사의 미래를 진정으로 생각하시는 분들에게 닿기를 바라며, 다음 면접 때 꼭 뵙기를 기대해 보겠습니다.

들어주셔서, 진심으로 감사합니다.

표류(漂流)

조빔은 눈을 떴다.
밤이 깊어 달을 든 하늘이 바다를 담은 거울을 바라보고 있는지,
하늘과 바다가 당최 구분되지 않았다.

1

　물속에서도 목마름을 느끼는 것이 삶일까. 조빔은 생각했다. 그는 태어나서 처음 마주한 무한한 바다 한가운데에서 벌써 며칠째 떠다니고 있었다. 바다는 거대한 사자의 포효처럼 무섭고 정신없으면서도 하나의 생명처럼 느껴졌다. 조빔은 바다 위에 홀로 있으면서도 이 흔들리는 광대한 물의 흐름이 마치 자기 몸과 생각에 리듬을 맞춰주는 것만 같아 조금은 편안하다고 생각했다.

2

　"'조빔' 어때? 조빔!"
　바다를 닮은 커다랗고 깊은 푸른 눈의 그가 미소 지으며 외쳤다.
　"'조빔'이라고요? 어휴, 선배의 작명 실력은 솔직히 별로인 것 같아요. 이번에도 제가 정하는 것으로 하시죠? 그리고 저는 아가 기린은 처음이라 진짜 소중한 경험이라고요. 그러니까, 이름은…"
　그녀가 말했다.
　"아니야, 이 녀석의 이름은 아무리 봐도 조빔이라고. 지금 나오는 음악 들리지? 이게 바로 그 유명한 조빔의 음악이라니까."
　그가 답했다. 그는 자신의 사육실에 음악을 틀어놓는 것을 좋아했다. 그 장르와 곡의 종류는 그의 다양한 취향만큼이나 다채로웠다.
　"아, 네, 그러세요? 하지만 저는 남미의 전 국민이 듣는 음악이라 해도 보사노바는 잘 모르겠어요. 그리고 대체 어디가 이 음악이 아기 기린이랑 어울린다는 거죠?"

그녀는 입술을 내밀며 말했다.

"이런 음악이라니! 그건 이 아름다운 음악에게 엄청난 무례라구. 자, 내가 특별히 보사노바에 관해 설명해 주지. 보사노바Bossa Nova는 포르투갈어로 '새로운 경향, 새로운 감각'이라는 뜻을 지니고 있어. 약간 트렌디한 느낌과 바운스가 딱 나와 어울리지 않니? 게다가 지금 틀어놓은 이 음악이 보사노바의 대부, 안토니오 카를로스 조빔Antonio Carlos Jobim의 명반!「웨이브Wave」의 첫 곡, 〈웨이브Wave〉란 말씀이야. 하하!"

"네, 안토니오고, 카를로스고, 조빔이고, 나발이고, 저는 다른 이름을 하고 싶어요. 일단 안 예쁘잖아요! 음, 이번에는 어떤 화가의 이름으로 해볼까. 너는 속눈썹이 예쁘니까…"

그의 거만한 표정과 이상한 몸의 움직임을 바탕으로 한, 근거 없이 흘러나오는 자신감이 한심하다는 듯 그녀가 바로 반박하며 조빔의 얼굴을 관찰하기 시작했다.

"아, 제발! 이번만큼은 내가 원하는 대로 해줘. 다음 달 말까지 당신이 원할 때마다 당직 근무를 대신 서줄게. 어때?"

"아니, 늘 원하는 대로 하셔놓고…. 근데 그 이름으로 짓는 게 그렇게 중요해요? 선배한테?"

"음… 중요해. 누구나 그렇겠지만 어렸을 때 정말 힘들었던 순간이 존재하잖아? 나는 그때마다 '내 삶은 바다를 흐르는 파도처럼 살자, 모든 것은 순리에 맡기자.'라고 되뇌면서 이 앨범으로 위로받았었어. 이 푸르른 앨범 표지를 봐. 거대한 초원을 거닐고 있는 기린! 그런데 아이러니하게도 초원의 색이 파란 바다 같잖아? 뭔가 자유롭게 파도를 타고 있는 느낌이랄까. 물론 1967년에 나온 오리지널 커버는 붉은색이었지만, 1970년 재발매 판부터 인쇄가 잘못되어서 푸른색으로 나왔다는 말은 나 같은 마니아들만 알 수 있는 이야기지. 게다가 그게 사실이라면 고치지 않고 있는 그대로 순리에 맡겨 자연스레 생긴 파도를 담은 음악 같아서 더 좋지 않아? 헤헤, 이 앨범에 흠뻑 빠진 이후로 언젠가 사육사란 꿈을 이루고 만약 기린을 맡게 된다면 꼭 이 앨범의 아티스트 이름을 붙여주고 싶다고 생각했었어. 그러니까 이렇게 부탁할게. 응?!"

그는 사육실 벽면 선반에 놓인 자그마한 구형 CD플레이어의 옆에 놓인 앨범을 들더니 그녀의 빛나는 초록색 눈동자만큼이나 초록 빛깔이 그득한 앨범 재킷을 흔들며 말했다.

"휴, 좋아요. 선배 열정은 못 말려, 정말. 이번에는 양보하죠. 대신 당직 약속에다가 청소까지 더 얹을게요. 진짜 꼭 지키셔야 해요. 이제는 절대 안 속는다고요! 저는 일단, '조빔'이랑 관련된 의료기록지 좀 살펴보러 가볼게요."

그녀는 어쩔 수 없다는 듯이 양쪽 어깨를 으쓱한 후, 꼭 지키라는 단호한 표정을 지으며 사육실을 나갔다. 그는 진심으로 고맙다는 표정을 지으며 그녀가 나가는 뒷모습을 한참 동안 지그시 바라봤다. 그는 고개를 천천히 돌려 조빔의 눈을 바라보며 말했다.

"앞으로 잘 부탁해, 조빔. 고마워. 내게 와줘서. 우리 분명 인연이라고! 저 멀리 동양의 불교에서는 인연이 생기려면 억겁의 시간이 흘러야 한다더라. 어? 억겁이 뭐냐고? 그런 건, 음, 사실 나도 잘 몰라. 아, 그리고 이건 우리끼리 비밀인데, 방금 나간 그녀는 네가 봐도 참 귀엽지 않니?"

표류(漂流)

조빔은 무슨 말인지 전혀 알아듣지 못했지만, 그에게 풍기는 푸른 느낌의 머스크 향과 분유 향이 섞여 퍼지는 냄새가 좋다고 생각했다. 더해서 그의 깊고 푸른 눈에 비친 자신을 보는 것이 기분이 좋아 자연스레 그가 좋은 사람이라고 생각하게 되었다.

3

   조빔은 눈을 떴다. 밤이 깊어 달을 든 하늘이 바다를 담은 거울을 바라보고 있는지, 하늘과 바다가 당최 구분되지 않았다. 한때는 웅장했던 물소리가 잔잔히 울려 퍼지는 것으로 보아 아까 떠 있던 곳과 크게 위치가 달라지지 않았다는 것은 감으로 알 수 있었다. 어둠이 바다의 모든 소리를 빨아들인 조용한 바다 위, 조빔은 여전히 크게 두렵지는 않았다. 그저 마음이 편안하고 고요했다. 심지어 자신이 몸을 맡긴, 바다의 잔잔한 물결이 고즈넉하다고 생각하며 조빔은 문득 떠올렸다. 작고 조그마한 사육실의 따스한 온도, 무엇인지는 모르겠지만 사육실 곳곳에 울려 퍼졌던 음악 소리, 지푸라기의 바스락거리는 소리와 조금은 퀴퀴한 풀 내음, 자신을 자주 안아주던 사육사들의 따스한 체온, 더 거슬러서는 어렴풋이 느낌만 남은 엄마의 뱃속까지. 조빔은 자신이 거쳐온 이 모든 것들과 지금 있는 이 공간이 결국 다 하나로 연결된 것은 아닐까, 생각했다. 파도의 움직임이 마치 자신의 혈관 속을 흐르는 피가 일렁이는 것처럼 온몸 곳곳에서 편안함을 느꼈기 때문이었다.
   '아, 나는 어쩌면 기억을 잃고 엄마의 뱃속으로 다시 들어간

것일까. 엄마의 뱃속이 못 본 사이에 이렇게 커져 버린 걸까.'

조빔은 하늘과 바다를 서로 뒤섞으며 유영하는 달빛을 커다란 두 눈에 한가득 채우며 눈을 감았다.

4

조빔은 사육사들이 그에게 뿌려주는 물이 평소와 다름을 확연하게 느꼈다. 시간이 지날수록 훨씬 짜고 이상했다. 이 거대한 물은 아무리 마셔도 갈증이 사라지지 않는다는 것도 느낄 수 있었다. 하지만 조빔은 지능이 높은 동물이었다. 운도 좋았다. 다행히도 조빔이 거대한 바다로 떨어진 뒤 어디서 흘러온 것인지 모를 커다란 나무통들에 몸을 의지할 수 있었다. 조빔이 의도했든 의도하지 않았든, 조빔의 주변에 흩뿌려진 이 크고 튼튼한 드럼통들은 조빔이 비겨댈 수 있는 튜브 역할을 충실히 해냈다. 수면 위로 떠있는 드럼통들의 윗부분에 난 조그만 구멍으로 —어떠한 것들에는 바닷물이 흘러 들어갔지만— 조빔은 기다란 혀를 이용해 드럼통 안의 물을 마실 수 있었다. 아마 지난 며칠 동안 간간이 비가 내렸던 터라 드럼통 구멍을 통해 충분한 물이 고인 듯했다. 조빔은 본능적으로 드럼통 속 물이 자신의 생명수임을 알아챘고, 필요한 만큼만 수분을 보충하면서 망연한 바다에 표류하고 있었다.

조빔은 표류하면서 기력이 떨어진 탓인지 아니면 그것이 동물적 본능인지 낮과 밤에 대한 감각에 혼란을 느꼈다. 조빔이 자고 일어나며 느꼈던 동물원 사육실 안의 해와 —아마 조명이었겠지만— 바깥세상의 해는 확실히 달랐다. 조빔은 동물원 안에서의 규칙적인 생활에서 느꼈던 것과는 달리 낮에도 눈을 감고 밤을 떠올렸고, 밤에도 눈을 감고 낮을 떠올렸다. 수면의 온도가 조빔의 머릿속을 이상하게 만든 것일까. 해가 높게 뜬 시간, 조빔은 스르르 눈을 감았다.

"조빔, 잠시만 내 이야길 들어봐. 너도 오늘 그녀를 봤겠지? 묶은 머리 끈조차 석셔버린 듯한 그녀의 주황색 머릿결을 말이야. 평소보다 그녀의 머릿결이 더 아름다워 보였던 건 나는 그녀의 셔츠가 한몫했다고 생각해. 오늘 그녀가 입고 온 셔츠는 빨간색이었다고! 빨간색! 나는 그걸 보자마자 그녀와 내가 운명적 인연이 아닌가, 라는 생각이 들었어. 왜냐면 나는 오늘 아침에 일어난 순간부터 온종일 지금 흘러나오는 곡을 들었거든. 뭐 사실, 옥스퍼드 셔츠와 블라우스는 약간 다른 느낌이긴 하지만, 그게 그거지 뭐. 이 곡의 제목은 〈더 레드 블라우스The Red Blouse〉거든. 기억하지? 왜, 우리가 처음 만난 날! 내가 틀었던 조빔의 앨범이잖아."

그의 볼은 그녀의 머릿결 색이 옮은 듯이 감기 환자처럼 발그레해졌지만, 평소보다 한음 높은 목소리로 이야기를 꺼내 놓았다. 그는 자신의 근무 시간이 아닌데도 불구하고 한밤중에 몰래 사육실에 들어와 조빔을 만나러 오곤 했다. 아마 그 시간은 그에게 있어 아무에게도 하지 못하는 이야기를 토로하는 시간이었으리라. 그는 조빔과 이야기할 때면 늘 처음 만났을 때 틀었던 안토니오 카를로스 조빔Antonio Carlos Jobim의 앨범 〈웨이브Wave〉를 재생시켰고 음악을 흥얼거리며 조빔을 향해 자신의 고민 섞인 이야기를 건넸다. 그는 자신이 돌봤던 많은 동물 중에서도 조빔을 가장 특별한 동물로 생각하며 친구처럼 여겼다.

"그래, 맞아. 네 큰 눈을 보니까 도저히 거짓말을 할 수가 없네. 헤헤, 들킨 것 같으니 내가 솔직히 먼저 말할게. 이 말을 하는 건 네가 처음이라고. 사실 그녀를 처음 만난 날, 그녀에게 난 한눈에 반했어. 노을빛을 닮은 주황색 머릿결과 에메랄드를 박은 듯한 초록색 두 눈, 모델처럼 큰 키와 육감적인 몸매, 그 덕인지 자신 있는 걸음걸이와 싱그럽고 따뜻한 웃음소리. 키야. 완벽한 내 이상형을 태어나서 처음 본 순간이었지. 그래서 사실 동기들과 스케줄을 조정하며 그녀와 한 팀으로 배치되게끔 나름 애썼어. 결국, 나는 그녀와 일을 할 수 있는 기적을 얻게 되었지. 누군가는 사랑은 무한한 억겁의 인연과 운명이 만들어 내는 거라곤 하지만, 나는 내가 움직였기 때문에 운이 다가왔다고 생각해. 두고 봐. 언젠가 그녀는 나를 사랑하게 될 거야. 그러니까 너도 내가 그녀와 잘되길 함께 기도해 줘!"

그는 십 대 사춘기 소년이라도 된 양, 조빔을 쓰다듬으며 신나게 떠들었다. 조빔은 잠이 많은 편이었지만 그가 사육실에 찾아와 그녀에 관한 이야기를 떠드는 시간만 되면 자연스레 눈이 떠졌다. 일종의 조건반사처럼 반응하는 것이었을까. 아마 그와 조빔의 보이지 않는 온도를 느낄 수 없는 사람이라면 그렇게 말했을지도 모르겠다. 하지만 분명 단순한 반복 훈련에 의한 것만은 절대 아니었다. 조빔은 그가 늘어놓는 말을 하나도 알아들을 수 없었지만, '그'라는 사람에게 풍기는 따스한 향기와 온도가 그의 금발 머리와 맞물려 마치 한낮의 햇빛처럼 안온하다고 느꼈기 때문이었다. 분명, 둘은 서로를 느낄 수 있는 특별한 친구임이 분명했다.

5

조빔은 긴 회상을 마치고 눈을 떴다. 눈을 뜨고 바라본 하늘에는 엊그제와 다른 무언가가 그득했다. 하늘이 바다인지, 바다가 하늘인지 구분이 되지 않을 정도로 무수한 별이 반사되어 빛의 잔적을 그려내고 있었다. 마치 은하수가 바다 위의 조빔을 두고 낙화한 듯, 조빔이 별밤 하늘 속에서 피어난 것처럼 보였다. 조빔은 그때 느꼈다. 이 표류하는 수면 위의 공간은 한 치 앞도 예상할 수 없지만, 지금, 이 순간만은 '참 아름답구나!'하고.

어떤 인간들은 말했다. 인간만이 아름다운 것을 보고 아름답다고 사유할 수 있으니 특별한 것이라고. 그러나 조빔은 아름다움을 충분히 느낄 수 있는 생명체였다. 그만큼 이 세상의 살아있는 존재라면 그것이 어떤 존재라도 그렇게 느낄 수 있을 정도로, 조빔의 눈동자 속 바다와 하늘은 어두운 도화지 위에 별을 아스러뜨린 듯한 빛나는 잉크를 흩뿌리며 한 폭의 데칼코마니를 만들어 내고 있었다. 조빔은 자신의 눈앞에 펼쳐진 그림의 색채 하나하나를 더 담고 싶은 마음에 한동안, 이 눈부신 광경에서 눈을 뗄 수 없었다. 하지만 이내 조빔은 생각했다. 이 수많은 별이 아무리 아름다워도 자신이 봤던 그 눈동자의 반짝임을 따라올 수는 없을 거라고. 조빔은 한 폭의 명작 앞에서도 그 눈동자를 기억해 내기 위해 다시금 눈을 감았다.

"조빔! 오늘 날씨가 아주 좋은걸, 이런 날씨에는 꼭 산책을 해줘야 해!"

그가 조빔과 그녀를 향해 말했다.

"선배, 조빔은 산책하기 싫어하는 것 같은데요? 그리고 이 정도는 이제 혼자 하실 수 있는 경력이잖아요. 왜 하필 일지 정리하고 있던 저까지 호출을!"

"사실! 조금 전에 조빔하고 대화했거든. 조빔이 네 향기를 어찌나 좋아하는지, 네가 어디 있는지 한참을 묻더라고. 내가 간식을 줘도 전혀 받아먹지 않았다니까. 근데 네가 오니까 표정부터 달라지더라. 봐봐. 아주 신이 나서 간식도 잘 먹고, 이렇게 산책하러 가자는 표정도 짓구!"

"참, 그렇게 조빔의 마음을 잘 이해하시면 일이 쌓일 대로 쌓인 저도 이해해 주시면 안 될까요? 휴… 선배 말솜씨는 당할 수가 없네요. 음, 저도 조빔이랑 산책하는 건 좋아하니까…. 대신 이따가 일지 정리 도와주셔야 해요. 자, 조빔! 저 못된 선배랑은 떨어져서 이제 나랑 밖에 나가서 같이 걸을까?"

조빔을 향한 그녀의 따뜻한 눈빛과 미소는 사육실 안의 온도를 바꿨다. 한 사람이 한 공간을 바꾸어 내는 힘을, 그녀는 존재로서 증명했다. 그 증명을, 그녀라는 존재를, 그는 누구보다 사랑스러운 눈빛으로 바라보았다. 조빔은 그녀를 바라보던 그의 눈빛을 이내 알아챘다. 그리곤 생각했다. 그의 행복한 표정과 함께 저 빛나는 눈동자는 세상의 어떤 빛보다도 더 빛날 것이라고.

그는 사육실에서 나와 앞서 걷고 있는 그녀와 조빔을 흐뭇하게 바라보며 따라갔다.

"헤헤, 그냥 걷는 것보단 역시 음악을 들으면서 걸어야 기분이 좋지. 오늘의 곡은 〈룩 투 더 스카이Look to the sky〉!!!"

그러고는 곧 낡은 작업용 카고바지의 옆 주머니에서 꺼낸 스마트폰으로 음악을 재생시켰다. 그는 산책할 때면, 이상하리만큼 꽂힌 한 곡만 반복해서 재생시키곤 했다. 그래서일까. 수없이 반복되며 울려 퍼지는 음악 소리에 그녀와 그, 조빔의 발걸음은 어느새 멜로디에 익숙해져 리듬과 하나가 된 듯한 무용수의 발놀림 같았다. 조빔은 그가 그녀와 함께 있거나 그녀에 관한 이야기를 할 때 늘 즐거운 표정을 지었기에 앞으로도 그녀의 일이라면 그에게 좋지 않을 일은 없으리라고 생각했다. 게다가 조빔은 슬픔이라는 감정에 대해 아직 제대로 인지하지 못하는 어린 기린이었으니 더 그럴 만했다.

그렇게 함께 산책했던 날로부터 며칠이 지난 어느 날. 그런 조빔의 기대는 무너졌다. 조빔은 태어나 처음으로 슬픔이라는 감정과 제대로 마주치게 되었다. 늦은 밤, 잠이 들 뻔했던 조빔은 밀려오는 잠을 어떤 한 감각으로 밀어내었다. 예민한 조빔의 후각은 잠을 자는 와중에도 발동했고 단번에 그가 왔다는 느낌에 몸이 먼저 반응했기 때문이었다.

"안녕! 조빔. 사실 오늘은 약간 취해서 왔지. 나는 술은 잘못하지만, 오늘은 취해야 할 것 같아. 조금 슬프거든. 술은 뭘 마셨냐고? 사실 나는 술은 잘못해서 〈바치지냐Batidinha〉 몇 잔 마신 게 다야. 몇 잔이라고 하기엔 꽤 많긴 하지만… 맛은 어떠냐고? 음, 글쎄, 코코넛이랑 과일들이랑 섞여서…… 에이! 기억이 안 나서 잘 모르겠다. 그것보다 내 속이 막 뒤엉킨 것처럼 이상해서.

헤헤, 꽤 어지럽네."

그는 쓴 미소를 머금은 채, 우수에 찬 눈으로 조빔의 머리를 쓰다듬다가 이내 조빔의 목을 작게 두드리며 말했다.

"너는 알고 있지? 내가 그녀를 자주 바라보고 있다는 걸. 오늘 우연히 알게 된 사실인데, 그녀는 정혼자가 있다더군. 참, 요즘 같은 시대에 그런 구시대의 방식이라니! 완전 신파극 캐릭터 같잖아. 상투와 신파를 지극히도 싫어하는 나인데, 왜 이리 수많은 작품에서 그것들이 등장하는지 이제야 알겠어. 아름다운 그녀에게는 신파가 어울리고 나 같은 멍청이에게는 비극이 어울릴 것 같아. 신의 장난질 같단 말이지. 물론 그녀는 정략결혼은 하고 싶지 않고 정말 사랑하는 사람과 결혼하는 것이 꿈이라 했지만, 그렇다 해도 그녀가 나를 사랑하는 것도 아닐 테니까… 뭐, 어찌할 수가 없더군. 어쩐지 그녀가 그 말을 넌지시 흘리는데 그 표정이 얼마나 슬퍼 보이던지 원. 그녀의 모든 슬픔은 내가 감당할 테니 설령 내가 받다가 깨지더라도 내게 모두 쏟아 달라고 말하고 싶더군. 조빔, 너는 내 기분을 알겠니?"

그가 조빔을 향해 속마음을 쏟아냈다. 그때, 조빔은 분명히 느꼈다.

'이 사람은 지금 슬픔을 감당하고 있다.'

조빔은 그가 하는 말이 무슨 말인지 하나도 알아듣지 못했지만, 분명 그가 기분이 울적하다는 것만큼은 온 피부와 온 감각으로 느낄 수 있었다. 그 순간, 조빔의 동물적 본능이 강하게 발현되었다. 조빔은 고개를 들어 기다란 혀로 그의 손을 핥은 후, 그보다 더 긴 목으로 그의 어깨와 등을 따뜻하게 감싸주었다. 어느 동물이든 소중히 여기는 대상이 슬퍼하면 그 마음을 달래주고 싶다는 마음은 본능 아닐까. 그들의 우정만큼이나 깊어진 밤, 조그마한 사육실 안에는 그들의 포옹을 닮은 〈트리스치Triste〉의 선율이 반복되며 흘러나오고 있었다.

6

조빔은 눈을 감고 있어도 바다 위의 시간이 한낮이 되었다는 걸, 뜨거워진 피붓결로 알 수 있었다. 피부의 온도가 달라지는 감각. 조빔은 지난 기억의 느낌이 떠올랐다. 한낮에 밟은 모래는 아주 뜨겁지만, 한밤에 밟은 모래는 차가웠던, 그 감각을 통해 모래는 낮과 밤에 온도가 달라진다는 것을 조빔은 알게 되었다. 아주 뜨거웠던 한낮의 모래라도 밤이 되면 차갑게 식어버리고, 다음날 낮이 되면 다시 뜨거워진다는 것. 순환. 모든 것은 정해진 대로 돌고 돈다는 것. 시간과 함께 자연스레 변하는 모래가 이 거대한 물과 닮았다고 조빔은 생각했다.

조빔은 처음 사육실을 벗어나 산책했던 날을 떠올렸다. 그가 조빔에게 보여준 자연의 정경. 그 첫 기억은 조빔의 머릿속에서 언제든 재생시킬 수 있을 정도로 또렷이 남아 있었다. 그는 자상하게 —마치 사람의 아기에게 촉감 놀이를 시키듯— 조빔을 야외 우리 구석구석으로 데려가 하나하나 설명하면서 직접 만지고 느끼게 해주었다. 특히 모래밭 근처에서 그는 한참을 이야기했다.

"이곳보다 아주 먼 곳에는 사막이란 곳이 있어. 아주 황폐한 곳이지. 특히 한낮에는 걸을 수도 없을 만큼 덥고 목이 마른 곳이야. 하지만 아이러니하게도 일교차가 엄청나게 커서 낮에는 오십 도 이상으로 올라가는 곳이 있지만, 밤에는 십 도 밑이나 영하의 기온으로 내려가는 곳도 존재한대. 참 신기한 일이지? 아마 내가 어디선가 보기로는 낮에 열을 머금은 모래가 건조되면서 열을 방출하고 급격히 식으면서 온도가 내려간다더군. 이 이야기를 듣고 나서 나는 사막이 사랑과 닮았다고 생각했어. 물론 오랫동안 온도를 유지하는 사랑도 어딘가에는 존재하겠지만, 시간이 흘러 건조되어 버리면 너무나 빨리 식어버리는 게 사랑이라고 생각했거든. 어쩌면 나를 떠나간 사랑들은 에너지가 소멸되어 식어버린 후에 더는 뜨거워지지 못했던, 죽은 사막 같은 존재들이 아니었을까. 물론 그녀들은 마음 한가운데 오아시스의 꽃을 지닌 사막들이었지. 어리석은 나는 늘 오아시스를 찾아 사막의 황무지를 거닐었지만, 결국 찾지 못해 밤이 되어 식어버린 곳에서 쓰러진 걸 거야. 참, 내가 어린 네게 무슨 말을 하는지 나도 잘 모르겠군. 역시 이름이 조빔이라 그런 거려나."

그는 주머니에서 스마트폰을 꺼내 조빔의 곡 〈모하비Mojave〉를 재생시켰다. 조그만 모래밭이었지만, 조빔은 울려 퍼지는 음악과 무엇인지 모를 이야기를 들으며 몇 번이고 모래의 따스함을 발끝으로 매만졌다. 그날 이후, 그와 조빔은 몰래 늦은 밤에도 산책하며 자주 모래를 밟았다. 조빔은 어둠 사이로 자상하게 들리는 그의 음성이 여전히 무슨 말인지는 몰랐지만, 발의 감각을 통해 밤의 모래는 차가워진다는 것을 제대로 기억할 수 있었다. 그의 말을 알아듣지는 못해도 온 피부로 기억할 수 있었고, 기억하고 싶었던 조빔이기 때문이었다.

그와의 선명한 기억을 세세히 떠올리고 난 후, 조빔은 모래와 바다의 관계를 다시금 생각하며 자신에게 질문했다. (조빔은 바다라는 단어를 몰랐지만, 자신이 있는 곳이 그냥 물과 다른 거대한 무언가인 것만큼은 확실히 인지하고 있었다) 분명 느낌은 다른데, 왜 이 둘은 닮은 것만 같을까. 조빔은 이상한 의문과 한낮의 갈증으로 인해 목을 흔들었다. 순간, 조빔의 얼굴이 균형을 잃고 바닷속으로 빨려 들어갔다. 그 모습은 마치 바다의 입이 기다렸다는 듯이 조빔을 후루룩 삼키는 것처럼 보였다. 갑작스러운 목의 다이빙(?)에 조빔은 눈이 시렸지만, 바닷속, 태어나 처음 보는 풍경과 생물들이 시야에 들어오자, 신기한 광경에 양쪽 눈 모두 힘을 주고 볼 수밖에 없었다. 파랗다고만 느꼈던 공간, 그 속의 투명한 또 다른 공간. 그 공간에서 살고 있는 다리가 없고 눈이 크며 미끈거릴 것만 같은 털(?)을 가진 동물들과 땅에서 보았던 것만큼 다양한 색의 풀들이 공간의 곳곳을 채우고 있었다. 그 호기심 어린 시선의 끝에는 땅에서 본 것과 같은 모래가 바닷속에 별빛처럼 펼쳐져 있다는 사실도 조빔은 알게 되었다.

'저것은 분명 모래다. 내가 밟았었던, 내가 기억하는 모래다. 그렇다면 내가 이 밑으로 내려갈 수 있다면 나는 저곳에서 모래를 밟으며 살 수 있는 것인가. 저 모래의 반대편에는 또 다른 물이 있는 걸까? 아니면 하늘이? 혹시 저 근처에 그가 있는 것은 아닐까?'

조빔은 바다 밑으로 내려가려 고개를 물속에 박은 채 온몸에 힘을 주고 흔들어댔다. 조빔의 움직임은 물결을 일렁이며 불규칙한 파문을 그려냈다. 그러나 조빔은 이내 숨이 막혀오는 고통에 고개를 급히 들 수밖에 없었다. 조빔은 이리 가까이 보이는데도 불구하고 내려갈 수 없다는 사실에 깊은 슬픔을 느꼈다. 그러나 한 가지 사실은 명확하게 깨달았다. 모래와 바다가 왜 닮았다고 느꼈던 것인지.

'이것들은 연결되어 있다. 내가 움직이지 못할 뿐, 모래는 이 거대한 물을 안을 수 있고 물도 모래를 안을 수 있다. 모든 것은 분명 연결되어 섞이고 돌고 도는 것이다. 다만, 지금은 아직 내가 저곳에 가지 못하는 존재일 뿐이다. 시간이 흐르고 내가 저곳에 내려갈 수 있다면, 물과 모래가 연결되어 있듯, 어쩌면 나도 그와 다시 연결되어 만날 수 있지 않을까.'

조빔은 마음 한가운데 오아시스로부터 차오르는 듯한 희망을 되뇌었다. 생각의 끝에 조빔은 자신의 짧은 삶에서 본 모든 것들이 분명 같은 곳에서 태어난 것들이라고, 강한 확신을 내렸다.

7

바다 위에 표류하는 시간이 길어지면서 조빔은 자신의 기력이 점점 줄어들고 있다는 사실을 뚜렷하게 인지했다. 조빔은 어떻게 해야 연명할 수 있는지 본능적으로 깨달았다. 조빔은 주변에 떠다니는 나무판자나 드럼통에 걸려 있는 과일이나 미역 따위를 자신도 모르게 먹고 있었다. 물론 망망대해에서 간혹 파도도 심하게 일렁였지만, 정말 운이 좋게도 아직은 살 수 있는 운명의 선상에 있었다.

하지만 조빔은 생명의 문제보다도 이전과는 새로운 문제에 심한 마음고생을 하고 있었다. 그것은 조빔이 이전에도 느꼈던 감정이었다. 고독. 철저하게 혼자라는 느낌이었다. 특히 누군가가 자신에게 말을 걸어주는 온도와 ―알아듣지는 못하지만― 다른 생명이 내는 소리를 느끼고 들을 수 없다는 것이었다. 조빔은 호기심이 생겨 물속으로 머리를 몇 번 들이밀기도 했지만, 바닷속의 생물들로부터는 아무 소리도 들을 수 없었다. 무엇이 그들과 자신을 단절시키고 있는 걸까, 조빔은 슬픈 의문을 느꼈다. 간혹 지나가는 바닷새의 울음소리가 들려왔지만, 멀리서 메아리칠 뿐이었고 조빔이 간절하게 원하는 것은 그와는 다른, 확연하게 다른 소통의 느낌이었다. 조빔은 눈을 감으면 나타나는 형상이 자신의 고독감을 달래주지 않을까, 하며 다시금 눈을 감았다.

"조빔, 오늘도 너랑 이야기하러 왔어. 마침 오늘의 트랙은 의미도 딱인 〈디알로구Dialogo〉군."

그가 어두운 사육실 선반 위 CD플레이어의 재생 버튼을 누르며 조빔에게 다가왔다. 그는 늘 비슷한 시간대에 조빔을 찾아왔기에, 조빔은 그 시간에 기다리며 잠들지 않는 것에 어느새 익숙해졌다. 또한, 조빔은 그와 시간을 함께 보낼 때만큼은 외롭다는 느낌과 멀어져 편안함에 이르게 된다는 것을 알게 되었다. 태어나자마자 불운했던 일로 어미 곁을 떠난 후, 다른 동물들과 철저하게 격리되어 처음부터 홀로 자라왔던 조빔은 외롭다는 느낌이 무엇인지조차 알 수 없었을지 모르지만, 그와 그녀, 조빔을 돌봐주던 사육사들이 자리를 떠날 때면 마음 안에서 표현할 수 없는 감정의 목마름, 고독감 같은 것이 늘 생겨났기 때문이었다.

"오늘은 두 가지 새로운 소식을 들고 왔어. 첫 번째는 음, 약간 부끄럽긴 한데, 내가 드디어 그녀에게 내 마음을 고백했어. 물론 일전에도 말했듯이 그녀의 상황을 알고 있으니까 절대 닦달하거나 당장 답변을 빠르게 달라고 하지 않았지. 그녀도 그런 나의 배려를 느꼈는지, 내가 이번 일을 끝내고 돌아오면 답을 해주겠다고 하더라. 이번 일? 어… 그게 바로 두 번째 소식이야. 어디서부터 어떻게 설명해야 하는지, 원. 네가 이걸 이해할지 모르겠지만……."

그가 말을 망설이고 있는 순간, 흐르던 음악이 끝나고 다음 트랙의 음악이 새로이 흘러나오기 시작했다. 아마 그가 전에 눌러 놓았던 반복 재생 버튼의 눌림이 오래되어 자연스레 풀어진 듯했다. 이전 음악의 여운을 머금은 방이 채 식기도 전에 다음 트랙인 〈라미엔투Lamento〉의 선율이 공간을 덮히기 시작했다.

"이 타이밍에 곡이 바뀌다니. 오늘은 참 타이밍이 죽이는 날이군. 여러 가지로 말이야. 슬프게도 조빔, 네가 내일 이곳을 떠나야 할 것 같아. 우리 동물원이 망할 재정난에 허덕이고 있거든. 그래서 기린이 필요한 동물원에 너를 보내기로 했대. 운영진끼리 정하고 빠르게 통보하더라. 내 나름대로 윗사람들을 여러 번 설득해 봤지만 나 같은 일개 사육사가 무슨 힘이 있겠어. 맘 같아선, 내가 이 동물원을 사고 싶더라고. 이게 오늘의 두 번째 소식이야. 그녀에게 고백한 설렘과 너를 떠나보내야 하는 슬픔이 내 맘을 혼란스럽게 해서, 조금 술 한잔한 거니까 혹 냄새가 나더라도 이해해 줘. 대신 너무 걱정하지는 마, 조빔. 네가 적응할 수 있게끔 새로 가는 곳에 나도 몇 달간 함께 있기로 허락받았으니까. 즉, 우리는 함께 배를 타고 이동할 거라고! 함께 떠나는 첫 모험이자 여행이랄까. 그리고 우리는 영원히 이별하는 게 아니야. 네

표류(漂流)

가 새로운 곳에 적응해서 잘 지내기만 한다면, 나는 너를 절대 잊지 않고 언제든 만나러 갈 거라고. 실제로 같이 있지 못해도 우린 항상 연결되어 있으니까, 어디서든 잘 살아가기만 하면 돼. 휴, 이런 말은 몇 달 뒤에나 꺼내야 할 말인데. 나도 모르게 중얼거리게 되는군. 아무튼, 우리는 내일 너의 새로운 보금자리인 앤티구아 Antigua 섬으로 함께 떠날 거야. 그곳에서 조빔, 너의 청춘이 새롭게 시작되는 거지. 나는 능력은 별로 없지만, 네가 지낼 곳이 더 좋은 환경이 되도록……"

그는 술 냄새를 풍기며 조빔에게 한참 횡설수설하더니 어느새 사육실 의자에 걸터앉아 졸기 시작했다. 조빔은 이해되지 않는 그의 푸념을 듣는 순간부터 의아하다고 생각했지만, 그가 품고 있는 술 냄새에 젖은 우울과 그의 눈빛에서 보이는 슬픔과 설렘, 형언할 수 없는 복잡함이 그에게 묻어 나온다는 것을 직감적으로 알 수 있었다. 그래서인지 조빔은 한참 그를 관찰했고 그가 확실히 잠이 들고 나서야 다행이라는 생각이 들어 눈을 감았다. 이내 조빔은 감은 눈가의 시큰거림을 느끼더니, 이내 자신의 눈에서 물이 흐른다는 것을 알아차렸다. 그가 조빔을 늘 아끼며 품은 만큼 조빔도 그를 아끼고 따랐기에 그의 마음이 조빔의 마음에 가닿은 것이었을까. 조빔은 처음 느껴보는 느낌에 이상한 마음이 들었지만, 그가 옆에 있다는 사실에 안심하고 스르르 잠에 빠져들었다. 그렇게 그들은 같은 곳에서 태어난 한 생명처럼 함께 마지막 밤의 시간을 보냈다.

8

잠에서 깬 조빔은 바닷물의 짠 내를 한가득 느꼈다. 짠 내. 이 세상에 짠 물이 존재한다는 사실은 조빔은 표류하기 이전부터 알고 있었다. 물론 아무리 마셔도 갈증이 사라지지 않는다는 것과 이토록 커다란 짠물이 세상에 존재한다는 것은 바다에 떠다니고서야 처음 알게 되었지만.

얼마 전, 조빔이 그와 함께 동물원을 떠나던 때였다. 그와 조빔을 배웅하러 나온 그녀가 조빔을 쓰다듬더니 이내 울먹거리며 눈물을 터뜨렸다. 조빔은 이때 처음으로 사람의 눈에서도 자신처럼 물이 나온다는 사실과 그 물이 짜다는 것을 알게 되었다. 자신을 포근히 안아주는 그녀의 눈에 흐르던 물이 자신의 입가에 떨어지는 순간, 짠맛이 느껴졌기 때문이었다. 더해서 자신 다음으로 그녀가 그를 껴안을 때, 조빔은 그녀가 점점 더 많은 눈물을 흘리는 모습을 보면서 본능적으로 더 많은 사실을 깨달았다. 그녀가 슬픔에 허덕이고 있다는 사실과 슬프면 슬플수록 눈에서 더 많은 물이 흘러나온다는 사실을. 이 짠 물은 슬픈 순간 몸 안에서 만들어지기 시작한다는 것을. 어젯밤, 자기 몸에서도 그러한 이유로 만들어졌다는 것을.

그런데 신기하게도 조빔이 거대한 물에 떠다니고 있는 지금, 그가 기억하는 눈물과 비슷한 짠 내가 조빔의 입가에 며칠 동안 풍기고 있는 것이었다. 조빔은 그래서 어쩌면 자신이 떠다니고 있는 이곳이 커다란 슬픔을 머금은 어떤 거대한 생물의 파란 눈 위가 아닐까, 하고 생각했다. 하지만 그 생각도 잠시, 조빔은 급격하게 떨

표류(漂流)

어진 몸의 기력을 느끼곤 자신과 멀어진 그도 자신과 비슷한 상황이 아닐까, 하는 또 다른 생각에 격렬히 휩싸이기 시작했다.

    그와 함께 동물원 사육실을 떠나 생애 처음 커다란 배에 몸을 실은 그날 밤. 천둥과 함께 커다란 충돌 굉음이 섞이고 섞여 조빔과 그의 귓가에 스쳐 지나갔다. 그리고 잠시 후, 끊임없이 "조빔! 조빔!! 조빔!!!"이라고 외치는 그의 목소리를 끝으로 조빔은 기억을 잃었다. 얼마의 시간이 흘렀을까. 조빔은 정신을 차리고 눈을 떴다. 조빔은 머리가 지끈거려 주변을 한참 동안 멍하니 둘러봤다. 그러한 조빔의 눈가에 처음 들어온 것은 며칠 전, 배를 오르면서 보았던 거대한 물 그리고 그곳에 자신이 홀로 떠다니는 상황이었다. 그렇게 조빔은 바다 위를 표류하게 된 것이었다. 지난 며칠, 표류라는 상황을 나름 잘 받아들이고 있던 조빔은 그와의 추억을 회상하거나 꿈속의 그를 보면서 갑작스레 떠오르는 불안한 생각들을 외면하고 있었다. 그러나 기력이 떨어진 조빔은 타오르는 고독과 더불어 그에 대한 걱정과 생각에 휘감겨, 정신과 의식이 불에 사르르 녹는 마시멜로처럼 빠르게 녹아내리기 시작했다.

    그때부터였다. 그가 살아있는지 죽었는지조차 조빔은 알 방도가 전혀 없었지만, 꺼져가는 생명의 불씨를 살리는 것도 잊은 채 온종일 그의 생각에 몰두했다. 몰입이란 행위는 왜 시간의 경계를 부숴버리는 것일까. 며칠, 몇 시간, 몇 분, 몇 초가 흘렀는지, 모호한 시간의 흐름 속에서 조빔의 한쪽 의식은 이미 이지러져 있었다. 조빔은 며칠 동안 먹을 것을 찾아 생명선을 키워야 하는 생존본능도 잊어버리곤 그를 생각하면서 눈물을 흘릴 뿐이었다. 그러나 이제 그 물조차도 서서히 말라 조빔의 얼굴에 메마른 자국을 남기고 있었다. 조빔의 생명의 불씨는 잔잔한 파도에서 나오는 작은 흔들림에도 꺼질 듯 말 듯 흔들리며 파도의 리듬과 엇나가고 있었다. 어느새 조빔도 스스로 자신의 상태를 확실하게 느낄 수 있었다. 온몸에 힘이 빠지면서 자신도 모르게 앓는 소리를 끊임없이 내뱉고 있었으니까. 게다가 기력이 떨어진 조빔의 의식은 스스로 원하는 대로 흘러가지 않는, 끝없는 공상과 환청이 발현되는 상태에 이르렀다. 하지만 마음 한구석에서는 자기 몸에서 힘이 빠져나가 바닷속으로 내려갈 수 있다면, 언젠가 밟았던 그 모래를 다시 밟을 수 있다면 혹 그를 만날 수 있지 않을까, 하는 옅은 희망이 깜박거렸다. 그 깜박거림의 쉼표에서 조빔의 시야에 자신과 함께 며칠 동안 표류하고 있던 한 술병이 희미하게 들어왔다. 술병의 겉면 프린팅에는 〈캡틴 바카디Captain Bacardi〉라고 쓰여있었는데, 글씨보다도 술병에 그려진 사람의 얼굴이 조빔의 눈동자 속을 찔렀다. 그때부터 조빔은 그 사람의 얼굴이 그처럼 보이기 시작했다. 아니 '그'였다. '그'일 수밖에 없다. '그'여야만 했다. 그 얼굴이 그임을 확신하는 그 순간, 조빔은 마침내 새로운 사실을 깨달았다.

'그는 항상 내 곁에 있었다. 내 생각 속이 아닌 바로 내 곁에 마음으로서 존재하고 있었다. 살아야 한다. 태어남, 연결, 돌고 도는 것, 이 모든 것을 생각하기 전에 오롯이 지금 살아야만, 살아남아야만, 그를 만날 수 있다. 눈을 감고 생각만 해 봤자 상황은 달라지지 않는다. 내가 스스로 움직여야만 내가 떠다니는 이곳,

수천, 수만 가지가 달라진다. 그저 지금 사는 것에 집중해서 움직이면 그를 발견할 수, 만날 수, 함께할 수 있다!'

    움직일 힘조차 없던 조빔은 순간 살아야 한다는 깨달음과 본능으로 온몸을 바둥거리며 그의 얼굴이 그려진 술병과 주변의 음식들을 향해 몸을 움직였다. 그러나 조빔의 생각과는 달리 이미 기력이 떨어질 대로 떨어진 몸은 쉽게 움직이지 않았다. 그러나 조빔은 절대 포기하지 않으려 마지막 힘을 짜 보냈다. 다시 한번 고개를 들고, 들고, 또 들어 올리면서, 머리끝부터 발끝까지, 여태껏 살아온 생의 온 감각을 바치면서. 그럼에도 불구하고, 조빔은 어느새 깊고 푸른 바다의 목젖에 점점 가까워지고 있었다. 온 시선과 감각이 술병의 '그'의 얼굴에 고정된 채로 서서히. 결국, 조빔의 동공이 눈물로 채워지듯 희뿌연 상태로 수면의 높이보다 낮아졌을 때, 조빔은 의식의 불씨가 물에 녹는 것을 직감했다. 그러나 조빔의 영혼 깊은 곳으로부터 출발한 시선은 끝까지 수면을 향했고 조빔은 마지막 한마디를 속에서 되뇌기 시작했다.

    '내 영혼이 …가 되어 전해질 때, 당신은 당신의 두 눈을 닮은 이 …위에서 그녀와 함께 오랜 시간을 보냈으면 좋겠다고. 그리고 언젠가 다시 함께할 날을 생각하며 나는 이 …아래에서 …를 밟고 기다리고 있겠다고, 우리는 항상 연결되어 있으니 나는 당신의 파랗고… 따뜻… 눈빛 속… 잠시… 잠기어…….'

    마지막 정제되지 않은 마음속 독백을 끝으로 영혼을 잃은 조빔은 바닷속으로 깊게 가라앉아 마침내 모래 위에 안착했다. 조빔의 몸이 모래 표면에 닿자, 한순간 모래 온도가 바뀐 듯, 모래

알갱이가 휘몰아치며 조빔의 영혼 무게만큼 물결이 일렁였다. 이내 그 물결은 물의 흐름을 타고 수면 위까지 올라가 파도를 만들어 내며 온 바다로 퍼져나가기 시작했다. 그러나 조빔이 있던 자리, 그 파도가 태어난 바다 위에는 술병의 웃고 있는 얼굴이 마치 영원히 수면 속을 응시할 것처럼, 돌고 돌며 표류하고 있었다.

미용(美容)

이 장소의 정답은 어쩌면 하나가 아닐지도 모른다.
이상하게 이 장소에서 눈을 감을 때면
같은 특징을 지닌 다른 장소의
또 다른 나와 영혼을 공유하는 것만 같다.

머리에 있는 모든 피가 뒤통수에 모여서일까. 아마 똑바로 누워있어서? 혹 기억과 생각이 규정하지 못할 정도로 많아 정리할 수 없기에 미쳐버린 걸까. 하지만 이곳이 분리된 채로 동시에 다른 어딘가와 연결되어 있다는 사실을 나는 분명하게 느끼고 있다. 이상하고도 익숙한 이 기시감. '동시에 연결되어 있다.'라는 이 공간에서의 느낌은 시간의 개념을 내게서 지워냈다. 과거와 현재 그리고 미래라는 개념은 이제 내게 없다. 모든 것은 그저 점으로 동시에 진행될 뿐이다. 내가 지금 말하는 사실이 과거인지 현재인지 미래인지조차 모르겠다. 그저 떠오르고 사라질 뿐이지만 그것이 현재인지 과거인지 미래인지 알 수 없는 느낌. 그저 무한한 공간에서 무수한 생각들이 존재하는 느낌. 이 느낌은 분명 내가 알고 있는 개념으로는 도저히 설명할 수 없다. 그러나 다행히도 내가 이곳에 실존한다는 것만큼은 명확하다. 나는 확실히 어떤 공간 속에서 방향과 상관없이 편하게 누운 채로 대기하고 있다. 기억 속의 기록을 시작한다. 무슨 이유인지는 모르겠지만 이 혼잣말을 기록해야만 할 것 같다.

이곳은 한 건물 안, 따로 분리된 공간이며 그 안에서도 다른 영역으로 다시 구분된 장소다. 누워서 기댈 수 있는, 각도를 자유자재로 조절할 수 있는 전동식 의자가 있으며 누운 채로 천장을 바라보면 주백색의 강렬한 조명이 눈맞춤을 해대는 곳이다. 노란색과 아이보리색이 섞인 조명이 마치 갓 만든 따뜻한 치즈 라테의 거품처럼 이 공간을 차지하고 있는지라, 다른 장소와 다른 특유의 분위기를 지니고 있다. 나는 그 공간의 중심에서 한참을 의자 위에 누워 눈을 감고 있다. 그러한 내 주변으로는 몇몇 사람이 오고 가며 질문한다. '괜찮으시죠?'라는 상냥한 말을 곁들이며.

　자, 한번 맞춰 보시라. 나는 어떤 장소에 있을까. 혹 누군가 듣고 있다면 다양한 장소가 튀어나올 듯하지만, 이 장소의 정답은 어쩌면 하나가 아닐지도 모른다. 이상하게 이 장소에서 눈을 감고 있을 때면 같은 특징을 지닌 다른 장소의 또 다른 나와 영혼을 공유하는 것만 같다. 즉, 한 장소 안에 명확하게 구분된 이 장소에서만큼은 나는 순간이동을 하는 듯한 느낌을 받는다. 물론 그것이 실제로 내 몸이 이동하거나 하는 물리적 현상일지, 흔히들 말하는 평행우주일지 잘 모르겠다. 과거의 나와 영혼을 공유하는 걸까. 미래로 갔다 오는 걸까. 시간적 개념이 없으므로, 글쎄, 명확하지 않다. 굳이 말하자면 나는 내 영혼을 다른 공간에 놓인 또 다른 나로 이동하며 그곳을 실시간으로 엿보는 느낌에 가깝다.

　"물 온도는 괜찮으세요? 날이 많이 차던데."
　"네, 괜찮아요. 감사합니다."

　어딘지 모르는 한 장소에서 나는 낮은 목소리로 답한다. 이곳은 아마도 나의 머리카락을 씻는 공간인 듯하다. 아마, 통상적으로 말하는 미용실의 '헤어 세척실' 아닐까. ―한 번도 이곳을 무언가로 불러본 기억은 없지만― 이 공간의 나는 과일 향 비누 냄새가 풍기는 영양 에센스를 머리카락에 바른 채로 눈을 감고 의자에 기대 누워있다. 수시로 미용실 직원들이 나의 두피 상태를 체크하며 머리카락을 미용해 준다. 영혼이 오고 가는 이 공간에서 나의 외적인 모습이 바뀌는 모습을 생각하니 기분이 이상하다. 결국, 움직이는 것은 나라는 영혼인데, 나는 왜 이 바깥 것을 미용하고 있는 것일까. 의문이 쉴 새 없이 떠오르지만, 그것도 그것 나름의 이유가 있을 것이라며 합리화하는 동시에 기다렸다는 듯이 내 영혼은 이동한다.

"피곤이 많이 쌓이신 것 같은데, 이 정도 세기 괜찮으세요? 오늘은 천천히 해드릴게요."
"네, 괜찮아요. 감사합니다."

한 장소에서 나는 아까보다는 높지만, 낮은 목소리로 답한다. 이곳은 아마도 나의 온몸 가죽을 마사지해 미용하는 공간인 듯하다. 아마, '마사지 에스테틱'이라고 불리는 곳이 아닐까. ―에스테틱이란 단어가 왜 게슈탈트 붕괴 현상을 불러일으키는지 모르겠지만― 이 공간은 언젠가 맡아본 듯한, 동남아 음식점이 떠오르는 향초와 아로마 오일, 인센스 스틱 향의 냄새로 가득하다. 기억속 어딘가에 존재하는 냄새를 맡고 있자니 중세 시대의 집시들이 모여 살던 움막과 풍경이 갑작스레 떠오른다. 수북한 먼지가 쌓인 무수한 집기, 여러 색과 패턴이 입혀진 가죽 공예품과 퀴퀴한 냄새들. 그리고 한 구석에는 거대한 납덩어리 항아리에 무엇인지 모를 물약 같은 무언가를 휘저으며 만들고 있는, 나를 보며 웃는 풍만한 가슴과 골반을 지닌 집시의 섹시한 모습까지. 이 떠오름은 실제로 존재하는 기억일까. 역시나 구분하고 싶어도 구분되지 않는다. 그저 나도 모르게 기억하고 있을 뿐이다. 그 생각도 잠시, 영혼이 이곳으로 이동했을 뿐인데 시원하면서도 아픈 고통이 온

미용(美容)

몸 구석구석을 건드리며 집적되는 느낌이 내게도 전달된다. 고통 때문인지, '윽!' 하며 나오는 신음을 잠재우기 위해 발을 몇 번 허공에 휘젓는다. 동시에 '영혼과 신체는 어떤 것으로 연결되는 것일까? 무엇이 과연 매개체일까?'하는 생각으로 의식을 메꾸려다가 다시 한번 또 다른 장소로 이동한다.

"아프셨을 텐데, 그동안 어떻게 참으셨어요. 환자분 상태가 더 진행되기 전에, 신경을 치료해야 할 것 같아요. 괜찮으시겠죠?"
"네, 괜찮아요. 감사합니다."

한 장소에서 나는 긴장된 듯한, 중간 톤의 목소리로 답한다. 괜히 괜찮다고 말한 것일까. 영혼만 이동한 것이 분명히 자각된 상황임에도 불구하고, 이 치료는 시간과 상관없이 늙어가는 듯한 나에게도 분명 두렵다. 아마 공간이 주는 분위기 때문에 더 강렬하게 다가오는지도 모른다. 코를 찌르는 듯한 소독약의 냄새와 어울리는 하얀 배경, 내 잇몸을 찢어 버릴 것만 같은 여러 공구를 닮은 기구와 도구들, 마치 유수한 합창단의 하모니처럼 내가 '아, 아, 아.' 화음을 내면 그 소리에 응답하듯 울려 퍼지는 치료 도구의 쇳소리까지. 잠시 후, 마취 주사의 기나긴 바늘이 터널을 지나가는 기차처럼 잇몸을 뚫고 지나가면 무엇인지 모를 드릴 소리가 온 귓가를 울려댄다. 그와 동시에 뇌는 반응한다. 아프다고, 이건 위험하다고, 소리를 지르라고. 나도 모르게 다시 '아, 아— 아!'하며 소리를 내고 발을 구른다. 분명 영혼이 이동한 것뿐이라고 자각했음에도 불구하고 그것은 소용이 없다. '아프면 분명 손을 들라고 했을 텐데, 손을 들어야 해!'하는 생각에 손을 들어보지만, 치료는 계속된다. 분명 저 의사는 내 신경이 제대로 작용하는지 확인하기 위해 손을 들라고 한 것이겠지. 망할.

"고생하셨어요. 치료 끝나셨으니, 오늘은 특별히 스케일링을 무료로 진행해 드릴게요."

하얀 마스크를 쓴, 눈이 어여쁜 간호사가 눈웃음을 던지며 내게 말한다. 갑자기 누군가의 얼굴이 떠오른다. 명확하지 않지만 웃는 눈이다. 맑고 투명하며 아름다운 눈 그리고 청초한 미소. 내가 사랑하는 사람인가. 그러나 잠시 얼굴이 떠오를 뿐, 나는 그 기억에는 집중하지 못한다. 너무 아프니까 그저 "가- 가아합니다."하고 입을 벌릴 뿐이다. 그렇게 입을 벌리고 있으니 또다시 얼굴이 떠오른다. 근데 이상하다. 이번에도 아름다운 얼굴이지만 분명 명확히 다른 얼굴이다. 누구지. 대체 누구지. 사랑했던, 사랑한, 사랑하려 한, 아니지, 이곳의 시간은 흐르지 않고 점처럼 기록될 뿐인데. 생각하면 할수록 그저 무한하게 얼굴이 바뀔 뿐이다. 한번 떠오른 얼굴이 또다시 떠오르는 것인지는 모른다. 그저 너무 무한해서 끝없이 순환하는 느낌에 가깝다. 다행히도 모두 내게는 아름다운 얼굴이지만, 나는 고통스러움에 다시금 생각을 접는다. 그러다 문득 다른 의문이 떠오른다. 만약 내 영혼이 쉬지 않고 이동한 것이라면, 내가 다른 공간에 존재할 때 다른 공간의 시간은 멈추어 있는 것인가? 혹 다른 영혼이 존재해서 그곳만의 시간이 흐르고 있는 것인가? 이 공간과 다른 공간은 같은 세상 속에 존재하는 것인가? 나는 뭐지. 영혼? 이 우주 속에서 실존하고 있는 것인가. 무한한 철학적 사유가 동시에 나타나고 사라진다. 그러나 답은 절대로 나오지 않는다. 여러 답답함 때문인지, 이 치료의 고통 때문인지, 나도 모르게 허공으로 손을 휘휘 젓는다. 이내 장소가 변한다.

"너무 너무 수고하셨어요. 많이 힘드셨죠?"
나는 이 목소리에 답하지 않아 본다. 그러나 괴상하게도 확실히 구분된 다른 목소리가 울리며 답한다.
"네, 너무 너무 감사합니다. 선생님. 정말, 정말… 감사합니다…."

나는 목소리를 내고 싶지만, 아까와는 달리 언어의 형태로 흘러나오지 않는다. 내가 무슨 말을 하고 싶든 간에 그것은 그저 볼륨을 지닌 하나의 소음으로 흘러나올 뿐, 내 목소리는 그저 비명에 가깝다. 이 공간도 다른 공간과 마찬가지로 같은 특징을 지님에도 불구하고, 무언가 다르다. 그래, 이곳도 분명 미용하는 곳이지만 더 아픈 곳이리라. 나는 이 공간에서 진행되는 행위들이 무엇을 하는 행위인지 기억해 내고 싶지만, 괴상한 이 공간은 다른 공간과는 달리 아무 기억도 떠오르지 않는다. 동시에 다른 공간에서 떠오른 기억들도 분명 옅어지고 있다. 순간, 몇몇 사람들이 내 머리를 닦아주고 온몸의 피부를 마사지해 주며 입 안에 손가락을 넣고 무언가를 확인한다. 뭔지 모를 두려움에 나는 소리를 내뱉지만, 그 누구도 내 언어를 이해하려 하지도 않고 묻지도 않으며, 그저 웃음과 미소를 보낼 뿐이다. 대체 내가 무엇을 잘못했다고 이들은 신나는 표정으로 웃어대며 나를 이렇게 고문하는가, 하는 생각에 눈을 찌푸리니 눈물 섞인 울음만 내내 흘러나올 뿐이다.

"산모님, 축하드려요! 상태 모두 정상이고 아주 건강한 아들이에요. 탯줄은 우리 아버님이 저와 함께 잘라볼까요?"

실루엣만 느껴질 뿐이지만, 한 남자가 웃으며 아까 들린 목소리의 주인인 여자와 또 다른 남자에게 말을 건네고 있다.

"감사합니다. 정말 감사합니다. 그럼, 선생님이 도와주시면 함께!"

한 여자와 또 다른 남자는 말을 섞으며 동시에 답한다. 그리고 두 남자는 함께 가위를 든 채 내 몸과 한 여자가 연결된 거대한 줄을 잡으려 한다. 나는 본능적으로 위험을 느끼곤 온몸을 휘저으며 언어로 치환되지 못하는 혼잣말을 속에서 되뇐다.

'그건, 내 생명줄이라고, 절대 자르지 말라고, 나란 존재가 이 세상에서 사라질지도 모른다고!'

엄습하는 두려움에 떠오른 기억들을 놓지 않으려 하지만, 점점 옅어질 뿐, 아무 기억도 이 공간에서는 떠오르지 않는다. 그러나 이 줄이 사라진다면 모든 기억이 확실히 사라질 것이라는 느낌을 나는 언젠가 느꼈던 것처럼 분명하게 받는다.

'쓰윽, 쓱, 쓱- 툭!'

갓 만든 따듯한 치즈 라테의 거품과 닮은 빛이 따스하게 차오르는 어둠. 그 공간에서 나는 생의 처음 아름다운 얼굴을 마주하고 기억했다.

토

비슷한 성질을 지닌 것은 서로 붙으면 단단해지기 마련이다.
마치 같은 점도와 밀도의 흙이 만나
엉겨 붙은 찰흙 덩어리처럼.

1

'지잉–'

운형은 손가락의 지문, 소용돌이 문양의 끝이 무너지고 있다고 느꼈다. 그의 머뭇거리는 손가락 끝이 방금 도착해서 따듯할 것만 같은 메시지의 키보드 버튼 위를 한참 동안 오르락내리락하며 땀을 흘리고 있었기 때문이었다.

신랑 김무영 신부 박인정
우리 결혼합니다.
일시 20××년 4월 4일
장소 달팽이 예식장
꼭 참여해 주셔서 저희의…

대체 무슨 행동을 취해야 할까. 아무리 생각해도 운형의 머릿속은 너무나 어지러웠다. 그것도 그럴 것이, 바로 전날, 오랜 시간 함께 취준생이던 친구가 드디어 원하던 대기업에 취직하여 크게 한턱을 냈기 때문이다. 그 무한한 술상 덕에 운형은 무릎을 꿇은 채로 한 손으로는 낡은 자취방 화장실 변기를 부여잡고 다른 손으로는 휴대폰을 든 채, 화면을 망연히 바라보고 있었다. 숙취 덕분에 머리가 어지러운 것과는 별개로 운형은 늘어진 배가 너무 아프다는 느낌에 시달렸다. '뭐야, 왜 배가 아프지. 술을 많이 먹어서 그런가 보다.' 운형은 속으로 생각했다. 사실 배가 아프다는 느낌은 심리적인 문제였지만 진짜 배의 고통이라고 생각하고 싶은 것이 어디까지나 그의 바람이었다.

박. 인. 정. 오랜만에 입술을 짓이기면서 내뱉는 그녀의 이름이었다. 운형의 이십 대 절반을 차지했던 오랜 연인. 진한 검은색 눈동자와 흑색 단발이 잘 어울리는, 요즘 보기 드문 차분하고 수수하면서도 밝은 분위기의 여자. 그녀와의 운명적 만남은 서로 한눈에 반한 로미오와 줄리엣 같았고 연애는 보니와 클라이드 같았던, 본인 스스로 생각하기에도 암울했던 삶의 미로에서 한 줄기 빛가 같은 그녀였다. 시간이 흐른 지금, 그의 현재 삶이 여전히 어두운 것에 반해 현재 그녀의 삶은 더욱 밝아 보여서였을까. 그녀가 떠난 뒤, 마음이 불안해 샀던 베스트셀러 힐링 도서의 홍보문구가 순간 광고처럼 머릿속을 스쳐 지나갔다. '어두운 곳에서 별은 가장 빛나니 반드시 좋은 날이 올 거예요.' 이 문장의 별은 지금의 그녀를 연상케 했다. 물론, 그 별이 자신의 빛을 반사한 것이 아닌 다른 누군가의 빛을 반사하고 있는 것이 문제였지만.

운형은 그녀와 함께 떠났던 마지막 여행을 떠올렸다. 그 여행은 오랜 공시생 생활에 지쳐있던 서로를 위한 여행이었다. 혹자는 공시생의 생활에 여행이란 것은 사치라고 말할지도 모르겠다. 하지만 그들은 젊은 청춘의 특권 같아 보이는 이 여행 버튼을 눌러 실행시켜야만 했다. 뜨거운 둘의 사랑과는 달리 둘이 함께 거니는 학원가의 풍경은 너무 어두웠고 울적했기 때문이다.

운형과 인정은 사랑스러운 커플이었다. 둘 다 서울 내 사년제 대학교에 다니던 중, 노량진의 한 스터디에서 운명적으로 만나 사귀었고, 사 년이라는 긴 시간을 함께 버티면서 묵묵히 공부해

왔다. 물론 불합격이라는 결과 때문에 관계의 위기도 있었지만, 그 위기를 견뎌내니 둘의 사랑은 점점 깊어졌다. 둘의 나이 차는 네 살 차이로, 그들 스스로 궁합이 좋다고 느껴질 정도였으니, 노량진 학원 길가의 수험생 수만큼이나 널려있는 길거리 점집에서 궁합을 볼 필요조차 없었다. 게다가 둘은 원하는 삶의 끝점이 일치했다. 공무원 합격이라는 확실하고도 같은 목표. 이처럼 비슷한 둘은 사랑하는 일을 하며 사는 꿈 같은 건 필요 없다고 생각하는 것조차 똑같았다. 좋아하는 예능프로그램이나 음악 같은 각자의 취향은 존재했지만, 그들에게 꿈이란 것은 사랑하는 일을 하는 것이 아니라 누군가에게 말할 수 있는 안정적 직업임이 분명했다. 그와 그녀 모두 그럴 수밖에 없던 것이, 넉넉한 형편이 아닌 집안 상황을 어렸을 때부터 잘 인지하고 있었고, 자칫 방심하면 다 포기해야만 살아남는다는 이 시대의 청춘이 본인들이라는 사실을 잘 알았기 때문이었다. 그러한 그들에게 있어, 사랑하는 일을 꿈꾸며 사는 행위는 위험한 욕심이자 사치라는 확신을 그들은 늘 유념하고 있었다. 그렇기에 둘은 보통의 사람들이 말하는 '꿈'을 안정적으로 살 수 있는 삶이라 정의하고는, 그것을 해결해 줄 수 있는 목표, 즉, 안정적 직업은 공무원밖에 없다고 생각했다. 물론 미디어에서는 공무원이란 직업의 노고와 정신적 고통에 대한 이슈를 이야기하곤 했지만, 그 둘은 그런 것 따위는 안중에 없었다. 그들이 원하는 건 어디까지나 함께 합격해 그들만의 철밥통, 단단한 밥솥으로 검은 머리가 파뿌리 될 때까지 밥을 지어 먹고 살며, 퇴직 후에는 연금을 받고 살 수 있는 안정적 삶이었다.

    비슷한 성질을 지닌 것은 서로 붙으면 단단해지기 마련이다.

마치 같은 점도와 밀도의 흙이 만나 엉겨 붙은 찰흙 덩어리처럼. 서로 비슷한 성질을 가진 둘의 관계는 시간이 갈수록 점점 단단해졌고 목표도 더 튼튼해졌다. 하지만 그로 인해 삶의 질보다는 목표를 위해 해야만 하는 것을 촘촘하게 나열한, 지루함에 엉겨 버린 삶의 모양을 지니게 되었다. 어느새 둘의 일정은 늘 정해진 대로 흘러갈 뿐이었고 새로운 일이나 느릿한 여유는 존재하지 않았다. 그 사실을 제대로 인지하고 있던 운형은 늘 인정에게 미안함을 느끼고 있었다. 만약 조금 더 능력 있는 남자를 만났더라면, 만약 내가 더 좋은 집안의 남자였다면, 어땠을까… 하는. 가끔 그녀와 함께 SNS를 하며 자기 친구들 사진을 구경할 때, 우연히 보이는 그녀 친구 커플의 고급 호텔 여행 인증샷에 시선이 스쳐 갈 때마다 자신의 처지를 홀로 비관하기도 했다. 하지만 당시에는 그 비관이 오래가지 않았다. 그는 포커페이스를 유지할 수 없는 사람이었기에 표정이 그대로 드러났고, 그런 운형을 인정은 언제나처럼 빨리 눈치채서 자연스럽게 운형의 기분을 풀어 주었기 때문이었다.

"어휴, 쟤네는 아직 취직도 못 해놓고 저런 사치를 부리지. 저거 다 부모님 돈일 거 아냐. 나는 솔직히 저런 거 다 허세라고 생각해. 나는 그냥 오빠 옆에서 안정적으로 살 수만 있으면 돼. 게다가 우리는 목표가 같잖아."

그 당시에 운형이 느낀 인정은 말 한마디에도 포용력을 지닌 여자였다. 운형의 기분을 풀어 주기 위해 인정은 늘 애교 섞인 목소리로 분위기를 환기시켰으니까. 그럴 때마다 운형은 고마운 마음에 더 열심히 공부하기로 다짐했지만, 마음 한편에 이미 물들어 버린 미안함은 지워지지 않았다. 그래서 그는 없는 형편에 돈을 모으고 모아 여행 경비를 마련했고 둘은 마침내 지루한 일상을 탈피할 여행을 떠나기로 한 것이었다.

***

 돈이 부족해서였을까, 공부만 해서였을까.
 운형이 숙박 예약 앱으로 본 숙소와는 전혀 다른 곳이 그들의 눈앞에 펼쳐져 있었다. 한눈에 봐도 뿌연 이미지의 낡은 건물은 오래된 모텔을 개조해서 만든 듯한 ―사실 호텔이라고 말하기 민망할― 호텔이었다. 분명 숙박 예약 앱에는 호텔이라고 적혀 있었건만, 사실상 등록만 호텔이었을 뿐, 내부는 약간의 리모델링을 거친 오래된 모텔 구조와 다를 바 없었다. 그 모습을 본 운형은 '방, 방은 좋겠지!'라며 속으로 애써 마음을 다잡았으나 그의 예상은 정확하게 빗나갔다. 방은 특유의 모텔 방향제 냄새가 가득했고 천장의 모서리에는 떼지은 거미줄들이 자신들의 부족을 형성힌 것처럼 덕지덕지 뭉쳐있었다. 벽지 또한 마치 오래된 벽지를 떼어 내지도 않고 덧붙인 듯이, 이상한 해마 모양이 그득한 벽지가 군데군데 뜬 채로 달라붙어 너덜거렸다. 게다가 ―나쁜 인식 때문인지는 모르겠지만― 그들이 발을 올려놓은 바닥도 무엇인지 모르는 끈적함이 발가락 사이로 스며드는 것처럼 느껴졌다. 그럼에도 불구하고, 방의 가격은 근처의 모텔 업소보다 훨씬 비쌌기에 운형은 크게 당황할 수밖에 없었다.
 "미, 미안. 분명 앱으로 예약하면서 볼 때는 이렇지 않았는데…

아! 그래도 뷰는 오션 뷰라고 나와 있었으니까 분명 예쁠 거야!"

운형은 적잖이 당황하며 창문을 가리고 있던 이상한 소라 문양이 그득한 커튼을 두 팔로 크게 열어젖혔다. 운형은 고개를 빠르게 저으며 눈을 돌려 바다를 찾았다. 분명 바다가 있긴… 있었다! 굳이 따져서 오션 뷰라 말하고 싶다면, 오션 뷰는 오션 뷰였다. 그러나 창문 속 바다는 모서리 구석을 아주 작게 차지한 먼 바다였고, 그 바다를 제외한 창문의 풍경은 호텔 근처에 새로운 건물을 짓는 공사 현장이 대부분 차지하고 있었다.

"뭐야. 이거 완전 사기잖아! 주인한테 전화 걸어서 항의해야겠어."

운형은 격앙된 목소리를 높이며 말했다. 그런 운형을 인정은 그저 말없이 빤히 쳐다볼 뿐이었다. 운형은 그 시선이 느껴졌는지, 불안과 분노에 휩싸여서 앱에 적힌 호텔 담당자의 번호로 전화를 걸 수밖에 없었다.

"인정아. 걱정하지 마. 잠, 잠깐만 기다려. 아…… 진짜! 이 사람은 전화를 왜 이렇게 안 받는 거야!"

운형은 인정을 바라보며 괜찮다는 표정을 지으면서도 말 없는 인정의 표정에 불안한 내색을 비추며 발을 동동거렸다. 그러나 그 미동에도 불구하고 그 누구도 전화를 받지 않았다. 운형은 순간, 일 층 프런트로 내려가려는 생각을 떠올렸다. 그러나 아뿔싸! 이 호텔은 무인 호텔이었다. 사실 운형이 호텔을 무인 호텔로 예약한 것은 확실한 이유가 존재했다. 둘은 수험생이라는 반복되는 일상 속에서 인파가 몰리는 수업과 스터디를 전전했고, 보고 싶지 않아도 볼 수밖에 없는 비슷한 부류의 인간관계에 지쳐있었다. 그래서 여행을 계획하면서부터 운형은 둘이 아닌 다른 그 누구와 대화조차 하지 않을 동선을 만들어 오롯한 둘만의 시간을 보내고 싶었던 것이었다. 물론 그 의견에는 인정도 동의했다. 하지만 그의 바람이 이렇게 악수(惡手)로 돌아올 줄은 운형은 절대 예상치 못했다. 운형은 이번 여행에서의 첫 기대가 무너짐과 동시에 어긋난 계획의 여파가 마음속에서 뒤섞여 뜨거운 화로 활활 타오르기 시작하는 것을 느꼈다.

'제기랄, 이런 거 하나조차 못하는 내가 인간인가. 이러니 여태 합격을 못 하지. 어휴, 진짜!'

분명 운형이 호텔 예약을 잘못한 것과 여태 시험에 합격하지 못한 것은 하등의 관계가 없었지만, 운형은 자신 안의 분노로 마음을 점점 컨트롤하기 힘들어졌다. 그는 떨리는 손으로, 전화를 받지 않는 담당자의 번호가 적힌 앱 화면의 통화 버튼을 격하게, 여러 번 눌러댔다. 바로 그때, 인정의 손길이 운형의 등 뒤로 느껴졌다.

"오빠, 그만해. 괜찮아. 난 여기도 충분히 너무 좋아! 우리 힘들게 온 여행인데 괜히 이런 것 때문에 오빠가 기분을 망치지 않있으면 좋겠어. 오빠가 일부러 그런 것도 아니고 그냥 운이 없게 이런 상황이 일어난 것뿐이잖아. 난 설령 여기가 초가집이었어도 좋았을 거 같은데? 게다가 저기 창밖에 바다 좀 봐봐. 오션 뷰는 오션 뷰잖아!"

인정은 차분한 미소를 지으며 말했다.

"그, 그래도, 하… 내가 너랑 함께 오려고 얼마나 열심히 준비한 건데……."

"좋아, 그 마음 접수. 그거면 된다니까 정말로!"

인정은 겉옷도 벗지 않은 채 지친 몸을 침대에 털썩 눕히며 말했다.

"네가 괜찮다면 사실 나도 괜찮은데…… 어휴, 나도 모르겠다!"

운형도 인정을 따라 침대를 향해 팔을 벌리며 힘없는 도미노처럼 뒤로 쓰러졌다.

한참 동안 둘은 말이 없었다. 운형은 눈을 감고 있었고 인정은 멍하니 천장을 바라보고 있었다. 잠시 후, 인정의 눈은 오래된 방의 천장 구석구석을 살피더니 아주 천천히 감고 뜨기를 반복하기 시작했다. 떴다, 감았다, 떴다, 감았다. 인정의 시선은 이 조용한 움직임을 몇 번이나 공중에 종횡으로 그려냈다. 그 선들이 하나의 폭을 만들자, 인정은 말을 꺼내기 시작했다.

"오빠, 〈조제, 호랑이 그리고 물고기들Josee, The Tiger And The Fish〉이라는 영화 알아?"

"으응? 알지. 대학교 때였나. 친구가 보여줘서 봤던 거 같은데? 사실 기억이 가물가물해서 내용은 기억이 잘 안 나지만…."

운형은 누워있는 인정의 얼굴 옆선을 고개 돌려 바라보며 답했다.

"그래? 그럼 들어봐. 그 영화에서 두 남녀 주인공이 함께 바다로 떠나는 내용이 있어. 다리가 불편해서 한 번도 바닷가를 가지 못한 조제를 안고 남자 주인공이 바다를 보여줘. 조제는 늘 바다와 물고기를 궁금해했거든. 그러다가 둘은 싸구려 러브호텔에 들어가서 사랑을 나눠. 그 후에 우연히 방안의 조명이 켜지는데, 바닷가의 물고기 모양을 한 미러볼인지 조명인지 하는 게 막 돌아가더니 방안 곳곳을 바닷속처럼 만든다? 그 모습을 본 조제는 갑자기 남자 주인공한테 눈을 감으라고 하더니 뭐가 보이냐고 물어봐. 그 말대로 한 남자 주인공은 곧 대답해. 그냥 깜깜할 뿐이라고. 조제는 이어서 말해. 그곳이 바로 내가 옛날에 태어나서 살다가 빠져나온 곳이라고……."

인정은 잠시 숨을 고르는 듯 눈을 감았다.

"그… 빠져나온 곳이 어딘데? 그거 알지? 이야기하다가 갑자기 안 하는 거, 사람 미치게 하는 거야 그거."

운형은 눈을 동그랗게 뜬 채 인정을 바라보며 말했다.

"아, 미안. 갑자기 그 장면이 떠올라서 나도 모르게 눈을 감아버렸어. 아무튼, 조제는 대답해. 그곳은 깊은 바닷속이었다고. 옛날에 내가 살던 곳이었는데 헤엄쳐 나왔다고. 마치 인어공주 같은 이야기지. 그 이야기를 듣고는 남자 주인공이 물어봐. 그곳에서 왜 나왔냐고. 뭐라고 했을 것 같아?"

인정은 갑자기 고개를 홱, 돌리곤 이상야릇한 미소를 지으며 운형에게 물었다.

"모, 모르겠는데? 그 남자 주인공을 만나기 위해서 나왔던 건 기? 근데 인어공주랑은 다르게 목소리는 안 잃었나 본데?"

"키키, 내가 이래서 오빠를 좋아한다니까. 여주는 대답해. '너랑 세상에서 가장 야한 섹스를 하려고.'라고."

인정은 작은 실소를 터뜨리며 말했다.

"그랬구나……."

운형은 고개를 돌려 벙찐 표정으로 답했다.

"그래, 바로, 그거야. 남자 주인공도 딱 그렇게 대답해. '그랬구나…'하고. 조제는 그 재밌는 반응을 보고는 이어서 말을 하지.

자신이 살던 그곳은 빛도 소리도 바람도 없고 오로지 정적만이 존재하는 곳이라고.”

"음, 아무래도 다리가 없어 바닷속을 벗어나지 못했던 인어공주의 마음처럼 답답한 고독과 정적을 말한 게 아니었을까. 늘 바닷속에서 홀로 외로웠으니까, 조제도 늘 갇혀있던 외로운 자신을 빗대서 그렇게 말한 것이겠지? 분명 외로웠을 거야. 설령 어딘가 빛이 보인다 해도, 보이지 않는 어둠 속에 있는 느낌이 계속 든다면 말이야. 게다가 살면서 자신을 제대로 알아주는 사람은 사실 몸이 불편한 것을 떠나서 만나기 어려운 법이니까.”

운형은 돌렸던 고개를 다시 돌려 인정을 응시하며 답했다.

"소름인데?! 최근에 본 거 아니야? 하여튼 남자 주인공도 오빠처럼 길게는 아니지만 비슷한 톤으로 말해. '외로웠겠다…'하고. 하지만 조제는 대답해. 별로 외롭지는 않았다고, 처음부터 아무것도 없었으니…… 그냥, 시간이 흐를 뿐이었다고. 하지만 이제 다시는 그곳으로 돌아가지 못할 거라고. 그러고는 이어서 마지막으로 한마디를 해……."

"뭐라는데?"

운형은 인정의 나긋나긋한 목소리와 침대의 포근함에 졸림이 밀려온 듯, 눈을 감고 물었다.

"'언젠가 네가 사라지고 나면, 난 길 잃은 조개껍데기처럼 혼자 깊은 바다 밑에서 데굴데굴 계속 굴러다니게 될 거야…… 근데 그것도 나쁘지 않아.' 이렇게 말을 해."

인정은 말이 끝나자 입을 다물었다. 순간, 그녀가 방금 뱉은 담담한 목소리가 한 연극의 마지막 독백 대사였던 것처럼 호텔

방은 불 꺼진 객석처럼 고요로 가득했다. 그 고요가 너무 편안하면서도 안락해서 운형은 의식을 잡지 않았다면 바로 잠들었을지도 모른다고 생각하며 인정을 다시금 조심스레 쳐다봤다. 인정의 뺨에는 조용한 새벽의 이슬처럼 눈물이 한 방울, 두 방울 떨어지고 있었다.

"으, 으응? 인정아, 괜찮아……? 왜 그래, 갑자기? 내가 이런 방 예약해서 사실 불편했던 거구나…? 그치? 미안해. 아… 진짜 정말 미안해."

운형은 몸을 일으켜 앉은 뒤, 두 손을 모으며 말했다.

"아니야, 그런 게 아니라… 그냥 모르겠어. 요즘 내가 좀 이상해. 차라리 나도 조제처럼 생각하면 나을 텐데, 요즘 나는 아주 바다 깊은 곳에 굴러다니는 돌멩이 같아. 아주 깊은 심해에 빠진 것만 같은 기분이거든. 마치 아무런 빛을 보지 못하는 심해어 같다고 느껴져. 미안. 힘들게 여행 와서, 갑자기. 근데 진짜, 오빠 때문에 그런 거 아니야. 내가 요즘 조금 힘들었었는데 오늘 터졌나 봐. 정말 미안해."

인정은 운먹거리며 말했다. 이런 상황에 놓일 때마다 운형은 인정을 바라보며 기다리는 것 말고는 할 수 있는 게 없었다. 묵묵히 기다리는 것. 이것은 운형이 지닌 단점이자 장점이었다. 인정이 마음을 가라앉힐 때까지 운형은 아무런 행동도 하지 않고 그저 조용히 기다렸다. 잠시 후, 정적을 깨는 그녀의 낮은 목소리가 깊은 바닷속으로부터 피어오르는 물방울처럼 방안 속 파동을 만들기 시작했다.

"오빠, 오빠만큼은 나를 절대 떠나지 않을 거지? 나는 조제처럼 그렇게 강한 여자애가 아니라서, 오빠가 떠나버리면 조개껍데기가 아니라 부서진 돌멩이처럼 바다 밑으로 돌고 돌며 가라앉고 말 거야. 결국, 흩뿌려진 돌가루가 돼서 절대로 바닷속을 벗어나지 못하겠지. 난…… 나는 소라게야. 오빠라는 문양이 그려진 소라 속에서만 살아갈 수 있는 소라게. 그러니까 오빠는 설령 내가 오빠를 먼저 밀어내도, 꼭 나를 잡아줘야만 해. 절대로 나를 벗어나지 마. 알았지?"

인정은 비닷속 물고기들이 뻐끔거리며 만든 공기 방울이 뭉친 듯한 눈망울로 운형의 눈을 빤히 쳐다보며 말했다.

"응, 걱정하지 마. 나는 너에게 무슨 일이 있어도, 설령 네가 어둠 속에 도달한다 해도, 꼭 네 곁에 있을 거니까."

운형이 말했다.

"고마워. 그러면… 이제 키스해 줘."

운형은 인정을 따스하게 바라보다 짧은 입맞춤을 해주었다. 이어 둘은 서로 몸을 꼭 포갠 채 한참 동안 눈을 맞추고 있었다. 아주 깊어 빛이 사라진 심해 속, 오로지 둘의 눈을 통한 빛이 반사되어야만 볼 수 있는 생명처럼.

"그러면 이제 세상에서 가장 야한…"

조금 전 눈물은 언제 흘렸냐는 듯이 인정은 다시 장난스러운 미소를 지으며 특유의 너스레를 떨었다.

그런 인정을 본 운형은 그녀가 세상에서 가장 귀엽고 소중하다 느끼며 꽉 안아줄 수밖에 없었다. 운형은 결코 그녀가 왜 울었는지는 알지 못했지만, 그때는 이 행복이 분명 언제까지나 영원할 것이라고 믿었다. 인정을 안은 채 운형은 속으로 생각했다.

'우주로 우주선을 쏘아 보내며 우주의 비밀을 밝혀내는 세상 이래도 아직 바다의 심해에는 무엇이 있는지도 모른다지. 그래, 인정이는 바다처럼 속이 깊은 아이니까, 내가 모르는 게 당연한 거겠지. 언젠가 내가 능력을 키우고 좋은 사람이 되면 인정이도 모르는 그 심해를 내가 밝히고 말 거야. 그 어두운 곳을 언젠가 내 능력으로!'

운형은 인정에게 다시 키스하며 굳게 다짐했다. 둘의 여행이 끝난 후, 몇 해가 지난 어느 날. 마침내, 인정의 심해는 밝아지는 것에 성공했다. 물론 인정의 심해를 밝힌 빛이 운형은 아니었지만.

2

인정의 결혼식장은 하얗고 밝은 순백색 조명으로 가득했다. 그 빛이 조명에서 펼쳐 나오는 빛인지, 화려하고 웅장한 대리석 장식에서 나오는 빛인지 아니면 앞으로 꽃길만 있을 것만 같은 그녀의 삶에서 흘러나온 것인지 운형은 구분할 수 없었다. 하지만 우형 앞에 보이는 거대한 —분명 아주 커다랗지는 않았지만, 운형의 눈에는 마치 로댕Auguste Rodin의 지옥의 문처럼 서내하게 보였다— 신부와 신랑의 큼지막한 액자 속 결혼사진을 보자 확실히 그녀가 자신을 떠났다는 것을 실감했다. 문득, 한 노래의 가사가 떠올랐다. '네가 사는 그 집, 그 집이 내 집이었어야 해.' 그 가사의 내용과 멜로디를 떠올리며 운형은 속으로 되뇌었다. '네 옆자리가 내 자리였어야 해.' 하지만 인제 와서 땅을 치고 후회해봤자 달라질 건 없었다. 운형은 자신도 모르게 허탈한 웃음이 새어

나왔다. '그래, 네가 사는 그 집이라니, 말도 안 되지. 나는 서울에 집 한 채 살 능력도 안 되는 능력 없는 남자인걸.' 운형은 그 생각을 하며 그리스 로마신화에나 나올 법한 건축양식 같은, 달팽이의 등 문양이 가득한 결혼식장 기둥 구석에 몸을 기대고 지친 눈을 감았다.

운형과 인정이 떠났던 여행은 시작이 이상하고 문제가 많았어도 그 끝은 분명 성공적이었다. 그러나 그들의 인연의 끝은 반대로 흐르는 결처럼 서로 엇갈려 있었다. 둘은 여행을 다녀온 뒤, 그해의 끝에 함께 공무원 시험을 봤다. 결과는 인정의 합격과 운형의 불합격. 그리고 둘은 마치 정해진 일정처럼 헤어졌다. 아무리 같은 꿈을 지닌 사이였더라도 그 작은 불균형은 단단했던 관계에 균열을 만들었다. 그들도 결국 그 갈라짐을 막을 수는 없었다. 인정의 단호한 이별 통보였다. 운형은 속으로는 인정을 잡고 싶었지만, 자신이 처한 현실을 생각하며 그녀의 행복한 미래를 위해 겉으로는 담담하게 받아들이는 척을 했다. 낭만보다는 현실의 문제로 가득한 것이 우리의 삶이라는 녀석이니, 괜히 사랑을 외치며 집착하지 말고, 그녀의 미래를 응원해 주자며 속으로 끊임없이 되뇌면서.

그러나 인정이 떠난 후, 운형은 좌절했고 좌절했으며 또 좌절했다. 그는 끝이 없는 비관의 굴레에 허덕였다. 게다가 인정이 없는 운형에게는 다시 시험을 도전할 용기나 패기 따위는 없어졌다. 일곱 번 넘어지면 여덟 번 일어나 시도하라지만, 그는 그동안의 도전 동안 발목이 녹아 사라진 바람에 날기는커녕 걸을 힘조차 남지 않은 발 없는 새였다. 머리와 피부는 푸석푸석해졌고 살은 십 킬로그램이나 쪄버려 온몸의 가죽이 지구의 내핵을 향해 추락하는 듯했다. 하지만 그런 운형조차도 먹고는 살아야겠는지 아니면 삶을 포기하고 싶은 용기는 없었던지, 그다음 해부터 단기 아르바이트와 배달 알바로 간간이 생활을 유지하며 취업을 준비했다. 물론 인제 와서 새로운 스펙을 쌓기는 어려운 일이었지만, 그래도 자격증을 따고 스펙을 쌓는 것이 −실제로 말만 했지, 공무원 시험 때 준비했던 자격증을 제외하고 새로운 자격증은 따지 못했다− 그에게 있어 공무원 시험을 준비하는 것보다는 낫다고, 그는 늘 되뇌었다. 사실 어쩌면 자신은 공무원 같은 지루한 직업은 맞지 않을지도 모른다고 그는 끊임없이 자신이란 존재 자체를 부정적인 생각에 맞춰 합리화해댔다.

그렇게 어찌어찌 몇 해를 살아가던 중, 하필 함께 취업을 준비하던 친구가 대기업 취업 성공으로 한턱을 낸 다음 날, 운형에게 결혼식 청첩장 메시지가 날아온 것이었다. 며칠 후, 운형은 자존심 따위는 원래부터 없었던 것처럼 자신도 모르게 결혼식장을 향해 발걸음을 옮겼다. 사실 그는 이곳에 도착하기 직전까지 끊임없이 고민했다. 길을 나서긴 했지만 '이곳을 오는가, 오지 않는가.'라는 단순하고도 돌아버리겠는 두 가지 선택의 문제로 말이다. 하지만 비로소 결혼식장에 도착하고 나서야 운형은 그 선택을 후회하기 시작했다. 그의 마음에 그녀가 떠났다는 슬픔에 가려져 있던 열등감이 마구 뿜어져 나왔기 때문이었다. 그 열등감이 서서히 부풀어 오르던 중, 운형이 기대어 눈을 감고 있던 결혼식장 기둥의 뒤편으로부터 두 목소리가 들려오기 시작했다.

"남자가 대형 로펌 다닌다며? 역시 인정이는 참하고, 직업도 공무원이니까 시집 잘 갈 줄 알았다, 얘."

한때 유행했던, 남자들이 좋아한다고 하는 향수 순위에 늘 올라와 있는, 아기분 냄새가 가득한 향수를 뿌린 여자가 ―반대편 운형의 코끝까지 냄새가 번져왔다― 기둥 반대편에서 큰 목소리로 친구에게 말을 건넸다.

"그러게. 근데 인정이 쟤도 생각보다 엄청나게 고생했잖아. 왜, 그 같이 시험공부 했던 전 남친 있잖아. 어휴, 그런 찐따 같은 애 진작 버리고 준비했으면 더 빨리 시험 합격했을 텐데. 난 인정이 전 남친 실제로 본 적 있거든? 근데 솔직히 까놓고 말해서, 요즘 기준에 외모, 학력, 능력, 다 희망이 없더라고. 다행히도 인정이가 뒤늦게 시험 합격하면서 제대로 정신 차렸나 봐. 그 덕에 이제야 인정이도 빛을 보니 참 다행이네."

마치 아무리 시험을 잘 보아도 B+ 이상의 학점은 주지 않을 것만 같은, 똑 부러지는 여교수의 목소리 톤을 지닌 다른 한 여자가 답했다.

운형은 그 두 목소리가 자기 고막을 두드리자 여태껏 마음 깊숙한 곳에 눌러 놓았던 분노가 열등감과 뒤섞여 온몸 곳곳에 들끓음을 느꼈다. 운형은 자신도 모르게 속으로 끊임없이 욕을 해댔다.

'미친, 지들이 뭘 안다고. 말 같지도 않은 소리 하고 있네. 쌍. 짜증 나게.'

운형은 계속 그 자리에 있다가는 자신의 화를 주체 못 하고 머리가 터져버릴 것만 같아, 결혼식장을 뛰어나와 집으로 향하는 택시에 몸을 맡겼다. 그는 현관문에 들어서자마자 침대를 향해 무거워진 몸을 강속구처럼 날렸다. 그리고 옷도 벗지 않은 채, 마치 달팽이처럼 흐물흐물 이불 속으로 기어서 들어갔다. 그리고 속으로 다짐 또 다짐했다.

'반드시, 반드시 나도 좋은 회사에 취직해서 보란 듯이 복수하고 말겠어. 박인정, 너 따위 지조도 없는 여자는 평생 불행이 가득해라. 두고 보자. 평생 저주해 주지. 확 망해서 네 소라게 껍질 따위 부서져 버리라고!'

운형의 부정적인 생각과 인정을 향한 저주의 기도는 결혼식장 기둥에 그려져 있던 달팽이 모양처럼 끊임없이 돌아 대기 시작했다. 그와 동시에 운형은 이불 속으로는 몸을 최대한 말아 넣고 이불 밖으로는 다리만 삐져나온 이상한 모양으로 잠이 들었다. 마치 장대비가 쏟아진 어느 날, 우연히 차 뒷바퀴에 밟혀 형태가 이상해진 한 마리의 깨진 달팽이처럼.

3

육 개월이 지났다. 물론 운형이 대기업 혹은 좋은 회사에 취직하는 기적은 생기지 않았다. 현실 인생은 드라마와 다른 법. 당연한 결과였다. 인정의 결혼식 날, 호언장담하던 다짐과 동기부여는 며칠이 지나자, 연기처럼 온데간데없이 사라져 버렸고, 하루하루 연명하며 게으르게 보내는 그의 삶이 다시 이어졌다. 하지만 사람이 마냥 죽으리란 법은 없다고, 오랜 친구 해수의 추천으로 한 중소기업 운송 창고 관리직을 맡아 조금씩 일에 적응해 나가며 운형은 나름대로 열심히 살아가고 있었다. 어느 날, 퇴근 시간의 해가 운송 창고 천장의 모서리로 다가올 무렵, 문자 한 통이 운형에게 날아왔다.

'지잉-'

해수 : 야, 너 그거 들었냐. 너 혹시 나중에 알고 충격받을까 봐, 차라리 내가 말해줄게. 엊그제 인정이 친구랑 술 마시다 들었거든. 네 전 여친, 인정이 있잖아. 곧 애 낳는다고 하던데, 최근에 이혼했다더라. 뭐, 속도위반으로 빠르게 결혼했던 거지. 그 남편 놈이 엄청난 로펌 변호사였는데, 인정이는 뭐 애 낳을 본처로 두고 세컨, 써드, 쉴 새 없이 여자가 많았나 봐. 몰래 호텔에서 딴 여자랑 누워있는 걸 인정이한테 딱 걸렸다더라. 그 새끼도 참 개새끼지 않냐? 뭐, 인정이도 너 버리고 가서 벌 받은 거 같긴 하지만. 너 마음 아픈 건 나도 이해하는데, 그래도 너, 힘들 때 맨날 같이 술 마셔준 건 나니까, 이 정도는 말한다. 너무 신경 쓰지 말고, 우리는 우리 삶이 있으니까, 이번에 내가 살 테니까 소주나 거하게 한잔하자고!

운형은 그 문자를 읽자마자 운송 창고의 낡고 허름한 컨테이너 재질의 간이 화장실로 달려갔다. 특유의 오래된 화장실의 찝찝한 냄새가 그의 코를 찔러댔지만, 그는 신경 쓸 겨를조차 없었다. 운형은 화장실 맨 끝, 가장 냄새가 나는 좌변기 칸으로 들어가 변기를 부여잡고 토를 하기 시작했다. 밀려오는 어지러움에 운형은 정신을 차릴 수가 없었다. 어디서부터 문제였는지 아무리 생각해 봐도 그는 이 휘몰아치는 역함을 바로 잡을 수가 없었다. 다만 운형이 토해내는 토가 변기 물에 흘러 들어갔을 때, 그 모양이 끊임없이 소용돌이치고 있음을 그는 느꼈다. 올라오는 헛구역질에 운형은 눈을 감으며 의식을 잃었다.

***

'지잉-'

운형은 손가락의 지문, 소용돌이 문양의 끝이 무너지고 있다고 느꼈다. 그의 머뭇거리는 손가락 끝이 방금 도착한 메시지의 키보드 버튼 위를 한참 동안 오르락내리락하며 땀을 흘리고 있었기 때문이었다.

신랑 김무영 신부 박인정
우리 결혼합니다.
일시 20××년 4월 3일
징ㅗ 달팽이 예식장
꼭 참여해 주셔서 저희의……

'아니 잠깐, 이 이상한 기시감은 뭐지. 분명 이건 내가 예전에 겪은……'

운형은 놀란 마음을 진정시키며 주변을 둘러봤다. 분명 운형의 낡은 원룸 자취방의 화장실이었다. 아무리 생각해도 지금, 이 상황은 이해할 수 없었다.

'내가 시간여행을 한 건가?! 분명 난 회사 화장실에서…'

 하지만 그런 비과학적인 일 따위는 운형은 믿지 않는 성향이었다. 결국, 운형은 생각의 꼬리를 물고 물면서 돌고 도는 변기 물을 바라보다 자신만의 답을 내렸다.

 '그래, 나는 아까 취해서 토하다가 잠들어서 분명 꿈을 꾼 거야. 근데, 꿈속에서조차 제대로 성공하는 걸 실패하다니, 조금 슬픈데?'

 운형은 어이없는 실소가 나오는 걸 참으며 좁은 화장실을 나왔다. 청소한 지 오래되어 끈적해진 자취방 바닥을 두세 번 밟으니 자그마한 그의 원룸 침대가 발끝에 닿았다. 그는 온몸을 소라에 들어간 게처럼 이불 속으로 들이밀었다.

 '참 다행이야. 참 다행. 물론 인정이는 떠났지만, 그래도 어휴, 그 꿈은 진짜. 난 그래도 아직 그 정도로 나쁜 냉혈한은 아니라고. 내가 얼마나 인간다운데! 나랑 헤어졌어도 상대의 행복을 바라는 게 좋은 남자가 되는 길이겠지, 분명. 그나저나 저 결혼식은 어떡해야 하지. 가야 하나? 꿈에서는 분명……!'

 꿈인지 현실인지 모르는 이 기억 속에서, 자신이 끝내 비극에 이르렀다는 것만큼은 운형은 제대로 인지하고 있었다. 그 덕에 지금, 그는 꿈속에서의 자신의 선택과 결과를 복기했다. 애초에 결혼식장에 간 일, 열등감에 사로잡혀 인정을 원망하고 저주한 일, 끝내 현실과 타협해서 제대로 노력하며 도전하지도 않고 쉽고 편해 보이는 것만 찾아다닌 일 등등. 그는 후회만큼이나 살이 쪄서 부풀어진 배를 한 손으로 원을 그리듯 쓰다듬으며 다시 다짐했다.

 '그래, 인정이의 결혼식은 가지 말자. 솔직히 까놓고 말해서,

먼저 저버린 건 걔지, 내가 아니잖아. 그리고 이런 청첩장 메시지는 다 축의금 받으려고 단체 메시지로 연락하는 거지, 뭐. 몇 년 동안 연락 없다가 결혼할 때만 청첩장 보내는 애들이라고 생각하자, 그저 맘 편히, 신경 쓰지 말고 내 할 일이나 집중하자고!'

운형은 자신의 어른스럽고 성숙한 다짐에 스스로 대견함을 느끼고 있었다. 순간, 운형의 시선 끝으로 조그마한 탁자 위에 영어 오픽 자격증 책이 보였다. 하얗고 뽀얀 먼지가 크리스마스의 하얀 눈처럼 소복하게 쌓여있었다. 운형은 그 먼지가 이상하게 아름답다고 느끼며 속으로 되뇌었다.

'내일부터 하자, 진짜로. 일단, 결혼식장은 가지 않기로 굳게 다짐했으니, 내일부터 진짜 제대로 하자. 내 꿈과 미래를 내 힘으로 직접 만들어 가는 거야! 가즈아!'

4

운형이 상투적인 드라마의 반복적인 실수를 만들어 내는 전형적인 주인공이었다면, 결코 꿈을 향한 공부는 하지 않았을 것이다. 캐릭터란 것은 일관되어야 기대와 재미가 생기는 법이니까. 하지만 현실을 마주하고 살아가야만 했던 운형은 꿈속에서 자신의 부족함을 제대로 실감한지라 꾸준히 공부했고, 마침내 IT 관련 자격증을 섭렵해 국내의 한 대기업에 취직할 수 있었다. 물론 누구나 코딩을 배우면 IT 기업에 취직할 수 있는 것처럼 인터넷과 SNS에서는 광고했지만, 사실 IT 대기업에 프로그래머로서 제대로 취직한다는 것은 다른 분야의 시험을 준비했던 운형에게는 피땀 흘릴만한 노력이 필요했다. 꿈속에서의 경험을 한 이후로 운형은 정말 변한 것이었다. 주변의 예상과는 달리 술도 끊고 다이어트도 해서 깔끔한 겉모습을 유지했으며, 사소한 노력이 묻은 하루하루를 꾸준히 쌓아 끝내 취직이라는 스테이지 클리어에 성공했다. 물론 어딜 가도 그렇듯이 일은 고되고 힘들긴 했지만, 회사의 환경은 어느 기업과 비교해도 너무 좋았다. 운형은 공무원 시험을 준비했었다는 사실을 잊을 정도로 일과 환경에 점점 만족을 느끼고 있었다. 고층 건물인 회사의 커다랗고 투명한 통유리 창문 모서리로 지는 노을빛이 맞닿아 주변 곳곳으로 퍼져나가는 어느 날, 문자 한 통이 운형에게 날아왔다.

'지잉-'

해수 : 야, 너 그거 들었냐. 너 혹시 나중에 알고 충격받을까 봐, 차라리 내가 말해줄게. 엊그제 인정이 친구랑 술 마시다 들었거든. 네 전 여친, 인정이 있잖아. 곧 애 낳는다고 하던데, 최근에 이혼했다더라. 뭐, 속도위반으로 빠르게 결혼했던 거지. 그 남편놈이 엄청난 로펌 변호사였는데, 인정이는 뭐 애 낳을 본처로 두고 세컨, 써드, 쉴 새 없이 여자가 많았나 봐. 몰래 호텔에서 딴 여자랑 누워있는 걸 인정이한테 딱 걸렸다더라. 그 새끼도 참 개새끼지 않냐? 뭐, 인정이도 너 버리고 가서 벌 받은 거 같긴 하지만. 너 마음 아픈 건 나도 이해하는데, 그래도 너, 힘들 때 맨날 같이 술 마셔준 건 나니까, 이 정도는 말한다. 너무 신경 쓰지 말고, 우리는 우리 삶이 있으니까, 이번에 내가 살 테니까 소주나 거하게

한잔하자고!

'젠장! 이건 아니잖아. 나한테 왜 그래 정말!'

운형은 속이 울렁거렸다. 사실 운형은 회사에 취직하면서 어쩌면 자기 삶이 이렇게 굴러가는 것에 있어 인정과의 이별이 분명 필수 불가결한 일이었다고, 자신의 현재 운명을 위해서는 그 슬픔 또한 삶에서 꼭 필요한 총량 중 하나였다고 생각하고 있었다. 그런 마음에 인정의 삶에 관하여 어느 정도 내려놓는 마음과 함께 행복을 진심으로 빌어주고 있었는데, 지난번 꿈속과 똑같은 문자가 결국, 그에게로 다시 도달한 것이었다.

운형은 회사 건물의 화장실로 달려갔다. 새로 리모델링 된 건물의 깨끗한 화장실답게 화장실에는 포근한 라벤더 향이 가득한 방향제가 운형의 걸음에 맞춰 자동 분사되었다. 그 향이 운형의 코끝을 간지럽히는데도 불구하고 운형은 화장실 맨 끝 칸에 자기 몸을 쑤셔 넣었다. 그는 곧 변기를 부여잡고 토를 하기 시작했다. 어지러움에 운형은 정신을 차릴 수가 없었다. 분명히 이 느낌은 예전 꿈에서 느꼈던 느낌이었다. 그때처럼 역시나, 어디서부터 문제였는지 아무리 생각해 봐도 그는 이 휘몰아치는 역함을 바로잡을 수가 없었다. 다만 운형이 토해내는 토가 변기 물에 흘러 들어갔을 때, 그 모양은 다시금 끊임없이 소용돌이치고 있음을 그는 느꼈다. 올라오는 헛구역질에 운형은 눈을 감으며 의식을 잃었다.

5

'지잉-'

 문자의 진동이 휴대폰 화면을 밝히니 이불 속, 고요히 자고 있던 진한 어두움이 엷어지며 그녀가 잠에서 깼다. 그녀는 어린 시절부터 마음이 불안할 때마다 이불 속에서 숨어 지내곤 했는데, 그 시절부터 그 공간은 그녀에게 있어 자신의 어둠을 마주할 수 있는 유일한 공간이자 심해였다. 자신과 닮고 닮은, 빛을 죽인 어두움으로 가득 찬. 그녀는 그곳에서 태어난 달팽이처럼 이불 속 어두움에는 꽤 익숙해져 있었다. 하지만 이렇게 오랜 시간 이불 속에 숨어있는 것은 방황하던 사춘기 때 이후로 정말 오랜만이었다. 그래서인지 갑자기 울린 이불 속 휴대폰 화면 빛에, 밝음을 처음 느낀 심해어처럼 고통스러운 눈부심을 느꼈다. 하지만 다행히도 그 빛 덕분에 현실 자각이 빨라졌다. 조금 전에 꿨던 연속적인 꿈들이 얼마나 실감 났었는지, 마치 미친 여자처럼 실소가 마구 흘러나와 정신을 차린 것이었다. 자신의 시점이 아닌 자신이 만나고 있는 운형의 시점으로 여러 삶을 살아보게 될 줄이야. 이 신기한 꿈속에서 운형의 삶뿐만 아니라 자신 삶의 미래도 엿본 것 같아서 이상한 기분이 들었지만, 왠지 모르게 자꾸 어이없는 웃음이 나오는 인정이었다. 그렇게 한참을 웃던 그녀는 마침내 자신의 휴대폰 화면의 메시지를 확인했다.

 운형 오빠 : 인정아, 우리 앞으로 어떻게 할지 대답을…

'내 선택에 따라 운형의 삶의 바뀌는 것일까, 운형의 선택에 따라 나의 삶이 바뀌는 것일까.'

인정은 문자를 본 후, 조금 전 꿈속의 내용과 돌고 도는 잡념과 질문을 속으로 곱씹었다. 그 곱씹음의 끝에서 그녀는 어쩔 수 없이 늘 가지고 있던 생각을 꺼내었다. 누가 떠나려 하고 누가 남으려 하는지는 어두운 심해에서 태어난 자신에게 있어 결코, 중요하지도 않으며 구분할 필요도 없다고. 애초에 모든 것은 정해져 있는 운명. 그 원형에 올려져 있을 뿐이고 그 형태를 벗어나려 하지 않고 인정하고 사는 것만이, 나처럼 어둠을 지니고 태어난 인간에게 맞는 삶의 형태라는, 늘 닿던 결론에 도달한 것이었다. 그 생각 끝에 자기 삶도 끝이 난 것처럼, 인정은 망연히 휴대폰 화면을 지그시 바라봤다.

인정은 기나긴 꿈에 마음을 내려놓고 싶었는지, 시선을 거두며 휴대폰 화면의 전원 버튼을 눌렀다. 스르르 화면이 잠들었다. 그녀도 휴대폰을 따라 천천히 눈을 감으니, 꿈속에서의 반복되던 운형의 삶과 자신의 반복되던 운명적 삶의 미래가 다시금 교차하며 떠올랐다. 사실 평상시 그녀였다면, 꿈속에서 본 그녀의 탐탁지 않은 비극적 미래에 퍽 기분이 나빠 온종일 심란했을 것이었다. 하지만 지금의 그녀는 이상하리만큼 전혀 기분이 나쁘지 않았다. 오히려 그러한 운명이 펼쳐질 수도 있으니 삶인 것이라고, 생각하며 이 이상한 경험에 시야가 넓어진 듯한 기분이 들었다. 지금의 현실은 그러한 대도 이상해할 것이 없는 세상이니까. 하지만 반대로 생각해 보면 꿈은 꿈일 뿐, 그 속의 현실이 자신 앞에 놓이지 않을 수도 있다고도 생각했다.

갑자기 그 순간, 마치 운명처럼, 꼬리에 꼬리를 물며 돌고 도는 원형의 생각을 빠져나온 인정은 새로운 사실을 명확히 깨달았다.

'운명 따위는 애초에 없다. 그도, 나도, 그의 삶도, 나의 삶도, 정해진 운명 따위는 존재하지 않는다. 우리의 삶은 정해진 원형 모양으로 돌고 도는 것이 아닌, 어쩌면 다른 모양일지도 모른다. 사회와 누군가가 규정한, 혹은 과거의 내가 규정한 것에 얽매여 끝내, 원형을 그릴 수밖에 없어 그리 느낄 뿐이다. 하지만 진정 제대로 사는 삶은 돌고 도는 듯 보이지만 자신만의 무언가를 향해 나선을 쌓아 올리며, 어두운 심해의 끝에서도 수면 위를 향해 나아가는 삶이다.'

'씨익-'

그녀는 자신도 모르게 이불 밖으로 두 발을 크게 박차고 나와 먼지 쌓인 퀴퀴한 커튼을 열고 창문을 활짝 열어젖혔다. 한낮의 태양 빛이 기다란 직선을 그리며 창문에 비친 그녀의 미소 위로 쏟아졌다. 그 수많은 빛줄기를 보며 그녀는 조금 전 깨달음을 되뇌다 깊이 결심했다. 저 햇빛의 알갱이보다 밝은 나만의 선을 품고 운형을 위한 삶도 아닌, 세상이 규정한 삶도 아닌, 오로지 자신이 원하는 삶을 선택해서 살겠다고. 설령 그렇게 만들어진 내 삶이 비극이더라도 그건 그것대로 책임지면 되는 것, 바로 내 삶의 주인으로서 운명적 책임감 아니겠냐고 혼잣말하며 오랜만에 커다란 기지개와 콧소리가 섞인 하품을 동시에 토해냈다.

먼 훗날, 과연 그녀가 토해낸 삶은 원형이었을까. 나선이었을까.

MAY, DAY!

"달은 쳐다보는 것만으로 충분하다고,
누워있어도 손끝으로 찔러 볼 수 있는 것이 달이거늘."

그가 바라보고 있는 오월의 하늘은 맑고 푸르렀다. 아직은 습하지 않은, 여름이 오기 전 봄의 끝자락. 그는 그 오월의 한가운데에서 자신의 삶을 돌아보고 있었다. 지구의 인구가 육십 억이었던가, 칠십 억이었던가? 교과서에서는 분명 육십 억이라고 배웠던 것 같은데, 라고 혼잣말을 더듬으면서. 그가 혼잣말을 더듬자 괜히 벌써 여름이라도 온 것처럼 온 주변이 습기로 가득 차는 듯했다. 이내 그는 누구를 위해서인지 모를 기나긴 독백을 시작했다.

「아마 육십 억… 아니, 그게 뭐가 중요하겠어. 이 넓고 넓은 세상에서 이제야 '나'라는 조그만 존재의 시작을 되돌아본다는 게 웃긴 일이긴 하지만, 지금은 그냥 처음부터 생각해 보고 싶군. 사실 이런 생각은 십 대 시절에 끄적여 본 게 다인데, 이것도 기회라면 기회잖아?

자, 나는 대한민국에서 태어났지. 크. 이름만 들어도 뭔가 뽕이 차오르는 느낌이잖아. 미국? 중국? 뭐, 있어 보이긴 하지만 적어도 한 나라의 이름이라면 대! 한! 민! 국! 정도는 되어야지. 안 그래? 대한민국 국민이라면 이 정도 자부심은 있어야지. 암, 그렇고말고. 마치 한 대사가 떠오르는군. 주모, 여기 셔터 내리고 막걸리 한 사발이요! 에헴, 아무튼, 이런 개그는 집어치우고. 본격적으로 시작해 볼까.

나, 이대평. 깡마른 체격과는 다르게 이름만 들어도 평생 커다랗고 평평한 인생만 살 것 같은 듬직한 이름을 지닌 나는 대한민국 서울특별시 영등포구 대림동에서 태어났다. 대한민국-서울특별시-영등포구까지는 어감이 참 좋은데, 대림동이 아쉽긴 하지. 아, 오해는 하지 마. 대림동 지역 자체를 무시하는 비하 발언은 아니니까. 그냥, 내가 태어나고 자란 그곳의 기억이 나에게는 좋지만은 않거든. 얻는 것과 잃는 것에 대한 느낌을 처음 배운 장소라서 그럴 거야. 음, 태어나서 내가 처음 기억하는 공간은 매우 낡고 조그맣던 우리 집이었어. 집이라고도 말하기 힘들 정도의 느낌이긴 한데, 이 층 주택의 일 층 창고 옆에 딸린 조그만 단칸방이었지. 뭐, 그래도 나는 괜찮았어. 우리 집은 작고 볼품없었지만, 나름 어렸을 때 추억이 나쁘지 않거든. 아버지는 월급날이면 늘 시장에서 치킨 한 마리를 사 오셨고, 아버지와 엄마 그리고 나 셋이 오순도순 먹으며 즐겁게 지내곤 했었지. 그때 맛봤던 치킨 맛은 요즘 나온 음식과는 차원이 다르다고. 요즘 나온 음식들은 유전자 조작이다, 뭐다 해서 우리 몸의 영양을 다 알아서 채워 준다고는 하지만, 나는 어릴 때 그 치킨 맛을 여전히 잊지 못해. 아무튼, 그 맛있는 치킨 덕에 나는 어린 시절 가정에서의 온기와 부모님의 따스함을 기억하고 있지. 하지만 그 느낌은 그 시절뿐이었어. 우리 아버지께서 참 갑작스레 돌아가셨거든. 어느 날, 아버지께서 퇴근하시던 중에 동네 편의점 의자 앞에서 사람들끼리 시비가 붙은 것을 보셨어. 한달음에 달려가서 중재하시려고 했다더군. 나와 달리 우리 아버지는 참 정의롭고 강한 분이셨으니까. 울 아버지는 그 시비를 말리시다가 싸우던 이가 던진 소주병에 머리를 맞아 뇌진탕 및 뇌출혈 판정. BANG! 끝. 그냥 끝이야. 그렇게 돌아가셨어. 그때는 잘 몰랐는데, 지금 생각해 보면 참 어이없지 않아? 사람의 삶이라는 게, 그렇게 어이없게 끝난다는 거 말이야.

난 그렇게 돌연 아버지를 잃고 어머니와 단둘이 전전긍긍하며 살아왔어. 우리 모자는 늘 힘들었지만 절대 삶을 포기하지는 않았지. 아마 그럴 수밖에 없었던 건, 내가 조금이나마 아버지의 다정함을 기억하고 있어서일지 몰라. 그 기억조차 없었다면 나는 만 퍼센트 엇나갔을 놈이니까 말이야. 엇나가지 않고 정해진 길을 묵묵히 걸어서인지, 그런 상황에도 불구하고 알바를 열심히 해서인지, 혹 지루한 공부를 꾸준히 해서인지 —아마 어머니의 지원 덕분이겠지만— 이런 흙 중의 흙인 나도 대학이란 곳을 가긴 갔다. 크. 내가 대학에 갔어. 그 대림동의 단칸방에서 혼자 시간을 보내던 어린 서울 촌놈이 말이야. 수학 여행비가 없어서 그 시절에 혼자 단기 알바를 하고, 늘 친구들에게 '한 입만!'이라고 외치며 얻어먹던 나란 놈이 말이지. 아마 이런 내가 불쌍해서인지, 신이 내게 입시 공부에서만큼은 비상한 머리를 주었거나, 학창 시절 시험 운은 제대로 주었나 봐. 덕분에 서울에서 제일 좋다는 대학교에 갔다. 아직도 그 합격의 날, 어머니가 동네방네 자랑하시며 우시던 모습이 잊히지 않는군. 하긴, 집에서 가깝기도 했고 국립이라 등록금이 그나마 저렴해서 내게 선택권은 오로지 그 대학교에 들어가는 것밖에 없었지만. 기다리던 입학을 했어.

아, 그러고 보니 어떤 전공을 선택해서 붙었는지 말을 안 했군. 대학에 입학하기 전까지 내게 주어진 자유와 선택의 폭은 너무나도 적었기에 나는 전공만큼은 내가 원하던 과로 진학하고 싶었어. 국어국문학과. 그래, 흔히 짧게 말하는 국문과에 갔지. 그 많은 과중에 왜 국문과냐고? 사실 성적을 맞추려⋯⋯고가 아니라, 내 나름의 이유가 있어. 나의 중학교, 고등학교 시절은 열심히 살았는데도 불구하고 늘 우울했어. 힘든 집안 형편 덕에 청춘의 반항 따위는 존재할 수 없었지. 그 분출하지 못하는 열등감과 화를 억눌러 주었던 건 고맙게도 독서라는 취미였어. 나에게 독서는 가장 적은 비용으로 가장 큰 만족을 가져다주는 행위였거든. 게다가 도서관에 가면 공짜로 책을 볼 수 있잖아? 얼마나 좋아. 아무튼, 그 시절의 나는 책을 읽으면서 한가지 직업을 동경하게 되었어. 소설가. 내게 소설가는 신 같았거든, 신. 그래 신. 하나의 세계를 창조해서 그 안에 사람들을 마음대로 부리는, 신. 나는 위대한 소설가가 되겠다고 다짐했어. 물론 그 꿈을 그 누구에게도 말하지는 않았어. 나 같은 흙수저가 장래 희망 칸에 소설가를 쓴다는 건 그 시절에도 미친 짓이었으니까. 그래서 대학 입시 시절에 국문과를 지원할 때도 담임선생님께는 임용고시를 보거나 학원 강사가 되고 싶어 지원한다고 말씀드렸지. 가정 형편이 어려우니 누구보다 빠르게 돈을 많이 벌어서 효도하고 싶다고. 분명 나는 겉으로는 그렇게 말했어. 하지만 진실은 아니었지. 나는 정말로, 작가가 되고 싶었다. 물론 내 속마음을 가장 가까운 어머니께도 말씀드리지 않았어. 아니, 못했지. 그럴 수가 없었거든.

역시 좋은 소식과 나쁜 소식은 한꺼번에 달려오더라. 하필 내가 대학에 입학한 그해부터 어머니가 일을 할 수 없었거든. 하긴 어쩌면 그건 당연한 순서였지. 어머니는 아버지가 돌아가신 뒤로 단 한 번도 제대로 쉰 적이 없거든. 그 대가로 어머니는 암을 얻었어. Cancer. 참 모든 걸 캔슬하고 싶어지더군. 그래서 내가 선택할 수 있는 거라곤 내 꿈의 취소 버튼을 누르는 것. 작가가 아닌 돈을 버는 일이었어. 학교에서 수업을 들을 때를 제외하고는 미친 듯이 과외, 학원 조교, 단기 알바까지, 모든 시간을 기계처럼 일만 했지. 그렇게 나는 내 안의 신을 버렸어. 어차피 어릴 때 무언가를 얻어먹기 위해서 몇 번 갔던 절과 성당, 교회 같은 장소는 나에게 있어 신을 만나는 곳이 아니었어. 내 안에서의 신, 종교와 성경은 작가라는 일, 그들이 만든 유니버스가 구축된 소설과 책 그리고 작품들뿐이었지. 어쩌면 나는 내 삶에서는 절대 이루어지지 못할 신을 믿고 산 게 아니었나 싶다. 많은 종교에서 말하잖아. 신은 내 안에 있고 열심히 살다 보면 그 신의 모습과 일치하게 된다고. 나는 그 일치가 절대 불가능하게 태어난 삶이었던 거지 뭐. 끝내 나는 학점과 밥벌이를 위한 공부만 할 뿐, 내 신을 위한 글은 쓰지 않게 되었어. 게다가 생각보다 내가 어리석고 멍청했던 건 나를 지원하느라 바쁜 어머니에게 노후에 필요한 보험이 있는지 없는지도 확인하지 않았다는 사실이야. 공부만 할 줄 알았지, 세상을 살아가는 법에 대해서는 전혀 모르는 어린아이였던 거지. 하긴, 무지(無知)는 무지를, 가난은 가난을 부른다고, 어리고 어리석은 내가 뭘 알았겠느냐만⋯⋯ 아마 어머니가 버는 모든 돈은 그저 나를 지원하는 데 쓰다 보니 본인에게는 전혀 신경을 못 쓰셨을 거야. 결국, 저 망할 삶의 취소 버튼을 누르게 만든 건 어머니의 삶과 노동 때문이 아니라 '나'라는 인간 때문이었던 거지. 물론 우리는 저소득층이라 나라에서 지원되는 보험 혜택이나 지원금도 있었지만, 그걸로 병을 치료하는 데는 충분하지 않았어. 이 나라는 아무것도 없는 이에게는 먹고 사는 것 자체가 고행의 길이잖아? 그렇게 쳇바퀴 도는 쥐처럼 나의 일상과 어머니의 고된 투병 기간은 흘렀고⋯⋯.

아, 잠깐. 스탑, 스탑– 스탑! 이 부분은 빼 먹으면 안 될 것 같으니 일단 중간에 살짝 끼워 넣으련다. 일종의 내 변호 시간(?)이라고 생각해 줘. 내 생각에 혹 누군가는 궁금해할 것 같아서 이야기해야겠어. 어디까지나 독자 관점에서 말이야. 나도 사랑을 하긴… 했다. 물론 짝사랑이긴 했지만. 방학 때, 아르바이트했던 학원에서 함께 조교를 하던 친구를 좋아했었어. 당연, 고백하는 일 따윈 없었지. 내 상황에서 연애와 사랑은 사치였거든. 그래도 진짜 많이 좋아하긴 했어. 그 친구가 해야 할 일들을 내 삶이 바쁘고 힘든데도 불구하고 남몰래 지켜보며 도와주곤 했거든. 뭐랄까, 흔히 말하는 순정, 그 자체였지. 근데, 봐봐. 작가를 꿈꿨던 사람이 제대로 여자와 사랑 한번 못해보다니, 그런 작가는 설령 아무리 멋진 이야기나 글, 책을 쓴다 해도 결국 진짜가 아니라 사기꾼에 가깝잖아? 소설가란 직업이 픽션을 통해 말하는 일이라 해도, 예술가는 진정에 기원을 둔 거짓으로 사람들에게 무언가를 주는 일을 해야 한다고 생각하거든, 나는. 이러나저러나 어쨌든 역시 나는 진짜 작가가 될 존재는 아니었나 봐. 갑자기 왜 이런 이야기를 하느냐고? 그냥 계속 듣다 보면 이 캐릭터는 분명 '사랑'은 안 했나? 라고 의문이 들 수도 있잖아. 이건 듣는 사람이 알아서 캐릭터와 플롯을 잘 구축하라고. 원래 멋있는 캐릭터는 좀 조미료가 쳐져야 더 멋있는 법이잖아. 예를 들어 이런 비극적인 나를 묵묵히 사랑해 주는 청초하고 아름다운 여자 캐릭터를 한 명 만들어 달란 말이지. 나는 이번 삶에서는 작가가 되지 못할 테니까, 작가가 될 수 있는 신인, 당신이 써 달라고.

다시 본론으로 돌아와서! 어찌어찌하다 보니 시간은 흘렀고…… 어머니는 점점 노쇠하셨다. 내가 아까 말했었지? 좋은 소식과 나쁜 소식은 함께 달려오는 법이라고. 매도 먼저 맞는 게 좋다고, 일단 나쁜 소식 먼저 말할게. 어머니의 병이 점점 악화하는데도 불구하고 나는 제대로 된 직장을 잡지 못했어. 아니, 잡을 수 없었어. 솔직히 핑계라면 핑계지만, 나는 스펙을 쌓는 시간보다 어머니 곁에 있는 시간이 더 많았으니까. 물론 그건 아들로서 당연한 일이었지. 그나마 어머니께 보답하는 방법이 그거밖에 없었거든. 물론 그 와중에도 취직을 위한 스펙을 쌓을 수 있었겠지만, 나란 놈은 기댈 수 있는 벽 같은 사람이 있어야만 무언가 하려는, 자립심이란 건 없는 인간이었는지도 모르겠다. 마치 평생 노력할 수 있는 에너지와 운을 십 대 시절에 다 써버려서 그 총량의 한계를 넘어선 느낌이었지. 뭐, 아무튼 하필이면 —굳이 핑계를 대자면 말이야— 그해 경제가 박살이 나는 덕분에 일자리마저 확 줄었어. 그나마 일하던 학원도 몇몇 있던 강사들을 자를 정도였거든. 나도 그중 하나였고. 물론 보통의 직장 면접을 보기도 했지만, 왜 사람들이 문과 가지 말고 이과 가라고 했는지 그때 깨달았다. 어른들 말씀 틀린 것 하나 없어. 잘난 것 없으면 기술 배워야 한다니까. 좋은 대학 간판만 있었지, 아까 말했듯이 나는 공부 말고는 삶에 관해서는 제대로 할 줄 아는 건 별로 없었거든. 학력이 좋은 것과 삶을 잘 산다는 것과는 굉장히 거리가 있는 일이더라.

 사실 이건 내 능력 부족이니까 감안하고 들어주거나 잘 어레인지 해줘. 내가 이렇게밖에 살 수 없었던 이유. 뭔가 극단적인 거 있잖아. 전쟁이 터졌다거나, 아, 이건 아닌 거 같고. 극심한 전염병이 퍼졌다거나, 이것도 좀 너무 뻔한데? 아무튼, 그건, 작가인 당신이 알아서 잘 정해줬으면 좋겠어. 태어날 때부터 이런 인간이라고 고백한, 방금 내 이야기는 너무 진부하잖아. 내가 생각해도 나란 놈의 캐릭터가 입체성이 약한 느낌이라 매력이 없어 보여 걱정이군.

다시 돌아와서… 이런 세상이다 보니 나라에서는 복지예산을 대폭 줄이기 시작했어. 고령화 시대로 접어든 세상이라 나라에서 노인 복지 부담을 줄이고 미래를 위한 청년들을 지원해야 한다는, 듣기에 그럴듯한 말을 하던데, 어쩔 수 없지. 근데 웃기지 않아? 까놓고 보면 나도 청년인데, 무언가에 지원했을 때 탈락한 적도 많았거든. 내가 그렇게 허송세월하는 동안, 어머니의 상태는 큰 수술을 해야 할 만큼 안 좋아졌어. 원발암이 거의 사라졌는데도 불구하고 하필이면 전이암이 생겨 큰 수술이 필요하다더군. 그나마 수술을 할 수 있는 상황이 기적이었지. 문제는 그사이에 지원 정책이 변한 것인지 아니면 축소된 건지 나라에서 지원하는 부분 말고도 치료에 필요한 금액이 늘어났어. 하지만 그 금액은 도저히 현재의 내가 마련할 수 있는 돈이 아니더군. 물론 대출을 받거나 −내 상황에 가능할지 모르겠지만− 사채를 쓰거나 하는 별별 방법도 생각해 보고, 몇 없는 친구에게 구걸해 볼까, 하는 생각도 했지만, 그 방법들은 최후의 방법이라고 생각했어. 나는 오롯이 내 힘으로 그 돈을 마련하고 싶었다. 분명 그래야만 어머니께서 이 지긋지긋한 병을 벗어나신 뒤에도 함께 행복해질 수 있다고 믿었거든. 설령 병이 없어진다 해도 돈 없이 살아간다면 또다시 병을 얻는 세상에 살고 있었다, 나는. 그래, 이제 슬슬 타이밍이 되었지.

좋은 소식 차례야. 물론 이게 좋은 소식인지 나쁜 소식인지 지금은 말할 수 없겠다만, 분명 그 당시에는 나에게 있어서 희소식이었다. 어느 날이었다. 어머니의 수술비를 어떻게 하면 마련할 수 있을지, 얼마 되지도 않는 돈을 굴려볼 방법을 모색하고 있을 때였지. 한 미국 IT 기업의 일자리 공고가 전 세계를 뒤흔드는 일이 일어난 거야. 인터넷, 텔레비전, 모든 미디어에서 그 공고가 인생 역전의 기회라며 떠들어댔거든. 사실 그 공고는 대한민국 서울특별시 영등포구 대림동에 사는 한 가난한 청년이 꿈꿀 수 있는 직업환경이 아니었어. 내겐 멀어도 너무 멀었거든. IT 기업의 공고 일자리 모집에 적혀 있던 근무 장소는 미국도 남미도 유럽도 아닌 지구 밖, '달'이었다. 그래, 오월, 이런 계절의 달이 아닌 진짜 달. 우리가 어렸을 때부터 바라봐 왔던 밤하늘 위의 그 '달'. 그 IT 기업이 내민 직군은 달의 기지 건설 관리자였어. 황당해도 그런 황당한 소리는 태어나 처음이더군. 하지만 분명 그 기업은 진심이었다. 아마 기업의 CEO 말로는 지구는 결국 노쇠할 것이며, 모든 것이 사라지기에 언젠가는 모든 자원의 생산 취소 버튼을 눌러야만 한다더군. 그래서 그 기업은 미래 투자를 위해 우주로 눈을 돌렸고, 최초의 우주 개발지로 가장 가까운 달이 선정된 거지. 근데 보통 이렇게 생각하면, '아니 로봇을 보내면 되지 굳이 인간이 가야 하나?'라는 생각을 누구나 할 거야. 하지만 그렇게 기술이 발전하고 AI가 판치는 세상이어도 결국 인간을 위한 세상을 만들려면 인간은 꼭 가야만 한다더군. 일종의 관리자 및 적응에 관한 테스터가 필요하다더라. 그래도 그 기업이 내민 이야기들이 듣기에는 정말 공평했던 게 지원자의 학력이나 자격증 같은, 겉으로 보이는 스펙은 따지지 않는다는 거야. 어디까지나 지구와 다른 환경인 '달'을 위해서는 인간을 평가하는 기준

자체도 초심으로 돌아가야만 한다더라고. 기업은 금세 전 세계의 청년들을 대상으로 노동자 모집을 시작했어. 뽑히기만 한다면 조건은 가히 파격적이었지. 꽤 큰 금액의 계약금도 있었고, 무사히 귀환하기만 하면 평생 먹고사는 것은 걱정 없었다. 게다가 지구를 대표로 새로운 일을 개척했다는 크나큰 명예도 얻을 수 있었지. 작가와는 다른 일이었지만, 이건 분명 어떤 의미로는 신을 잊어버린 나에게는 신과 비슷한 일 같았어. 새로운 세상을 만드는 일 같았거든. 그래서 일단 무작정 지원했어. 설마 내가 되겠어, 하는 마음과 내 상황에서 지푸라기라도 잡고 싶은 마음에. 근데 웬걸? 서류 심사부터 적성테스트에 면접까지, 몇 차에 걸친 시험들을 거치고 거쳤는데…… 뽑혀 버렸다. 인생의 밑바닥을 기는 것만 같은 기분에 늘 허덕이던 나는 기적과도 같은 이 사실에 너무 기뻐서 한달음에 누워계신 어머니께 달려가 말씀드렸어. 하지만 어머니의 반응은 내 예상과는 달랐지. 단칼에 반대하셨거든. 달은 쳐다보는 것만으로 충분하다고, 누워있어도 손끝으로 찔러 볼 수 있는 것이 달이거늘, 뭐 하러 굳이 그런 곳까지 가서 돈을 벌어야 하냐고. 자신의 병은 자신이 가장 잘 느끼고 있으니 —네겐 미안하지만— 지금 여기서 할 수 있는 것에 최대한 노력해 보라고. 대신 조금이라도 더 함께 시간을 보내자며 차분히 말씀하셨다. 사실 지금 와 생각해 보면 그때 어머니 말씀을 들었어야 했을지도 몰라. 하지만 그때의 나는 시야가 좁을 만큼 좁아져 있었기에 절박했고 다급했지. 내 머릿속에는 그저 어머니를 구해야 한다는 생각밖에 없었으니까. 물론 이 모집공고에 관해서 부정적인 여론도 있었어. 달을 만드는 노동자를 뽑고 난 후부터 사회 곳곳으로부터 좋지 않은 말들이 튀어나오기 시작했거든. 찬성하는 여론만큼이나 반대하는 여론도 거세졌지. 인터넷과 텔레비전을 바탕으로 한 미디어, 정치계와 학계에서는 이에 대하여 기업 갑질과 노동자 윤리에 관한 갑론을박이 펼쳐졌어. 그도 그럴 것이 아이러니하게도 뽑힌 사람들을 보면 저소득층 사람들이 훨씬 많았거든. 공고를 낸 기업에서는 자신들이 만든 적성 조건에 해당하는 사람 중에 우연히 저소득층 사람이 많았을 뿐이라고 이야기했지만, 이에 관한 의문을 제기하는 사람들은 꽤 많았어. 분명 저소득층 사람들이 노동자로 다수 선정된 것을 보면 노동자들은 기업을 위한 건설 재료로 쓰이거나 위험한 일을 하다 죽고 말 거라고. 하지만 나는 그런 여론 따위는 신경 쓰지 않았어. 미디어라는 것은 늘 보이는 대로만 믿게 하고 사실은 다를 수 있는 것처럼, 겉으로는 평범해 보이는 나 또한 사람들이 말하는 평범과는 다른 삶을 살고 있었으니까. 그런 나는 돈을 벌고, 상황을 역전 시킬 수 있다는 낙천적인 미래와 부풀어진 희망에 매달리게 되었지. 아마 새로운 세상을 만들고 어머니를 구해서 영웅이 되겠다는, 이상하고 거대한 환상에 홀려있었던 것 같아. 그래서 어머니의 만류에도 불구하고 선택했다. 가기로, 그리고 이곳에 오기로.

그렇게 마음을 먹은 후, 근로계약서와 혹시 모를 사태에 대비한 안전 관련 동의서에 사인을 하고 나니 너무나 빠르게 시간이 흘러갔어. 그야말로 마치 잘 짜인 코스 식사의 순서처럼 나는 미국에 있는 기업 본사로 갔고, 필수적인 단기 교육과정을 절차대로 빠르게 이수했어. 어릴 적 교과서에서만 봤던 하얀 우주복을 간신히 입고 나니까 어느새 거대한 우주왕복선을 타고 달을 향해 빠르게 쏘아진 내가 느껴지더군. 아, 혹시나 궁금해할 수도 있으니 지금 말해줄게. 우주선이 하늘로 날아갈 때의 느낌은 비행기와 비교도 안 되더라. (사실 비행기도 미국행이 처음이었지만) 뭐라고 설명하는 게 좋으려나. 꿈에서 건물 위나 절벽에서 떨어지면서 발차기할 때의 그 강한 느낌 있지? 그거의 몇만 배 되는 느낌이야. 꽤 고통스러운지라 체질적으로 이 압박을 못 견디는 이들은 아예 기업에서 자체 개발한 수면 시스템을 통해 달까지 온 이도 있다더라고. 그렇게 잿빛 토끼가 빛을 머금고 산다는 달에 도착했다. 예상대로 떡 만들며 절구질하는 토끼 따위는 없더군. 외계인의 흔적? 그런 것도 없었다. 아! 한 가지 확실한 건, 달의 표면은 못생겼더라. 가까이서 보면 희극 속 캐릭터 같은데 지구에서 볼 때 달이란 녀석은 어찌나 그렇게 슬프게 보였던지, 기분이 이상했어. 그래도 자꾸 보다 보니 마치 대림동의 시장에서 팔던 커다란 곰보빵을 보는 것 같아서 웃음이 나오더라. 지구나 달이나 내게 주어진 삶의 시간은 이미 정해져 있었는지, 지구에서의 시간처럼 빠르게 한 달이 흘렀다. 사실 기대한 것보다 달에서의 일상은 단순했어. 건설 일은 이미 프로그래밍이 되어있는 로봇이 담당했고, 가끔 오류가 생기거나 잘못된 작업이 생기면 그것을 조정하고 관리하는 일이 우리의 몫이었어. 그리고 기지 안에서의 생물들이 자랄 수 있는 환경을 조성하는 일과 로봇이 수거해 온 무수한 클러스터 샘플의 분석 정보를 본부로 전송하는 일들을 단순 반복적으로 수행할 뿐이었어. 사실, 이 일들이 필요한 원리에 대해서는 잘 모르겠어. 우리는 단순 노동자일 뿐, 우리에게 명령을 내리는 관리자는 따로 또 존재했으니까. 그저 매뉴얼대로, 시스템의 명령대로만 움직이면 되니까 생각보다 새로운 세상을 만드는 일치고는 편하고 쉽다는 생각이 들면서 만족하고 적응하기 시작했지. 근데 제기랄, 역시 인생은 한 치 앞도 예상할 수 없더라. 하필이면 오늘, 내가 담당하던 지역의 건설 로봇들이 외부 작업 중에 서로 충돌해서 폭발한 거야. 아마 일전에 만들었던 시스템이 충돌해서 버그가 생긴 것 같더군. 쾅. BANG! 끝. 정밀하게 만들어진 두 로봇 모두 완전히 박살 나서 고장 난 것처럼 보였어. 아무리 입력해도 실행되지 않는 적막만 그득했거든.

처음 말했었던 옛 슬픈 기억, 혹시 기억해? 내 아버지의 허무했던 죽음 말이야. 인간이든 기계든, 비슷하고 허무한 죽음은 존재하더라. 사람과 사람이 충돌하면 문제가 생기는 것이 마음속 갈등뿐 아니라 때로는 행동으로써 폭발하는 것처럼, 내부 시스템이 완벽하게 설계되었다는 이 로봇들도 서로 충돌하면 폭발하더군. 나는 그 우연한 폭발 과정을 보게 되었을 때, 사라졌던 아버지의 생이 머릿속에 마구 떠오르면서 갑자기 두려움을 느꼈어. 나도 아버지처럼 혹은 저 로봇들처럼 어떤 갑작스러운 충돌에 휘말려 이곳에서 삶이 끝나는 게 아닐지. 끝내, 우리의 동기와 욕구와는 상관없이 또는 잘못을 저지르지 않아도, 그저, 그냥, 어쩔 수 없이, 허무하게 사라지는 죽음은 지금도 끊임없이 반복되는 것 아닐까, 생각했어. 그런 생각을 하다 보니, 지금 내가 하는 이 모든 일이 허무하게 느껴지더군. 그래도 할 일은 해야 하니까 컴퓨터로 해결할 수 있는 내부 시스템 문제를 차근차근 해결하기 시작했어. 그렇게 웬만한 것들은 하나, 둘 해결되었는데 그럼에도 불구하고, 내가 현장에 가서 직접 점검하고 해결해야 할 부분들이 추가로 필요하더라. 물론 나는 이 구역의 관리 노동자였기 때문에 나름 책임감을 느끼며, 다른 곳에 이 문제가 번지지 않도록 직접 외부 작업복을 입고 현장에 갔어. 안전 장비도 철저히 착용했고, 교육받은 대로 절차에 따라 움직였지. 근데 이걸 어쩌나. 내가 예전에 말했지? 여러 번 말하는 것 같아 미안하니 이제 진짜 마지막으로 말할게. 좋은 소식과 나쁜 소식은 늘 어깨동무하고 쫓아 온다고. 여러 번 들어서 질릴 수도 있지만, 짧은 내 생에서 이건 인생의 진리 같은 거라고.

현장에 갔어. 멀리서 봤을 때와 다르게 현장은 생각보다 참혹하더군. 사람이 일으킨 범죄 현장과 닮았다는 생각이 들었어. 폭발한 로봇의 잔해들이 군데군데 달 표면에 흩뿌려진 것들이 보였고 충돌로 인해 날아온 부품이 외부로 출입하는 출입문에 박혀버려 안쪽으로 튀어나온 내부 흔적과 조그만 화재도 있었지. 나는 예상보다 심각한 상황을 파악하고 자동 수리 시스템을 작동시켰어. 다행히도 화재와 간단 수리는 자동 시스템으로도 대부분 해결되었지. 미리 내부 시스템 문제를 해결하고 온 것이 천만다행이라는 생각이 들더라. 마침내 '수리 완료'라는 신호가 출입문 내부 컴퓨터 화면을 장식했어. 나에게는 안도의 숨을 내뱉을 수 있는 만족스러운 좋은 소식이더군. 만약 자동 시스템으로 해결이 되지 않았다면 일이 굉장히 복잡해질뿐더러 모두 내가 책임졌어야 했으니까 말이야. 하지만 아쉽게도 마지막 해결 못 한 사항이 남아 있었어. 외부 출입문 바깥에 박힌 잔해들은 내가 직접 제거

해야만 했거든. 폭발이나 사고로 인한 해결 매뉴얼에는 이럴 경우, 외부 파편은 미연에 2차, 3차 사고를 방지하기 위해 관리자가 직접 제거해야만 한다고 나와 있었어. 어쩔 수 없이 나가기로 마음먹고, 외부 출입문과 도킹 된 구역을 기지와 분리한 후에 나갈 채비를 했지. 이전에도 다른 점검 때문에 나갔던 경험이 있던지라, 그리 두렵고 어려운 일이 아니어서 모든 것은 시스템의 절차대로 빠르게 이루어졌어. 근데, 갑자기, 내 안전장치 고리가 출입문 난간에 걸려 부서지고 세게 충돌하면서

B-A-N-G-!-끝.

끝이야. 아, 이야기의 끝이냐고? 글쎄, 아직은 이 나쁜 소식이 진행 중이지만, 안 좋은 예감은 늘 들어맞으니, 끝을 향해 달려가고 있는 것 같기도 해. 몇 시간 전, 그 사고 이후부터 나는 지금 여기서, 지구를 바라보며 어쩔 수 없이 유영하고 있으니까. 아, 잠깐 기다려 봐. 이야기를 마무리하기 전에 듣고 싶은 노래가 생겼어. 내가 우주 작업복에 미리 넣어둔 음악인데, 기다려 봐. 자, 들리지? 내가 이곳에서 지구를 보며 가장 많이 들었던 곡 〈문 리버Moon River〉야. 좋지 않아? 나는 개인적으로 이 곡은 배우 오드리 헵번Audrey Hepburn이 영화 〈티파니에서 아침을Breakfast At Tiffany's〉에서 불렀던 버전을 들을 때 가장 마음이 편해지더라고. 이렇게 좋을 줄 알았으면 조금 빨리 재생시킬 것 그랬어. 시 낭송도 BGM이 필수라던데, 이왕이면 내 목소리만 있는 것보다 좋은 음악이 BGM으로 깔리면 당신도 듣기 좋잖아? 내 목소리만 있는

것보단 훨씬 나을 테니 흥얼거리기에도 좋을 테고.

 다시 본론으로 돌아와서 내 상황을 설명하자면, 내가 처음부터 이 독백을 시작했던 건 아니야. 미친 듯이 구조 신호를 외치며 비상 신호 버튼을 눌렀지. 분명 매뉴얼 내용과 같이 배운 대로 '메이데이! 메이데이!' 하면서 말이야. 그 신호가 가긴 했는지 처음에는 몇 번의 응답이 들렸어. 빠르게 상황을 전달하니 본부 시스템에서도 내게 문제가 생긴 것을 알게 된 것 같더군. 하지만 그 이후로 아무도 응답하지 않았다. 그 누구도, 아무도. 그저 고요한 우주의 정적만이 맴돌 뿐이었어. 젠장. 아무리 생각해 봐도 왜 응답을 안 하는지는 나처럼 지구로부터 아래에 존재하는 사람이 알 수 없는 것이었지. 어쩌면 이 기지를 건설하고 관리하면서 나처럼 달 주위를 유영하고 있는 사람이 나만 존재하는 것이 아닐지도 모르겠다는 생각이 들 정도였으니까. 문득, 지구에서 선정된 사람들의 죽음을 예상하던, 노동자의 윤리에 관해 떠들어 대던 토론 출연자들의 얼굴이 떠올랐어. 그제야 알겠더라. 왜 내가 이 관리 업무를 맡게 되었는지, 왜 이곳에 온 사람들이 비슷한 가난을 지닌 사람들이었는지. 순간, 조금 전, 이야기했던 아버지의 허무한 죽음이 떠오르면서 작업복 안의 차가워진 공기가 나를 감싸 안는 것 같았어. 뭐, 아버지와 로봇의 죽음과 다른 점은 나는 내가 선택한 거니까 허무한 게 아닐 수도 있겠지만 말이야. 그 생각이 들자, 나는 아무것도 해보지 않고 그냥 내 삶을 끝낼 수는 없다는 생각이 들었어. 아이러니하게도 그 생각의 끝엔 마지막으로 내가 진정으로 원했던 꿈이 떠오르더군. 지구에서는, 원래의 내 세상에서는 품고 있었는데도 불구하고 단 한 번도 제대로 시작해

본 적도 없었는데 말이야. 그래서 글은 아니지만, 마지막 내 기록으로써, 내 삶을 돌아보며 이 이야기를 시작했던 거야. 내가 잊었던 작가라는 꿈, 신의 역할을 대신할 수 있는 누군가가 이걸 언젠가 듣게 된다면, 내 인생을 바탕으로 단편 소설이라도 써줬으면 하는 부탁과 바람을 담아내면서. 근데 이걸 어쩌냐. 소설의 재료는 이 정도로 만족해야 할 것 같아. 남은 공기가 지구가 그리워 날아갔는지 아까부터 굉장히 졸리거든. 아, 마지막으로 이 한마디는 꼭 소설의 대사에 써주라. 어머니께, 죄송하다고 그리고 사랑한다고. 우리는 지금 함께 있지 않지만, 저 멀리서 누운 채 손가락으로 달을 툭! 건드리시기만 해도 분명 내가 느껴지실 거라고. 거리와 시간은 멀어도 부모와 자식은 그런 거 아니겠어? 너무 진부하고 신파적이라고? 흠, 내 이야기를 듣는 당신도 아마 마지막엔 그런 말들을 하고 싶어질걸? 아, 근데, 마지막이 되니 정말로 궁금한 게 다시 떠올랐어. 그래서 지구의 제대로 살아있는 인구는 몇인 걸까. 잠이 오니 아무리 세려 해도 세어지지 않는군……」

그가 말을 멈추니 사라져가는 온기만이 적막한 공간을 가득 채웠다. 잠시 후, 그의 시선 앞을 채운 우주 작업복 헤드기어 내부 화면에는 푸른색 지구를 배경으로 한, 나뭇잎의 색을 닮은 초록빛의 문장이 서서히 흙으로 귀환하는 듯한 점을 찍으며 깜박거리고 있었다.

배터리 부족으로 녹음이 되지 않았습니다. '비상 메시지 MAYDAY!'만 전송됩니다.

황혼기념일

거실의 동그란 조명을 자세히 관찰하니
이토록 지루하게 생겼다는 것을
왜 이 나이가 되어 깨달은 것일까,
라고 정숙은 생각했다.

1

병원 조명이 생각보다 아름답다는 사실을 왜 이 나이가 돼서야 깨달은 것일까.

'단 한 번도 병원 조명을 제대로 관찰해본 적이 없군. 아마, 엄마 뱃속에서 갓 나온 아기 시절을 제외하고는 없겠지?'

진표는 속으로 생각하며 병원 의자에 살짝 굽은 허리를 기댄 채 공상을 늘어뜨리고 있었다.

그의 나이 육십오 세. 어느새 백 세 인생의 반을 넘어선 지점까지 달려왔다. 한 살 한 살 나이가 들 때마다 삶의 속도가 초속 일 킬로미터씩 빨라진다고 했던가. 치솟는 속도만큼 모습도 빠르게 변한 건지, 젊은 시절, 당차게 어깨를 펴고 다니던 그의 모습은 온데간데없었다. 나이의 무게만큼 크게 느껴지는 중력에 작아진 키와 마르고 배만 나온 왜소한 중년 아저씨로 변해 버렸다. 근래 들어 그런 자기 모습과 삶을 되돌아보면서, '제대로 살아온 것일까.'라는 의문을 스스로 쉴 새 없이 던졌다. 물론, 누가 봐도 그는 대한민국 사회가 추구하고 규정하는 바르고 평범한 인생을 열심히 살아왔다. 보통의 집안에서 태어나 좋은 대학을 졸업했고, 최대한 빠르게 취직해서 열심히 사회의 일원으로서 일했다. 그 결과, 중견급 기업에서 임원의 자리까지 오를 수 있었고, 작년에 드디어 정년퇴직했다. (물론 더 일하고 싶었지만, 그에게 선택권은 없었다) 그 짧고도 긴 시간 동안, 애지중지 키워온 두 딸은 자신과 비슷한 삶의 길을 걸어 어느새 학업을 마치고 취직했다. 지금은 모두 엄마가 되어, 나에게 손자와 손녀들을 선물해 주었다. '나름 이 세상에 쓸모 있는 흔적을 남긴, 꽤 괜찮은 삶을 산 것 아닌가.'라는 생각도 했지만, 이 밀려드는 공허함은 어디서 온 것인지 알 수 없었다.

한참 동안 쓸쓸함과 허전함의 미로에서 방황하던 중에 마치 출구를 향해 풀려있는 실오라기와도 같은, 가냘프지만 아름다운 목소리가 들려왔다.

"이진표 환자님. 이리 오세요."

멀리서 봐도 하얀 피부가 돋보이는 앳된 간호사가 상냥한 목소리로 그의 이름을 불렀다. 진표는 순간, 옛 시절 얼굴은 기억나지 않지만, 실루엣만은 기억나는 첫사랑이 떠올랐다. 가냘픈 목선과 흐트러진 잔머리. 잘록한 허리와 골반. 그리고 길쭉한 다리. 얼굴은 제대로 생각나진 않지만, 처음으로 열렬히 사랑했던 그녀의 실루엣만큼은 명확하게 기억했다.

"네, 지금 가겠습니다."

진표는 머릿속으로 떠오르지 않는 첫사랑 그녀의 얼굴을 떠올리려 노력하다가 조금 늦게 대답했다.

"긴장되시죠? 아무래도 건강검진 결과를 받는 순간은 정말 떨릴 것 같아요!"

앳된 간호사는 마치 자신이 결과를 받으러 들어가는 환자처럼 상기된 표정으로 진표에게 말을 건넸다.

"네, 아무래도 오랜만에 건강검진이다 보니… 떨리네요. 나이가 들어도 이런 순간은 영 익숙해지지 않더라고요."

"아아, 그러시구나! 너무 긴장하지 마세요. 저도 이 병원에 들어온 지 얼마 안 돼서 매 순간 긴장되지만, 환자님은 저랑 같이 들어가시니까 긴장을 제게 나눠주셔도 되니까요!"

그녀는 따라오라는 손짓과 함께 마스크 위로 보이는 또렷하고 커다란 눈으로 웃음을 지으며 말했다.

"아, 네, 감사합니다. 이 병원에 오신 지 얼마 안 되셨군요."

그는 그녀를 따라 수많은 검사실로 빼곡 채워진 긴 복도를 걸어가며 대답했다.

"네! 사실… 이 병원이 저한테는 첫 직장이에요. 사실 매번 실수로 혼나기만 해서 걱정이에요. 열심히 해서 잘하고 싶은데…."

"음, 너무 걱정하지 마세요. 잔머리를 쓰는 사람이 많은 세상에서 정도(正道)를 걷겠다는 생각만으로도 참 멋있는데요. 아, 괜히 나이 든 사람의 고리타분한 말이라고 느껴졌다면 미안해요. 근데, 무거워 보이는데 좀 들어드릴까요?"

"고리타분하다뇨! 오랜만에 칭찬을 듣는 것 같아서 기분이 너무 좋은데요. 그리고 이 정도 드는 건 별거 아니에요! 이것도 다 제 일이랍니다. 헤헤, 게다가 여기 차트 안에는 환자분들 CT 결과랑 초음파 검사 자료도 들어있어서 뭔가, 저한테는 막중한 임무 같아요. 사람의 혼을 안전히 옮기는 우체부가 된 느낌이라고 해야 하나?"

그녀가 말했다.

"그렇군요. 사람의 혼을 옮기는 느낌이라…… 그런데 요즘도 이런 차트를 직접 들고 옮기시나요? 요즘은 다 컴퓨터로 전송하는 거 같던데…."

"아! 사실, 이제 뵐 담당 선생님 컴퓨터 인터넷이 고장 났다고 하셨더라고요. 근데 음, 신인 간호사를 이렇게 트레이닝하면서 기를 잡으신다는 이야기도 있는데…… 앗! 제가 입이 너무 가벼웠

황혼기념일　*145*

네요. 이건 못 들으신 거로 해주세요. 아셨죠? 좋게 생각하면 이것도 필요한 공부라고… 생각해요."

그녀는 조금 전과 같이 눈웃음을 지으면서도 짐짓 걱정되는 목소리로 답했다. 잠시의 정적이 흐르던 찰나, 진표는 그녀와의 방금 대화를 떠올리며 생각했다.

'혼을 옮긴다… 사람에게 혼이란 있는 것일까. 그렇다면 육신은 죽어도 혼은 이승에 떠돌아다니는 걸까. 혼에는 유통기한이 있을까. 윤회란 것이 존재한다면 과거의 기억을 지닌 혼과 지금의 기억을 지닌 혼은 파티션이 되어있는 걸까. 왜, 의사의 저런 구시대적인 악습을 훈련이라고 하는 것일까. 의사라면 학업적으로 수준 높은 지성인 아닌가. 지성과 인성은 별개인 걸까.'

공상이 특기인 그는 홀로 속으로 마구 떠오르는 생각들을 되뇌면서도 이 앳된 간호사에 대한 걱정이 앞섰다. 자기 막내딸보다도 어린 간호사가 고된 직장 생활을 하는 걸 보니, 처음 취직했던 직장에서 혼나고 들어와 온종일 침대에서 울어대던 딸의 모습이 떠올랐다. 늘 원하는 대로 지원해 줬다고 생각하는 그였지만, 딸들만 생각하면 마음 한구석이 미어졌다.

쿵! 투두두두둑!

"아, 씨. 이거 뭐야. 너 똑바로 안 보고 다녀? 제정신이야?"

진표의 눈앞에는 간호사와 세게 부딪혀 미간에 힘이 잔뜩 들어간 표정의 담당 의사가 서 있었다. 아마 간호사가 진료실 문을 열면서 나오는 의사와 바로 부딪혀 넘어진 것 같았다. 진표는 자신도 모르게 의사의 모습을 빠르게 스캔했다. 의사의 나이는 대략 오십 대 초반 정도로 보였다. 그리고 자그마한 체구와는 달리 단단한 사각턱의 다부진 얼굴이었다. 긴 인생의 시간 동안 여러 사람을 겪으며 인상은 과학이라고 믿었던 진표는 한눈에도 그가 까다롭고 고집스러운 인물임을 직감했다.

"죄, 죄송합니다. 지금 바로 주워서 정리하겠습니다!"

당황한 간호사는 손을 부르르 떨며 엎드린 채로 크게 대답했다.

"휴, 너, 나 화장실 한 번을 못 가게 만드냐? 이래서 지잡대 나온 것들은 뽑으면 안 된다니까. 나라 지원이다, 뭐다 해서 이런 것들까지 우리 병원에 와서 왜 기분 잡치게 하는 거야. 야, 차트 다 뒤섞였잖아! 너 오늘도 밤새고 싶지? 빨리 정리해라. 너 앞으로 내 눈…"

금방이라도 험한 욕을 할 것만 같이 입을 벌리던 표정의 의사는 마지막 말을 마치기 전, 간호사 뒤에 서 있던 진표를 발견하고는 순식간에 표정이 변했다.

"아, 환자분. 죄송합니다. 저희 간호사가 큰 실수를 해서 환자분께 심려를 끼친 것 같네요. 일단 얼른 들어가시죠. 바로 결과 말씀드리겠습니다."

의사는 친절한 목소리 톤으로 진표를 향해 말한 후, 엎드린 간호사의 얼굴을 향해서 빨리 정리하라는 듯한 눈빛을 보내고는 진료실로 들어갔다.

"네, 그러죠."

진표는 엎드린 간호사 쪽을 잠깐 쳐다본 뒤, 의사를 따라 진료실 안으로 들어갔다. 사실 진표는 '그러죠.' 뒤에 말을 덧붙이고 싶었다. '근데 간호사분은 심려를 끼치진 않았습니다. 심려를 끼친 건 오히려 당신이죠. 그리고 사람이니까 실수도 하는 겁니다.

실수하지 않으면 그게 인간입니까. 이제 갓 사회에 나온 어린 친구 아닙니까. 그리고 다 비슷한 인간으로서 지잡대를 나오든 좋은 대학을 나오든 그게 무슨 상관입니까. 중요한 것은 지성 밑에 숨겨진 인성 아닙니까. 오히려 사람을 세속적인 기준으로 판단하는 자신의 저속함에 쪽팔린 줄 아십시오!'라고 큰소리치고 싶었다. 그러나 진표는 그리하지 못했다. 아니, 그렇게 하지 않는 것을 선택했다. 삼십 년이 넘는 직장 생활을 통해 괜한 참견은 모두에게 좋지 않은 결과를 불러일으킨다는 사실을 너무나 잘 알고 있었기 때문이었다. 그가 청춘 시절 꿈꿨던, 불의를 참지 않는 어른의 모습과는 달리 그도 그저 그런, 자신의 생명줄 하나 챙기기 급급한 보통의 어른이 되어 버린 것이었다.

"자, 이진표 환자분. 우리 병원은 처음이신가요?"
의사는 반짝거리는 안경 끄트머리를 매만지며 물었다.
"네, 처음입니다. 근데 병원 시설이 참 좋군요."
진표는 겉치레인 듯, 멍한 눈빛에 빈말을 얹어 답했다.
"아, 네! 우리 병원 시설은 아주 좋죠. 종합건강검진에서만큼은 아마 국내 최고의 병원일 겁니다. 조금 전 상황을 보셨다시피 어린 간호 의료진이 약간 아쉽긴 해도 의사들과 장비만큼은 국내 최고입니다. 이런 말씀 드리긴 뭐하지만, 저도 나름 영상의학과 분야에 한해서만큼은 실력 있는 편이라고 자부하지요. 제 손으로 정말 수많은 분의 종양을 찾아냈거든요. 하하하!"
"그러시군요. 실력이 좋으시다니 믿음이 갑니다. 오랜만의 건강검진인데 참 다행이군요…."

진표는 다시 한번 담담하게 빈말로 대답했다. 그리고 최고의 의사라는 것은 인성과는 상관없는 것인지 다시 한번 생각했다. 하지만 진표는 조금 전, 자신이 아무 말 하지 못하고 조용히 있었다는 사실을 깨닫고는 마음 한구석이 찔려 가만히 입을 다물었다.

"자, 그러면… 아! 정 간호사 얼른 안 들어와요?"

영화 〈변검The King Of Masks〉의 주인공 능력처럼 표정이 금세 다른 얼굴처럼 바뀐 의사는 진료실 밖을 향해 얼굴을 바꾸듯이 볼륨을 크게 바꾸며 목소리를 던졌다.

"네, 선생님! 차트랑 CD가 케이스에서 빠져나와 뒤섞여서요. 일일이 체크하느라고 조금 늦었습니다. 여기 다 정리했고요! 여기 이진표 환자 CT와 MRI 결과 자료입니다."

간호사는 마치 빠른 박의 엇박자 랩을 하듯 대답했다.

"그러면 나가서 다른 자료들 한 번 더 체크부터 해봐요! 또 나중에 실수해서 괜히 사고 치지 말고."

의사는 진표를 의식하면서도 퉁명스러운 톤으로 말을 쏟아댔다. 의사의 말을 들은 간호사는 재빨리 문밖으로 발을 내밀었다. 나가는 간호사의 뒷모습을 보며 고개를 양옆으로 휘젓던 담당의는 이내 진표를 향해 웃으면서 말했다.

"혹시 검사 결과가 오고 가는 방식에 관해서 오해가 생기실까, 미리 말씀드립니다. 사실 요즘은 어떤 병원이든 네트워크가 잘 돼 있어서 검사 결과를 그때그때 바로 전송받고 확인할 수 있지요. 각 부서 담당 의료진이 필요한 대로 제때 딱 보내주니까요. 근데 아시다시피, 요즘 애들이 어떤 애들입니까. 노력을 몰라요, 노력을. 저 어렸을 때는 일일이 몇백 장씩 출력해서 퇴근 후든 주말이든 공부하고 그랬다니까요. 당연, 간호 의료진들도 함께요. 어찌 됐든 시스템이란 건 초반에 이렇게 잘 가르쳐야 결국 제대로 돌아갈 수 있다고 생각합니다. 순기능을 위한 초반의 고생이랄까요. 아, 그리고 사실 이상하게도 최근에 제 컴퓨터 인터넷이 고장이 났답니다. 이건 명백한 사실이지요. 물론, 검사 결과는 정확히 체크해서 말씀드릴 테니 큰 걱정 안 하셔도 됩니다."

"아, 그렇군요. 정말 믿음이 갑니다…."

진표는 한 귀로 듣고 한 귀로 흘리듯, 다시 한번 영혼 없는 목소리로 답했다.

이때, 이 순간. 하나의 엇갈림이 생겨났다. 지구 반대편에서 나비가 날개를 펄럭여서 그런 것일까. 아니면 그와의 어떠한 인연을 가진 이가, 또는 그가 했던 선택과 행동이 인제 와서 영향을 준 것일까. 진표와 담당 의사 사이에 대화가 오고 가던 그때. 동시에 간호사가 차트를 정리하던 그 순간. 그들 모르게 무언가가 어떤 선택과 행동으로 인해 엇갈린 것이었다. 그 어긋나 버린 사건의 톱니는 앞으로 진표의 시간과 미래를 바꾸기에 충분했다. 의사와 진표가 짧은 이야기를 주고받는 동안 간호사는 또 혼나면 안 된다는 생각에 긴장한 채로 차트를 대조했고, 그만 진표와 다른 환자의 검사결과지를 바꿔 놓은 것이었다. 그 누구에게도 듣지 못했던 칭찬으로 간호사의 어깨에 더 힘이 들어간 것도 하나의 이유로 작용한 듯했다. 만약 진표가 간호사에게 아무 말도 건네지 않았다면. 혹은 다른 날 검사를 받았거나, 병원에 조금 늦게 도착했더라면. 담당의가 간호사에게 상냥하게 대했다면. 자료가 바뀌지 않았을지도 모르는 일이었다. 하지만 이 모든 예기치 못한 엇갈림은 마치 정해져 있는 운명처럼 일어났다.

"네, 음… 아, 이거 참, 어떻게 말씀드려야 할지. 참."

담당 의사가 말을 머뭇거리며 차트를 바라보자, 잠깐 정적이 흘렀다. 그리고 잠시 후, 그는 다시 말을 이어갔다.

"참, 이게 췌장 같은 경우는 사실 평상시에 알기가 좀 어렵습니다. 검사를 해도 잘 나오지 않는 경우도 많고…… 어느 정도 진행이 되고 나서야 MRI로 발견되는 경우가 꽤 많거든요. 이런 말씀 드려서 죄송하지만… 췌장암 4기입니다. 정밀 검사를 진행해야 알겠지만, 간이나 폐 다른 곳으로 전이도 보이는 듯하고요. 매번 이럴 때마다 저도 의사로서 힘들지만, 앞으로의 남은 삶에 관해서 마음의 준비와 계획을 하셔야 할 듯싶습니다."

"네? 무슨 말씀이신지… 당최 이해가 안 되네요. 제가 방금 제대로 들은 것 맞습니까? 그럴 리가요. 저는 증상도 없었고 작년 초 건강검진 때도 그런 조짐이 없었는데 당황스럽네요. 혹시, 검사 결과가 잘못된 것 아닙니까?"

진표는 청천벽력 같은 소리를 건네는 의사의 말에 놀라 진료실에 들어온 이래로, 처음으로 큰소리를 내뱉었다.

"물론 당황스러워하시는 그 마음은 의사로서 늘 충분히 이해됩니다만, 저로서는 명확하게 말씀드릴 수밖에 없네요. 검사 결과는 절대 이상이 없습니다. 우리 병원의 장비는 가장 최신 장비니까요. 물론 췌장외과 진료를 제대로 받으시고 PET-CT는 몇 번 더 찍어봐야 알겠지만, 지금으로서는 일단 췌장암 종양이 발견된 것만큼은 확실합니다."

"이, 이럴 수가… 그, 그럼. 제가 앞으로 어떻게 해야 하나요? 치료를 받으면 되는 겁니까? 수술이나 항암 같은 방법이 있는 건가요? 돌려서 말씀하지 마시고 선생님의 솔직한 사견이 궁금합니다."

"다행히도 우리 병원과 연계된 병원에 훌륭하신 췌장외과 의사 선생님이 계시니 진료받으실 수 있도록 연락드려 놓겠습니다. 믿고 진료받으시면 앞으로의 치료에 관한 부분에 관해서는 걱정하시지 않으셔도 될 듯하고요. 물론 제 개인적인 사견을 물으신다면야 대답을 해드릴 수 있습니다만……."

"네, 알고 싶습니다. 아까 말씀하셨듯이 여러 사례를 보셨으니 저, 저는 솔직한 사견이 궁금합니다. 보통 이런 상태면 얼마나 살 수 있지요?"

"사실 제 사견은, 음… 지금 상태만 봐서는 일단은 수술을 할 수 없는 상황입니다. 수술은 1, 2기에나 가능한 법이고 지금 기수는 항암을 하시는 방법밖에는 없습니다. 환자분 같은 케이스에서 굳이 여명 기간을 물어보신다면야…… 항암을 하지 않으면 짧으면 한 달, 항암을 해서 결과가 좋다면… 길게는 석 달 정도를 봅니다. 물론 항암효과가 좋으면 더 나아지는 사례도 있고요. 하지만 항암 같은 경우는 개인의 선택에 관한 부분이니 제가 함부로 선택을 권유하지 않고 담당 췌장외과 의사와 충분히 논의하시고 판단하시라는 말씀을 드리고 싶네요. 기수와는 별개로 항암 약이 잘 들거나 임상을 통해 관해(寬解)가 가능한 예도 있었으니, 너무 절망하지 마시고 일단 정해진 절차대로 치료받으셨으면 좋겠습니다. 그와는 별개로 신변 정리를 꼭 하셨으면 좋겠고요. 사업을 하시거나 재산을 관리하시는 부분이 있으시다면 되도록 빨리 정리하세요. 가족분들에게도 꼭 말씀하셨으면 합니다."

의사는 처음 봤던 자신감에 찬 말투와는 달리 조심스러움이 묻어있는 말투였지만, 진표가 의사로서 의심했던 것과는 다르게 매우 능숙하면서도 프로페셔널했다. 마치 중세 시대에 마녀재판을 하며 쉴 새 없이 사형선고를 반복하던 판사처럼.

"아…… 솔직히 저는 믿어지지 않습니다. 어떻게…… 어, 어떻게 지금까지 전혀 증상이 없을 수가 있죠?"

진표가 물었다.

"물론 환자분 입장에서는 당연히 그러실 수 있습니다. 췌장암은 증상이 없어서 의사들도 진단하기 어려운 부분이 많고요. 지금의 저로서는 그저 마음을 정리하시고 앞으로의 계획을 세우시는 데 힘쓰시라는 말씀밖에 못 드리겠네요. 방금 말씀드렸듯이 담당 췌장외과 의사가 빨리 배치되도록 연계병원에 연락을 취해놓을 테니 앞에서 안내받으시면 됩니다."

의사는 정해놓은 듯한 대답을 하고 나서는 이내 인터폰 버튼을 누른 채로 다시 말했다.

"정 간호사, 환자분 안내하세요."

진표는 아까 만났던 앳된 간호사의 안내를 받아 췌장외과 진료 예약에 관한 안내와 급여와 비급여, 건강보험에 관한 설명까지 모두 들었다. 물론 간호사는 처음 봤을 때처럼 매우 친절하게 설명했지만, 진표에게는 그 어떤 이야기가 들리든 귓바퀴에서 맴돌다 사라져 고막에 닿지 않는 느낌이었다. 순간, 진표는 곧 다가

올 자신의 미래도 모르면서 이 어린 간호사를 속으로만 걱정했던 자신의 위선적인 모습이 떠올랐다.

'만약, 위선적이지 않고 정의롭게 행동하며 살아왔다면 지금 이런 상황에 이르지 않았을까. 내가 잘못 살아서 벌을 받은 건가.'

수많은 생각이 뫼비우스 띠를 그리며 멍한 진표의 주변을 맴돌았다. 간호사는 수심에 빠진 진표의 표정을 살피다가 진심으로 걱정이 되는 듯 그의 손을 잡으며 한마디를 건넸다.

"힘내세요. 치료 잘 받으시고요……"

설명이 끝난 간호사가 마지막 말을 건네고 자리를 떠난 후, 진표는 병원 구석에 있는 의자에 몸을 기대고 걸터앉았다. 몸을 기대자 자연스레 고개가 하늘을 향했다. 그리곤 검사 결과를 듣기 전에 쳐다봤던 병원 조명의 빛줄기를 망연히 바라봤다.

'상황만 하나 바뀌었을 뿐인데, 병원 조명이 아름답기는커녕 나를 죽이려는 가시들로 보이는군.'

진표는 자신이 보는 시야가 극단적으로 달라졌음을 느끼고는 문득, 회사 신입 시절에 자신의 책상에 붙여 놓았던 한 문구가 떠올랐다. 일체유심조(一切唯心造). 모든 것은 오직 마음이 만들어 낸다는 말. 그는 급히 정신을 차려 하나하나 차근히 정리해 보자는 생각이 들었다. 진표는 먼저 가족을 떠올렸다.

'딸들에게 먼저 말해야 하나, 아, 아니야.'

진표는 두 딸에게만큼은 말할 자신이 없었다. 첫째는 두 아이의 육아로 늘 지쳐서 친정에 올 때마다 푸념을 토로하는 일이 비일비재했고 둘째는 첫 아이를 밴 지 얼마 되지 않은 조심스러운 상황이었다. 딸들의 상황을 찬찬히 되짚어 본 진표는 자식들에게는 입을 굳게 다물기로 다짐했다.

'그럼, 아내에게는 말해야 하나?'

그 생각이 들자마자 진표는 자기 아내라는 사람에 대해 생각하기 시작했다. 몇 번의 풋사랑을 겪고, 미래를 걱정하던 대학 졸업반 시절. 우연히 교양수업에서 만나 이제는 아내가 되어준 사람. 음악을 하고 싶다는 꿈마저 포기하고 함께하는 미래를 위해 자기 삶에 스며들어 준 여자. 게다가 아무것도 없는 그와 결혼하여 알뜰살뜰 두 아이를 키워낸 강한 엄마, 좋은 여자. 하지만 대부분 이 세대의 부부가 그러하듯 서로 필요한 말만 오갈 뿐, 대학 시절의 설렘은 이미 사라진 지 오래였다.

'그래, 그래도 믿을 만한 사람은 아내밖에 없지. 아무래도 아내에게는 말해야겠어…….'

그렇게 생각하며 진표는 아내에게 말할 날을 정하고, 그날을 기록하기 위해 핸드폰을 꺼내 캘린더 앱을 실행했다. 손가락으로 화면을 확대해 보니 아내가 미리 저장해 놓은 무수한 일정이 보였다. 그중에서도 단연코 눈에 띄는 일정은 지금으로부터 한 달 후, 아내와의 결혼기념일이었다. 진표는 결혼기념일이 그날인 것조차 까맣게 잊고 있었다. 기념일을 챙기는 건 늘 아내와 아이들 몫이었지, 기념일을 챙기지 않는 것이 익숙해진 지 오래였기 때문이다. 그 사실을 인지한 그는 스스로 너무 한심하게 느껴졌다.

'잘못 살았구나……!'

진표는 순간, 어차피 석 달밖에 살지 못할 인생, 고통스럽게 연명하느니, 짧고 굵게 살아보자는 생각이 들었다. 여태와는 다른, 올바른 인간으로서 진정한 삶을 살아보자고. 만약 한 달 뒤에도 자신이 살아있다면 그것은 분명 제대로 살 운명이니 치료를 계속 받고, 그게 아니라면 과감히 삶의 끝을 받아들이자고.

'그래, 딱 한 달까지만 어떻게든 버텨보자. 그리고 이 한 달을 사는 동안 모든 것을 정리하면서 내 옆에 있어 준 이 여자를 정말 행복하게 만들어 주자. 다시 연애하던 때로 돌아간 것처럼 사랑! 하자!'

진표는 나이 들면서 잊고 살았던 강한 열정과 다짐을 속으로 꿀꺽 삼켰다. 그 굳센 마음이 온몸에 퍼져서인지 어느새 가시처럼 보이던 병원 조명은 누그러진 물결이 되어 그의 눈에 잔잔히 흘러들어왔다.

2

정숙은 강한 다짐을 속으로 꼴깍 삼키며 한참 동안 거실 소파에 기대 천장의 동그란 원형 조명을 응시하고 있었다. 거실의 동그란 조명을 자세히 관찰하니 이토록 지루하게 생겼다는 것을 왜 이 나이가 되어 깨달은 것일까, 라고 그녀는 생각했다. 필라멘트를 가운데 두고 동그랗게 연결된 원형의 조명. 그 돌고 도는 빛이 벗어나고 싶어도 운명을 벗어나지 못하는 자기 삶처럼 느껴져 괜스레 슬픈 기분까지 들었다.

정숙은 근래 들어서 우울감을 더 심하게 느꼈다. 아마도 딸들의 출가로 인한 허전함이 그동안 자유롭지 못했던 결혼 생활을 더 허무하게 만든 듯했다. 마음은 분명 대학 시절과 똑같은데 시간은 왜 이리 빨리도 흘렀는지. 두 딸을 시집보내고 숨을 골라보니 어느새 육십이 세. 숱이 많아 빼곡하던 머리는 푸석푸석 갈라져 힘이 사라졌고, 팽팽하고 하얗던 얼굴의 광채는 주름 속으로 깊숙이 들어가 버렸다. 그나마 착한 딸들이 안티 에이징이다, 뭐다 하며 피부과에 가자고 닦달했지만, 그녀는 그 돈으로 손자와 손녀들의 과자라도 하나 더 사주라고 말하는 여자였다. 그런 그녀는 몇 주 전, 새로운 계획을 마음속에 새겨넣었다. 피부의 노화를 막지는 못하겠지만, 마음만은 젊은 만큼 이제라도 새 출발을 해야겠다고. 정말 멋진 할머니가 되어 여생을 즐기며 살아야겠다고. 그녀는 강한 다짐의 문장을 끊임없이 되뇌고 또 되뇌었다.

'이혼이다! 황혼 이혼! 아이들도 모두 키워냈으니 이제 내게 남은 건 오로지 새 출발, 자유뿐이야!'

그 몇 주 전 다짐이 끝나자마자 그녀는 발 빠르게 움직였다. 남편 진표의 느긋한 성격과는 달리 정숙은 추진력이 좋고 성격이 급한 사람이었다. 인터넷과 주변의 무료 변호사 상담을 통해 이혼에 필요한 등본과 가족관계증명서, 혼인관계증명서, 진술요지서 및 이혼신고서 등 모든 서류를 철저하게 준비했다. 게다가 나름 착실하게 쌓아둔 공동명의의 재산도 있었으니, 노후를 위한 재산 분배에 관해서도 자세히 알아보아 계산을 끝마쳤다. 적당한 경제력이 있어야만 자유를 제대로 즐길 수 있음을 알았던 그녀는 셈에 능한 여자였다. 그 덕에 대부분의 준비를 무사히 마쳤음에도 불구하고 마음에 걸리는 것이 하나 남아 있었다. 바로, 남편이 '협의이혼 의사 확인서'에 도장을 무탈하게 찍어주는 것이었다. 이 나이 먹고 괜히 소송이나 하면서 이혼하기보다는 서로 편한 마음으로 보내주자는, 유종의 미를 바라는 그녀였기 때문이다. 물론 그 바람을 가지면서 이혼이라는 절차가 꼭 필수인지, 그녀는 진표와의 지난 삶을 진지하게 돌아보기도 했다. 삼십육 년이라는 결혼 생활 동안 분명 큰 트러블은 없었다. 하지만 트러블이 너무 없는 것이 오히려 문제였을까. 그녀가 진표에게 가장 많이 들었던 이야기는 "밥 줘."와 "나 출근해."였다. 게다가 아이들의 문제로 이야기를 꺼낼 때면 진표는 그저 "당신이 하고 싶은 대로 해. 애들 교육은 당신 담당이잖아."라고 말하는 무신경하면서도 이기적인 남자였다. '분명 연애할 때는 저러지 않았는데, 어디서부터가 문제였을까. 먹고 사는 데 급급해서 서로를 바라볼 시간마저 없었던 걸까.'라고 정숙은 차분히 둘의 관계를 반추했다. 하지만 아무리 좋게 생각해 보려 해도 그 끝의 정답은 이혼이었다. 물론 이혼하지 않고 자유롭게 살 수도 있었지만, 언제까지 －법적이라 할지라도－ 한 남자에게 묶여 자신의 남은 삶을 소비할 수 없다는 것이 그녀의 결론이었다. 설령 진표가 예전처럼 돌아온다 해도 나이가 들어 서로에게 무감각해진 지금, 그런 과거의 낭만은 이제 중요하지 않다고도 생각했다. 게다가 정숙 스스로 평가해 봐도 나름 한 가정의 아내 역할을 할 만큼 했으며, 아이들도 무사히 출가시켰으니, 진표도 더 이상의 불만과 기대는 없으리라 생각했다. 그녀는 그렇게 생각하면서 안방 화장대로 설레는 발걸음을 옮겼다. 그리고 미리 준비했던 '협의이혼 의사 확인서'에 자신이 써넣어야 하는 칸을 모두 작성한 후, 하얀 편지 봉투에 넣어 화장대 서랍 깊숙한 곳에 넣어 두었다. 반드시 이 서류를 그에게 전달하고 도장을 받아내어, 닫힌 새장을 열고 자유롭게 세상을 향해 날아가는 파랑새의 도약을 꿈꾸면서.

그 상상의 끝에서 그녀는 새로운 고민에 휩싸였다. 바로, 타이밍이었다. 원체 대화가 없는 둘이었지만 그에게도 준비할 시간은 주어야겠다고 생각했다. 삼십육 년이라는 세월 동안 묵묵히 가장의 역할을 해온 그에게 주는 마지막 배려였다. 그녀는 한쪽 벽, 색바랜 결혼 사진액자 옆에 걸린 커다란 달력으로 시선을 옮겼다.

'한 달 후, 칠월 삼십일. 결혼기념일이네. 그래 이때 말해야겠어. 뭐, 어차피 기념일 같은 거 외우지도 못하는 남자인데 뭐. 관심도 없겠지. 오히려 각자의 새 출발을 축하하면서 마지막 기념일을 보내는 게 좋잖아. 일단, 그전까지는 어느 정도 티를 내면서 서서히 거리를 두자. 무심한 애들 아빠라도 눈치챌 수 있게끔. 그리고 그날 이후로 나는 정말 새 출발을 하는 거야. 일단 그동안 못 배웠던 악기부터 배우고……'

띵동! 현관문 벨 소리가 울렸다. 그녀는 거실 벽에 매달려 깜빡거리고 있는 월패드 앞으로 다가갔다. 이내 그녀는 살면서 처음 본 것만 같은 이상한 화면을 놀란 표정으로 가만히 응시했다. 그 화면 속에는 어색한 표정과 함께 큼지막한 꽃다발을 들고 있는 진표의 모습이 거실 조명 빛을 받으며 잔잔히 일렁이고 있었다.

3

'왜 하필, 이제 와서 왜! 나한테 대체 왜 이러는 거야!'

정숙은 지난 두 주 동안 진표의 행동과 말투가 변한 이유를 아무리 생각하고 생각해 봐도 답을 찾지 못했다. 처음에는 다른 여자가 생긴 걸까 생각하기도 했다. 하지만 오히려 다른 여자가 생겼다면 그녀에게는 이혼을 빌미 삼을 좋은 기회였기에 긍정적으로 생각했다. 그러나 진표는 근처 동사무소에 가거나 은행 업무와 같은 단순한 일을 제외하고는 집 밖으로 나가는 일이 거의 없었다. 다만 집에 있는 동안 많은 시간을 그녀와 함께 보내려고 하는 행동을 보이기 시작했다. 갑자기 인터넷 요리 동영상을 보며 그녀가 좋아하는 요리인 밀푀유나베를 해주지 않나, 연애 시절 좋아했던 간식이라며 인사동에 데려가 팥 과자와 꿀타래 엿을 사주지 않나, 절대로 평소에는 상상하지도 못할 행동들을 정숙에게 해댔다. 더해서 정숙이 더더욱 참을 수 없는 것은 말투까지도 연애 시절처럼 변했다는 것이었다.

"여보, 당신은 비 오는 날 참 좋아하지? 이런 날, 파전에 막걸리 먹는 거 참 좋아했었잖아. 그래서 오늘은 내가 특별히 유명하다는 밤 막걸리랑 파전 재료 인터넷에서 주문해 놓았어. 오늘은 이 오빠가 처음부터 끝까지 책임질게!"

오. 빠. 가. 라니! 정숙은 아무리 생각해도 이 오그라드는 느낌을 받아들일 수가 없었다. 물론 남편의 저런 말투를 처음 듣는 건 아니었다. 삼십팔 년 전, 낭만의 커플로 핑크빛 캠퍼스를 누리던 시절 복학생 진표의 말투였다. 하지만 아무리 생각해도 진표가 갑자기 저러는 것은 당최 이해되지 않았다. 갑자기 어디서 벼락을 맞고

왔나? 아니면 기억상실증에 걸렸나? 시험 삼아 여러 가지 질문을 던져 봤지만, 돌아오는 평범한 대답에 그녀는 더욱 이해할 수 없었다.

문제는 그뿐만이 아니었다. 원래 그녀가 계획한 것과는 다르게 다짐했던 모진 마음이 점점 옅어지며 둥글어진다는 데 있었다. 더 차갑게 정을 떼야 할 이 시기에 정을 떼기는커녕 —처음에는 질색했지만— 자신도 모르게 진표에게 끌려가고 있었다. 대학 시절, 진표와 사귀게 된 것도 무심한 듯하지만, 여유 있으면서도 확실하게 말하는 그의 자신감 묻은 말투에 끌려 사귀게 된 그녀였다. 분명 음식, 음악, 문화 취향은 모두 달랐어도 그의 강한 어조에 N극과 S극이 달라붙듯 이 년의 세월을 보낸 후, 어느새 결혼까지 하게 된 그녀였으니 더욱 그럴 만했다. 물론 이런 사실을 어느 정도 알고 있던 그녀였기에 정숙은 진표에게 끌린다고 느낄 때마다 다시 마음을 다잡곤 했다.

'박정숙, 정신 차려! 백 프로 뭔가 있을 거야. 아니면 어떻게 저 무심한 남자가 갑자기 저렇게 변하겠어. 어디 아픈가? 음, 겉으로는 약간 핼쑥해진 것 말고 전혀 없는데…… 그러면 혹시 돈 문제인가. 아, 모르겠어. 그래도 일단! 절대로 마음 주지 말고 결혼기념일까지만 버티자. 그래봤자 딱 이 주야.'

"정숙아, 파전 다 됐다. 얼른 와. 내리는 비에 음악 들으면서 나랑 함께 먹어야지!"

이번엔 정-숙-아, 라니. 신혼 때 이후로 단 한 번도 자신의 이름을 제대로 불러주지 않은 그에게 오글거림을 느낀 그녀였지만,

황혼기념일   161

어느새 목소리에 홀린 듯이 그가 차린 술상으로 발길음을 옮기고 있었다. 게다가 단순히 파전만 있는 상이 아니었다. '딴따라라라라라, 딴 따라라라라~♬' 진표의 콧노래가 방안 곳곳에 흘러 퍼졌다. 곡의 제목은 〈이별의 왈츠L'adieu Waltz in A-flat major, Op.69, No.1(Chopin)〉. 그녀가 소싯적 그와 초라한 단칸방에서 살림을 시작할 때, 나름 분위기를 낸다고 밤마다 틀어놓던 곡이었다. 그들의 힘겨웠고 가난했던 신혼 초. 힘든 하루가 끝날 때면 이 곡에 맞춰 함께 어설픈 왈츠를 추기도 했던 추억의 곡. 지긋지긋한 힘든 시절과 빨리 이별하길 바라는 마음으로 그녀가 자주 틀어 놓았던 곡이었다. 선곡의 취향 역시 클래식 음악인을 꿈꿨던 그녀의 취향이 묻어났다. 하지만 연애할 때도, 신혼 초 때도, 오랜 결혼 생활을 해온 지금까지도, 늘 그녀가 직접 틀었던 이 곡의 제목을 진표가 알고 있으리라고 그녀는 전혀 예상하지 못했다. 그런데 하필 지금, 진표가 이 곡을 틀어놓고 흥얼거리며 그녀를 술상으로 부르는 것 아닌가. 어느새 그녀가 술상으로 옮기는 걸음은 자신도 모르게 곡의 리듬에 맞춰 왈츠의 스텝처럼 변하는 듯했다. 울려 퍼진 왈츠가 구름이 됐는지 서서히 발걸음을 내리는 창밖의 빗줄기와 함께.

4

한 달이라는 삶의 시간을 선고받은 진표의 속은 하루하루가 타들어 가는 듯했다. '아마 타들어 가는 이 증상이 온몸의 세포가 죽어가고 있는 느낌이겠지.'라고 그는 생각했다. 그럴수록 진표는 정리해야 할 것들을 빠르게 정리한 후, 얼마 남지 않은 시간 동안 좋은 추억을 영혼 깊이 남기고 싶었다. 정리해야 할 것들은 퍽 많았다. 동사무소와 구청, 은행과 변호사 사무소에 들러 자신이 죽으면 재산이 어떻게 되는지 대놓고 물어보며 정리해 갔다. 다행히도 회사에 다니며 특가로 가입했던 상조 보험이 있었다. 그 사실은 그를 안심시켰다. 그는 남는 재산의 반을 아내에게, 그 나머지는 또 반으로 나누어 두 딸에게 주겠다는 유언장까지 미리 작성해 두었다. 원체 물욕이 없는 그이기도 했지만, 자신의 남은 수명을 명확하게 알고 나니 더더욱 홀가분해진 기분이었다.

의사가 연계해 준다는 병원에는 우선 당장은 가지 않기로 마음먹었다. 진료 예약을 했던 췌장외과 병원에서 문자가 오긴 했다. 그러나 그는 확인만 하고 답신은 하지 않았다. 전문의가 한 달이라는 선고를 해줄 정도면 항암을 해 봤자 고통스럽게 죽어가리라, 생각했기 때문이었다. 물론 기적이 있을 수도 있겠지만, 그는 자신에게 주어진 남은 시간 동안 아내를 지금처럼 대할 수 있다는 사실, 그 자체를 더 기적이라 여겼다. 그래서 병원에 오가는 그 시간보다 단 일 분이라도 더, 아내 곁에 있으려 했다.

사실 처음에는 잘되지 않았다. 입 밖으로 내놓는 모든 말과 몇십 년 동안 잊고 있던 행동들은 어색하기 짝이 없었다. 하지만 역시 커다란 고통은 반대로 사람을 강하게 만든다던가. 아내가 좋아하는 꽃과 선물을 사고, 잘하지는 못해도 그녀를 위한 요리도 했다. 삼십여 년 동안 단 한 번도 궁금하지 않았던 그녀가 좋아하는 클래식 음악을 함께 들으려 했다. (그녀가 좋아하는 곡의 제목을 알기 위해 인터넷 클래식 포럼에 질문까지 올렸다) 그는 당연히 자기 행동을 이상하게 여기는 그녀의 표정을 충분히 알아챘지만, 그런 것을 모두 신경 쓰기엔 남은 시간이 별로 없다고 생각했다.

'살이 많이 빠졌군. 이렇게 사람은 소멸하는 건가. 내 모든 것이 이 우주 속으로 천천히 흩어진다는 것. 흙에서 태어나 다시 흙으로 돌아간다는 것. 단순한 진리군.'

일주일이라는 시간이 남았을 때, 그는 거울에 비친 볼록하게 들어간 자신의 핼쑥한 볼을 쓰다듬으며 생각했다. 물론 신경성으로 속이 울렁거려 제대로 식사를 못 한 탓도 있었지만, 이렇게 증상이 심해지고 예민해지는 자신을 보며 인간은 참 나약한 존재라는 사실을 다시금 실감했다.

'그래, 그래도 아직 일주일이나 남았잖아. 칠월 삼십일. 딱, 이날까지만 버티자. 이날 쓰러져서 죽는 한이 있더라도, 마지막만큼은 정숙이에게 멋진 남편이자 한 가정의 올바른 가장으로 기억되는 거야.'

그는 마음을 다잡으면서 핸드폰 화면의 레스토랑 예약 페이지를 열었다. 여의도에 있는, 오래되었지만 전통 깊은 호텔 레스토랑 비포 미드나잇. 그의 사회초년생 시절. 없는 돈을 전부 털어 가장 전망 좋은 자리로 예약한 후, 남은 돈으로 순금 반지를 사서 정숙에게 프러포즈한 장소였다. 진표는 프러포즈할 때 보았던, 그녀의 감동 어린 표정을 생애 마지막으로 다시 볼 수 있다면 더는 후회할 것이 없다고 생각했다. 그것만이 지난 삼십육 년간의 결혼 생활 동안 무심했던 자기 잘못을 그녀에게 빌 기회이리라. 그는 예약을 마친 후에 자신의 서재로 들어가 서랍 속을 한참 뒤적여 프러포즈 날 정숙이 주었던 편지를 찾아냈다. 그 옛날, 진표가 편지를 읽으며 프러포즈를 마친 후, 정숙이 진표의 행동을 미리 알기라도 했다는 듯이 품에서 꺼내 읽어주었던, 오래되어 색이 바랜 편지였다. 진표는 안도의 한숨을 쉬며 오래된 편지를 끝까지 몇 번이나 반복해서 읽었다. 그리고는 새 편지지를 꺼내 혼잣말하며 자신의 혼을 담은 마지막 편지의 첫 글자를 써 내려가기 시작했다.

5

칠월 삼십일. 진표와 정숙의 결혼기념일이 다가왔다. 정숙은 지난 한 달이라는 시간 동안 자신에게 일어난 심리적 변화가 아직도 이상했다. 그 이상함의 끝. 그녀는 결국 진표에게 지고 말았다. 결국, 이혼을 포기한 것이었다. '그래, 여생 동안 이렇게 사랑받을 수 있다면, 정말 우리 둘이 사랑하며 남은 삶 속에서 함께 존재한다면, 나도 하고 싶은 것을 하면서도 행복하게 살 수 있겠지.'라고 생각하게 된 정숙이었다. 그녀는 어쩌면 사랑이라는 건 주는 것만큼 받는 것도 꽤 중요할지도 모르겠다는 생각을 진표의 변화를 통해서 느끼게 되었다. 그래서 끝내 마음을 접고 한 번 더 진표를 믿어보기로 다짐한 것이었다.

어젯밤, 진표는 결혼기념일 일정을 말하며 프러포즈했던 레스토랑을 데려가 주겠다고 정숙에게 미리 말해왔다. 그 이야기를 들은 정숙은 오랜 옛날, 프러포즈 받는 것을 눈치채고 미리 써두었던 편지를 생각했다. 그녀는 안방 화장대 앞에 홀로 앉아 그때 받았던 그의 편지를 다시 훑어보았다. 읽기만 했는데도 눈물이 고였다. 결혼 생활 동안 힘들고 외로울 때 가끔 꺼내 보았던 옛 편지는, 색은 비록 바랬지만 그 힘만큼은 여전했다. 그녀는 그 편지를 바라보며 새로운 편지지를 펼쳤다. 그러고는 혼잣말로 옛 편지의 내용을 되뇌면서 한 글자 한 글자 꾹꾹 편지글을 눌러쓰고는 화장대 서랍 속에 넣었다. 행복한 이날, 추억의 장소 〈비포 미드나잇〉에서 직접 전해줄 걸 기대하면서.

    저녁 여덟 시. 황혼이라고도 부르는, 사라지는 주황색과 다가오는 남색으로 뒤섞인 어스름이 하늘을 가득 채우고 있었다. 진표와 정숙은 그들을 축하해 주는 듯 보이는 풍경이 바로 눈 앞에 펼쳐진 스카이 뷰 자리에 앉아, 예전보다 더 세련된 레스토랑 구석구석을 둘러보고 있었다.

    "여기는 정말 오랜만이네요, 여보. 더 예쁘게 변했네. 여태까지 결혼기념일 장소는 늘 애들이 예약해 줬던 것 같은데!"

    정숙이 메뉴판을 바라보며 말했다.

    "미안해. 그동안 너무 무심했어. 콜록. 생각해 보면 사는데 바빠서 당신에게 너무 무심했던 것 같아. 콜록."

    진표가 터져 나오는 기침을 냅킨으로 간신히 막으며 답했다.

    "괜찮아요. 당신이 지난 한 달 동안, 나를 위해서 해준 것만으로도 나는 앞으로 아주 즐겁게 살 수 있을 것 같아요. 근데 감기 걸렸어요? 내가 한 달 동안 받기만 하느라고 당신 건강을 신경 못 썼네. 지금 보니 살도 엄청나게 빠진 것 같은데… 나도 앞으로 당신 건강도 신경 쓰고 더 잘할게요."

    "그렇게 말해주니 고맙네. 하지만 내 건강은 걱정하지 말아. 내가 알아서 잘 관리하고 있으니까, 말이야. 지난번 건강검진 결과도 아주 잘 나왔거든. 아, 그리고 메뉴는 굳이 안 골라도 돼. 가장 좋은 코스 요리로 예약해 두었어. 근데 일단 요리가 나오기 전에……."

"요리가 나오기 전에 편지 읽어주려고 그러는 거죠? 삼십육 년 전의 늘 느긋했던 당신이 내 앞에서 처음으로 조급해하던 장면이 떠오르는 것 같아서 갑자기 설레네요."

진표와 정숙은 마치 오래된 클래식 멜로 영화의 청춘 남녀다운 표정을 지으며 서로 말을 주고받았다.

"자, 그럼… 내가 오랜만에 편지를 썼어. 콜록. 지금부터 읽어줄게. 콜록."

그는 양복 재킷 안주머니에 깊게 넣어둔 하얀 편지 봉투를 꺼내더니, 천천히 편지를 펼쳐 조심스럽게 읽기 시작했다.

"나의 아내이자 한 가정의 어머니인 박정숙 씨께. 소중한 당신, 일단 가장 먼저 하고 싶은 말은 미안하단 말이오. 지난 삼십육 년이란 시간 동안 내가 당신에게 너무 무심했소. 생각해 보면 내가 할 줄 아는 말은 그저 밥 달라는 말과 회사 이야기뿐이었지. 콜록. 실소가 나오는구려. 아무튼, 당신에게 했던 좋은 말을 생각해 보려는데 아무리 생각해도 찾지 못하겠소. 그런데도 염치없이 늦은 변명을 해보자면, 결혼 후, 내 머릿속에 드는 생각은 오롯이 하나였다오. 당신과 내 두 딸을 무사히 먹여 살리는 것. 하지만 어쩌면 그것은 당신과 두 딸을 위한 것이 아니라, 일에 대한 내 욕심이었을지 모르겠소. 그저 합리화할 대상이 필요했던 거지. 그 시절의 나는 가족을 핑계로 나 자신만 생각하던 이기적인 인간이 아니었을까, 생각한다오. 하지만 이것 하나만큼은 확실하오. 나는 늘 당신과 두 딸을 생각하며 살아왔다는 것. 말… 언어로 표현하는 방법을 까먹어

버린 바보스러운 내가, 내가 생각해도 참 바보 같구려. 하지만 늘 나의 사랑은 변치 않았다는 사실을 꼭 말해주고 싶소. 그리고 다음으로 하고 싶은 말은… 콜록. 정말 고생했다는 말이오. 아무것도 없는 나에게 시집와서 두 딸을 키워내고 무사히 시집까지 보냈다는 사실 자체로 당신은 정말 대단한 여자요. 물론 그 시간 동안 우리 둘은 모두 늙어버렸지만, 당신은 그만큼 가치 있는 일을 해낸 여자라오. 그러니 절대로 앞으로도 살면서 당신 자신을 깎아내리거나, 우울감에 빠지는 나쁜 생각은 하지 않았으면 좋겠소. 설령 이 세상에 내가 없더라도 말이오. 콜록. 그리고 마지막으로 하고 싶은 말은, 사랑하오. 예전에도 그랬고, 지금도 그랬고, 앞으로도 그럴 거고, 다음 생에도 그럴 거요. 당신과 함께한 긴 시간은 내게 정말 기적 같은 일이었소. 내 큰 사랑을 표현하지 못하는 내 부족함에 탄식하며 이만 편지를 줄이겠소. 남편 이진표 올림."

진표는 터져 나오는 기침을 한 손에 쥔 냅킨으로 막아대며 붉은 눈시울과 떨리는 목소리로 끝까지 편지를 읽었다. 정숙의 얼굴은 편지의 내용을 들으며 어느새 눈물로 뒤덮여 버렸다. 지난 결혼 생활의 대부분이었던 외로운 시간이 지금의 편지 하나로 모두 정화되는 느낌이었다. 그녀는 이내 흐르는 눈물을 테이블에 놓인 냅킨으로 닦아낸 뒤, 벅찬 호흡을 진정시키고는 전날 밤 핸드백에 넣어둔 편지 봉투를 꺼냈다.

"여보, 편지 써줘서 정말 고마워요. 근데 저는 읽으면 또 울음이 터질 것 같아서 괜찮으면 당신이 읽어줄 수 있겠어요? 나는 글을 잘 못 쓰는 사람이라 당신보다 훨씬 짧으니까… 예전에 그랬던 것처럼 당신이 또 읽어줬으면 좋겠어요. 오늘 목도 아플 텐데 정말 미안해요."

정숙은 고장 난 수도꼭지처럼 다시금 새어 나오려는 눈물을 냅킨으로 닦아내며 말했다.

"걱정하지 말아요. 콜록. 그런 것쯤이야, 백 장도 더 읽어줄 수 있어요."

진표는 환하게 웃으며 대답했다. 그는 정숙의 손에서 편지를 건네받고는 하얀 봉투에서 여러 장의 종이를 꺼내어 읽기 시작했다.

"이, 이게 뭐지… 협, 협의이혼 의사 확인서……? 이게 뭐예요, 당신?"

진표가 정숙을 향해 빠르게 고개를 돌리며 물었다.

"어? 여보. 그게. 어, 왜 그게 거기 있지… 어, 뭐야, 뭐야? 뭐야! 그게 왜 거기 있는 거예요? 그, 그, 그거 잘못된 거예요, 정말! 저 어제 편지 분명히 썼고요, 제가 주려던 건 그게 아니라!"

정숙은 얼굴의 모든 구멍이 확장되면서, 동시에 힘껏 손사래를 치며 언성을 높였다.

"당신, 지금까지 흘린 눈물이, 설마…… 나랑 이혼할 수 있어서 기쁜 눈물이었어? 참, 참… 어휴, 참… 어이가 없어서 말도 안 나오는군. 내가 병신이었지. 당신이 이런 줄도 모르고 지난 한 달 동안… 나는 대체 뭘 한 거지. 무엇을… 하하, 이렇게 벌을 받는구먼. 하, 마지막까지 하늘도 무심하시지. 콜록!"

"여보, 정말 그런 게 아니라……"

"됐어. 필요 없어. 나는, 나는! 나는! 이제 모두 다 버릴 수 있어. 이 세상에 미련 따위 없다고! 이 편지 봉투처럼 내 모든 걸 하얗게 태워버리고 떠날 거야! 콜록, 콜록! 콜록!"

황혼기념일

진표는 터져 나오는 기침과 화가 담긴 목소리가 뒤섞여 한참 몸을 주체하지 못하다가 고된 노동에 바람이 빠진 행사용 풍선처럼 고풍스러운 레스토랑 의자에 자기 몸을 털썩 비껴 앉았다. 사라진 그들의 감동과 눈물 대신 정적이 흐르고, 흐르고, 또 흘렀다. 잠시 후, 코스 요리의 애피타이저가 테이블 위에 올려지며 정적이 깨졌다. 그러나 둘은 여전히 말이 없었다. 그저 서로 다른 곳에 시선을 둘 뿐이었다. 그때, 갑작스레 커다란 문자음과 진동 소리가 동시에 울리기 시작했다.

　　띵동! 지이잉~ 띵동! 지이잉~ 띵동! 지이잉~ 지이잉~ 지이잉!

　　진표의 재킷 안주머니에서 울려 퍼지는 소리였다. 갑자기 정적을 깬 소리에 놀란 그는 휴대폰을 꺼내어 화면의 잠금을 빠르게 해제했다. 그곳에는 같은 내용의 여러 문자 메시지가, 화면을 점령한 채 진표의 놀란 눈과 마주했다.

　　안녕하세요. '참 편한 인생' 병원 종합 건강검진 센터 의료진입니다. 저희 의료진의 실수로 환자의 검사 결과 차트가 바뀌어 오진을 전달하게 된 점, 고개 숙여 진심으로 죄송하다는 말씀을 드립니다. 전화를 받지 않으셔서 이렇게 여러 번 문자로 남깁니다. 내원하시면 저희 의료진이 자초지종을 자세히 설명해 드리도록 하겠습니다. 앞으로 다시는 이런 일이 일어나지 않게끔 의료진을 교육했으며, 환자분을 담당하셨던 간호사는 해고 처리할 계획입니다. 이런 사태가 일어난 점에 대해서 저희 의료진도 깊이

반성하고 있습니다. 이와 관련하여 소정의 절차에 따라 보상해 드리도록 하겠습니다. 다시 한번 진심으로 정말 죄송하고, 문자를 보신 후, 연락해 주시면 바로 안내해 드리도록 하겠습니다. '참 편한 인생' 병원 종합건강검진센터 의료진 올림.

또, 다시, 정적. 시간의 흐름에 따라 어둠 속에 삼켜져 사라지는 황혼을 닮은, 침묵의 쉼표를 채우는 진표의 이름 모를 울먹임과 흐느낌. 그리고 또 정적. 잠시 후, 황혼이 사라진 어두운 스카이 뷰를 배경 삼아 울려 퍼지는 웨이터의 목소리가 그들의 조용한 적막을 두드리며 깨뜨렸다.

"손님, 저희 '비포 미드나잇'의 음식이 입에 맞지 않으시나요? 혹시 무엇이 필요하실까요?"

6

한 달이란 시간이 흘렀다. 그동안 진표는 건강검진을 했던 병원에 방문한 후, 말 그대로 고개 숙인 사과와 함께 본래의 건강검진 결과를 전달받을 수 있었다. 검사 결과, 진표의 상태는 다행히도 모든 것이 정상이었다. 진표는 모든 것이 꿈만 같았지만, 악몽에서 깨어난 것 같아 안도의 한숨을 여러 번 내쉬었다. 그는 이번 사태에 대해 병원을 상대로 소송을 진행할까, 생각하기도 했지만, 이미 정신적으로나 육체적으로나 지칠 대로 지친 그는 모든 것을 내버려 두기로 했다. 대신 병원 의료진과의 협의 끝에 실수로 차트를 바꾼 앳된 간호사를 이번 일로 해고하지 않기로 하고,

평생 무료 건강 검진권과 약소한 금전적 보상을 받았다. 이처럼 병원과 관련된 일은 모든 것이 시스템대로 원만히 해결되었다.

그러나 진표와 정숙의 시스템은 다시 예전으로 돌아갔다. 진화를 멈춘, 오로지 기본값에만 충실했던 예전 그대로의 생활이었다. 진표와 정숙 모두 이전에 느꼈던, 시간이 느린 듯이 보였던 행복한 한 달의 시간과 달리 이번 달은 아무것도 느끼지 못한 채, 빠르고 허무하게 지나갈 따름이었다. 둘은 이 상황에 대해 모두 받아들이고 겉으로는 아무 생각도 하지 않는 것처럼 보였다. 그저 살아왔던 대로 살아갈 듯이, 무언가를 꿈꾸지 않고 죽어가듯이. 단순히 예전 시스템에 다시 순응하는 듯 보였다. 예전보다도 서로 말이 더 없어졌다. 다만 옛날과 달라진 것은 그들이 일상의 곳곳에서 천장의 조명이나 창밖으로 저무는 해를 바라보는 시간을 지난 시절보다 더 충분히, 많이 보내고 있다는 것이었다.

몇 달이 지난 어느 날, 그들이 결혼기념일 날 함께 보았던 황혼과 닮은 빛의 하늘이 펼쳐진 저녁 시간이었다. 정숙은 장을 보고 돌아왔다. 삼십육 년 동안 묵묵히 그래왔듯이. 그런데 현관문에 들어서자 익숙하지 않은 소리가 들려오기 시작했다. 이 집에서 이젠 말을 나눌 사람이 없다고 생각했던 정숙이었기에 집안 곳곳을 꿰차는 그 소리에 이질감을 느꼈다. 이내 거실에 들어서자, 그 소리가 무슨 소리인지 정숙은 단번에 알 수 있었다.

"딴따라라라라라, 딴 따라라라라라~♬"

마치 영화 〈아비정전Days Of Being Wild〉의 아비를 연기한 배우 장국영처럼, 진표는 창문 밖 황혼을 배경 삼아 흐르는 〈이별의 왈츠L'adieu〉 음악에 맞춰 결혼기념일에 입었던 복장 그대로 홀로 춤추고 있었다. 천천히 스텝을 밟고 있던 진표는 어느새 정숙의 온기를 느꼈는지 정숙을 향해 뒤돌아섰다. 그 모습은 청춘의 정숙이 사랑했던 청춘의 미소를 지닌 천진한 진표의 모습이었다. 정숙은 이상한 기분에 어색한 표정을 지었지만, 그 모습은 본 진표는 다 괜찮다는 눈빛을 보냈다.

"이리 와요. 해가 아직 우리를 비추는 중이니……."

진표는 정숙을 향해 말을 건네며 따스한 미소와 함께 두 팔을 활짝 펼쳤다.

"좋아요. 해는 지더라도 어디선가 우리를 비출 테니까…"

정숙 또한 진표의 말에 맑은 미소로 응했다. 그 순간, 둘의 얼굴에는 어린 시절의 미소가 다시 나타났다. 언제, 어디서, 어느 순간으로부터 어떻게 불러온 건지, 그들 스스로 눈치채지 못했지만, 그것은 이제 중요하지 않았다. 중요한 것은, 그들의 미소가 서로를 반사하며 여전히 비출 수 있다는 점이었다. 어린 시절의 느낌뿐만 아니라, 긴 세월이 얹어진, 깊고 자연스러운 미소였다. 그녀는 장바구니를 털썩 내려놓고는 자신도 모르게 팔을 벌리며 춤추듯 진표를 향해 발걸음을 옮기기 시작했다. 어느새 맞닿은 둘은 커다랗게 내민 팔로 서로를 안고 원형의 모양이 되어 움직이고 있었다. 음악의 선율 그 한가운데, 그와 그녀의 발걸음이 빗소리와 음악 소리를 타고 거실 천장을 채운 원형의 빛과 리듬을 맞추며 삶을 그려내고 있었다. 천천히 울려 퍼지는 그들의 여생 속 밝을 황혼빛처럼.

즐거운 토요일

어떤 한 시인이 말하길
지금은 시 문학이 죽었다잖아요.
그런데,
만약 시 문학이 정말 죽었다면
시인들은 죽은 것을 좇으며 사랑하려 하는 사람들일까요.

드디어 단편 소설 「토」의 초고를 마친 요일이었어요. 아, 이렇게 제 일상을 자세히 말하는 건 퍽 어렵네요. 오늘이 무슨 요일이었지? 아마, 토요일이었지요? 위낙 소설이란 쓰기 어려운 거니까 밤새 쓰고 지우고, 다시 쓰다 늦은 시각에 일어났습니다. 네? 지금 말하는 게 소설 내용이냐고요? —아, *초반부터 이러시면 힘든데*— 음, 아무튼, 그러니까 이건 소설이 아니고 제가 실제로 겪은 거니까 에세이라고…… 아, 잠시만요. 그러니까 **제가** 이번에 쓴 글은 에세이가 아니고 소설입니다, 소설. 아, 에세이려나? 아무튼! 중요한 건, 제가 쓰는 이 글도 제가 쓰는 글자의 조합이란 말입니다. 근데 문득 마음 깊은 곳으로부터 재밌는 문장이 떠오르네요.

'소설의 반대말이 에세이라면 에세이의 반대말이 소설일까?'

꽤 생각해 볼 법한 문제군요. 근데 사실 저한테는 그런 게 별로 중요하지 않습니다. 전공 서적에서 말하는 장르의 구분과 작법은 이미 저에게 그리 중요하지 않거든요. 아마 그런 것만을 운운하는 사람은 비평은 잘해도 자신의 글은 제대로 쓰지 못하는 사람일 확률이 높습니다. 어디서 본 미사여구(美辭麗句)나 운운하며 그럴듯한 문장을 만들어 낸다고 할지라도 자신만의 날것의, 살아있는 문장은 쓰지 못하겠지요. 평소에 책을 좋아한다고들 하시니까 기회를 빌려서 말씀드리자면, 글이란 것은 작가가 살아있어야만 제대로 쓸 수 있거든요. 아, 물론 앞서 말했듯이 남의 글에 대해서 오로지 판단만 하는 비평이나 칼럼은 잘 쓸 수도 있겠죠. 비평가가 돈은 더 많이 벌 수도 있겠지요. 피해의식이 있냐고요? —오, *날카로우신데요!*— 하하, 그것도 그럴 수 있겠지마

즐거운 토요일

는, 사실 피해받았다는 말보단 돈을 많이 버는 것과 안정된 직업처럼 보이는 것이 부러울 뿐이니 '배 아파서.'라고 표현하는 것이 더 진실한 표현일 수도 있겠습니다. 저는 어디까지나 진심을 담아 쓰고 싶은 사람이니까요. 글을 쓰는 사람이 독자에게 전달하기 위하여 글을 써 내려가는 진심이 중요한 것이지. 글이라는 진실과 허구, 그 둘을 구분하는 것이 무엇이 중요한 것이겠습니까.

바로 오늘. 다수인 평일의 무리를 등진 토요일 오후. 저는 사무친 고독만큼이나 배가 너무 고팠습니다. 아시다시피 글을 쓴다는 게, 가만히 홀로 앉아서 엉덩이를 의자에 딱 붙인 다음에 오래 버티며 쓰는 것이 중요한 것처럼 다들 이야기하곤 하지만 —물론 중요하긴 합니다만— 결국, 먹고 살자고 하는 일 아니겠습니까. 저도 동물인 만큼 먹어야 살 수 있고 살아남아야 쓸 수 있는 것 아니겠어요? '뇌'라는 녀석을 원활하게 활동시켜야 하니까 말이죠. 사실, 과학적으로 들어가면 —아, 혹시 이과세요? 제가 잘못 말하고 있다면 이해 부탁드려요— 뇌를 움직이기 위해서는 원활한 혈액의 공급이 필요할 것이고 그만큼 충분한 혈액은 영양을 통해서 제공되는 것 아니겠습니까? 학창 시절 생물 시간에 친구들이 실험용 개구리에게 밥은 주지 않고 괴롭히기만 하는 잔인한 행동이 기억나는 저로서는 참 얕은 지식이군요. 아무튼, 저라는 사람도 충분히 영양성이 높은 혈액이 필요하므로 이미 에너지가 고갈된 후에는 실험용 개구리처럼 깨꿀 발발거리고 있었습니다.

작은 방안 남루한 식탁 앞 의자에 앉았습니다. 올챙이의 뒷다리가 나오듯이 커다란 기지개를 힘겹게 켠 다음, 주변을 둘러봤지요. 창밖을 보니 착지하자마자 땅속에서 잠든 이파리를 응시하는 나뭇가지들이 이별을 닮은 찬바람에 쓸쓸히 나부끼는 게 보였습니다. 마치 잎이 붙어있던 자리가, 아직 여물지 못한 마음의 고름이 가득 찬 상처의 딱지 같아서 제 마음도 한구석이 쓰리더군요. 물론, 저는 그 딱지가 이제는 단단해져 굳은살로 뒤덮인 한낱 인간이지만요. 하하, 시인이냐고요? 글쎄요, 시인은 **태어날 때부터 영혼이 정해진다는데,** 저는 아직도 제 영혼은 잘 모르겠어요. 게다가 어떤 한 시인이 말하길 지금은 시 문학이 죽었다잖아요. 그런데, 만약 시 문학이 정말 죽었다면 시인들은 죽은 것을 좇으며 사랑하려 하는 사람들일까요. 정말 모르겠네요, 저는.

여하튼 하던 이야기를 이어보자면 시인의 감성을 빌려와 세상을 바라보는 것도 잠시, 다시 배가 제게 토로하는 꼬르륵 끼루룩 소리가 강하게 느껴졌습니다. 설령 제가 시인의 영혼을 지녔다고 해도, 아까 말씀드렸듯이 다 먹고 사는 문제 아니겠어요? 식탁 앞에서 자존감 따위는 의미 없는 거죠. 고개를 숙이고 식탁의 아래편 천장에 제 뒤통수를 탁탁 부딪치는 구걸의 소리를 뱉으며 팔을 몇 번 휘저어 보니 엊그제 샀던 움츠린 라면이 하나 붙잡히더군요. *—어떤 라면을 제일 좋아하세요?—* 제 팔이 마치 인형 뽑기 기계의 갈고리 같아서 실소가 나왔습니다. 그러고는 힘겹게 열린 찬장의 입에서 냄비를 이처럼 뽑아낸 후, 물 오백 밀리리터를 넣고 한참을 끓였지요. 한참이 얼마냐고요? 아, 걱정하지 마세요. 라면이 움츠려 있었긴 해도 확실히 편 다음 봉지의 설명을 충분히 봤으니까요. 그러고 보면 저는 확실히 라면 봉지가 주변 이

웃보다 친절한 세상에 살고 있군요. 그걸 어떻게 구분하냐고요? 음, 꼰대처럼 옛 기억을 떠올리면 되지 않을까요. 요즘은 층간 소음이다, 개인 생활이다, 뭐다 해서 이웃 간 소통이 거의 없잖아요? 저 어렸을 때만 해도 집에 어머니가 안 계시면 옆집에 놀러 가서 아주머니께 간식을 얻어먹던 기억이 있는데 말이에요. 그런 걸 보면 지금 세상은 참 삭막해진… 아! 아니네요. 그냥 못된 놈이 많아 서로 조심할 수밖에 없는 상황이 각자의 마음에 들이닥친 게 정답일지도 모르겠습니다. 본인 권리만 중요하고 남의 인권은 개처럼 무시해 버리는 녀석들이 많아지니 한낱 라면 설명서가 사람보다 친절해진 것 아니겠습니까? 상품 표기법 같은 것은 제쳐두고서라도, 만약 라면 봉투의 친절함 없이 내용물만 존재한다면 어린 시절의 저는 —*그때는 인터넷도 없었으니까*— 옆집에 가서 아주머니께 물어볼 것이라는 거죠. 하지만 만약 요즘 세상에서 라면 봉지에 쓰여있는 디테일한 설명이 없고 인터넷도 없었더라면 저는 라면을 마냥 부숴 먹는 게 고작이었을 겁니다. —*수프 가루는 뿌릴 테니 걱정하지 마셔요!*— 그만큼 우리는 소통이 없어도 친절한 세상에 살고 있다니까요. 얼마나 친절해요? 모든 걸 **설명해야만** 살 수 있는 세상에 살고 있으니까.

    물이 끓는 점을 넘어 세레모니를 하고 있었습니다. 그 수많은 방울의 여흥을 지켜보다 아차! 하는 생각이 들어 먼저 수프 가루를 넣고 면을 넣었습니다. 이후, 아마 삼 분을 더 끓여야 했지요. 왜 하필 면보다 수프 가루를 먼저 넣고 설명서에 쓰인 사 분이 아니라 삼 분이었느냐고요? 음, 확실히 라면 봉지의 설명은 친절했고 그대로 하는 게 정석대로 맞겠죠. 하지만 이 세상은 이미 원칙대로만 돌아가는 세상이 아니란 말입니다. *―아까 한 말과 모순이라고요? 진정하시고 일단 들어보세요―* 자, 예를 들어볼게요. 만약에 제가 한 회사에 취직했다고 칩시다. 분명 처음에는 제 상사인 사수가 와서 기본적인 규칙과 일들을 설명해 주겠죠. 그러다가 어떤, 갑작스레 해결해야만 하는 사건이 터지는 겁니다. 저는 배워온 대로 원칙만 따져서 일 처리를 하겠죠. 필시 그렇게 하라고 배웠을 테니까요. 하지만 과연 하란 대로 그대로만 한다면 회사라는 사회 속에서 존재감을 찾을 수 있을까요. (인간은 기계가 아닌데 말이죠, 이건 다른 곳에서 할 이야기 같습니다만) 만약 운이 좋다면 그 일이 잘 해결돼서 매뉴얼의 정답처럼 무사히 해결될 수도 있겠지만 잘 해결이 되지 않거나 *―매뉴얼대로 했는데도 불구하고!―* 상황이 악화된다면 아마 이런 소리를 들을 겁니다. '어이, 신입! 왜 이렇게 융통성이 없어. 하나를 가르쳐주면 둘은 해야 할 거 아냐. 하여튼 요즘 것들은 요령과 융통성이 없어. 창의인재는 개뿔! 매뉴얼대로 하라니까 정말 매뉴얼대로만 하냐. 미안하면 커피나 사 와!'라는 소리를 듣게 된단 말입니다. 대체 어쩌란 건지. 그들도 분명 그런 시절이 있었을 텐데 말이죠. 그때의 진정한 자신으로 살던 시절을 드러내기 무서워, 시스템 속에서 홀로 몰래 그리워만 하니 그런 걸까요. 한 치 앞도 예상하지 못하는 게 사회생활이라고는 한다지만… 말이에요. 아무튼! 그래서 진정한 창의력을 지닌 인간이 되려면 이렇게 라면 하나를 끓일 때도 매뉴얼을 근거로 하되 상황에 따른 최고의 효율을 뽑아낼 수 있는 자신만의 요령을 펼쳐야 평상시에도 융통성을 기를 수 있습니다. 일종의 미래를 위한 투자이지요. 게다가 이건 그냥 요령이 아닙니다. ─*물론 더 잘 아시겠지만!*─ 가정집에서의 가스 화력은 바깥에서의 화력보다 약하기 때문에 사 분보다는 삼 분을 끓이고 뜸을 들여야만 꼬들꼬들한 면을 맛볼 수 있습니다. 계란은 안 넣느냐고요? 그런 건 이름 없는 작가에게 사치인 거 아시잖아요. 하하.

 다 끓인 라면 냄비를 식탁 위에 조심히 올려놓았습니다. 낡은 냄비를 닮은 온 집안에 라면 향이 자란자란하더군요. 마치 오래되고 익숙한 클래식 음악이 울려 퍼지는 거대한 공연장처럼 익숙한 라면 냄새가 집 곳곳에 배이기 시작했습니다. 그 향을 코로 읽다가 한입을 후루룩! 먹는데 음~ 익숙한 맛이더군요. 맛있었냐고요? ─*다음에는 함께 드시죠!*─ 분명 맛은 있겠죠. 아! 맛이 좋았냐고요? 음, 대기업 석학들이 삼 년 내내 공부해서 수능을 보고 대학을 졸업해 입사한 후, 밤낮을 새며 라면 하나를 맛있게 만들기 위해 고민하고 고민한 시간이 배어 있는데, 당연히 맛은 좋겠죠. 그런데 그게 제 입속에서 **여전히** 맛있게 느껴지냐고 물으신다면, 아마 저는 더 한참 고민해야 하는 시간이 필요할 것 같습니다.

 라면을 먹으며 오래된 스마트폰 화면으로 더 오래된 듯한 채널의 뉴스를 한참 동안 보았습니다. 뉴스에서는 한참 어떤 당이 뭘 잘했느냐, 잘못했느냐, 대선후보가 잘못했다더라, 잘했다더라, 하는 이야기들로 한참 쟁론이 오고 가고 있더군요. 누구를 지지하냐고요? 글쎄요, 그런 난감한 질문은 저조차도 비밀이니까요. 근데 확실한 건, 누가 정치를 하든 지금 제가 먹는 이 라면을 여전히 **저에게** 맛있게 느끼게 할 수 있는지를 생각해 본다면 아마 저는 아직 더 한참 고민해야 하는 시간이 필요할 것 같습니다.

    라면 하나로 시끄럽던 배의 섭섭한 마음을 다 위로할 때쯤, 문득 이런 생각이 들었습니다. 어… 밥을 말아 먹을까? 분명 어디엔가 냉동 밥이 있을 텐데, 하는 즐거운 생각이요. 냉장고의 냉동실을 열어보니 간밤에 얼려둔 냉동 밥이 있었습니다. 자! 저는 이제 선택의 갈림길에 섰습니다. 밥을 말아 먹느냐, 말아먹지 않느냐? 이건 단순해 보이지만 사실 매우 중대한 사안입니다. 그도 그럴 것이 -*당연히 잘 아시겠지만*- 삶의 모든 것은 선택으로 인해 인생의 길이 결정되기 때문입니다. '나비효과'라는 말 들어보셨지요? 예를 들어, 저에게 좋은 일이 생기든 나쁜 일이 생기든, 그 모든 일에는 원인이 존재하고 그 원인의 요소 중 하나로 제가 지금 냉동 밥을 라면에 말아서 먹느냐, 말아먹지 않느냐는 선택이 앞으로의 미래에 있어 큰 영향을 끼칠 수도 있다는 말입니다. 그래서 저는 선택에 따른 장단점을 생각했습니다. 먼저 밥을 말아 먹는 선택을 한다면, 포만감이 커지는 장점이 있습니다. 특히 포만감은 꽤 큰 행복감을 주기 때문에 무시 못 하는 장점이지요. 하지만 반대로 그 포만감 때문에, 스르르 잠이 와서 글 작업하는데 더 방해가 일어날 수 있는 단점도 있습니다. 자, 그럼, 이번에는 밥을 말아 먹지 않는 선택을 한다면 어떤 장단점이 있을까요. 앞서 말했듯 잠이 오는 확률은 줄어들어 작업에 집중할 수 있는 장점이 있습니다. 하지만 반대로 뭔가 허전함을 느끼는 단점도 존재합니다. 외출할 때 뭔가 빼먹은 느낌이 들면 온종일 허전한 느낌을 지울 수 없듯이, 라면에 밥을 말아 먹지 않는 것 또한 온종일 저에게 허전함을 줄 수도 있는 단점이지요. 게다가 그 허전함 때문에 설령 집중하더라도, 작품의 퀄리티가 달라질 수 있는 확률도 존재하고요. 이처럼 다양한 선택으로 오는 다양한 결과는 제 미래에 있어 중대한 사안일지도 모릅니다. 이런 사소한 선택들이 제 인생의 모든 면을 달라지게 만들지도 모르니까요.

한참 동안 냉동 밥과 라면 국물을 번갈아 쳐다보면서 고민하고 있는데 문자음이 고막에 비트를 넣어주었습니다. 몇 달 동안 연락이 없던 친구의 연락이었는데요. *-마치 저희의 관계 같군요, 머쓱.-* 냉동 밥을 식탁에 내려놓고 스마트폰을 열어 메시지 앱을 실행시켰습니다. 메시지 내용은 지난 기간 출간된 제 에세이를 사서 잘 읽었다는, 책에 대한 감상과 후기가 담겨있더군요. 늘 이런 후기는 참 감사하고 소중합니다. *-근데 여러분, 혹시 제 책은 읽으셨나요? 한 권 사서 읽어주시면 감사할게요.-* 물론 때에 따라 좋은 후기와 나쁜 후기가 있다곤 하지만, 인간은 누군가의 관심이 있어야 이 사회 속에서 먹고 살 수 있는 것 아니겠습니까? 게다가 예술가라는 직종은 자본주의 사회에서 누군가의 선택과 관심이 있어야만 먹고 살고 자고 싸고 다시 무언가를 행할 수 있을 테니까 말이죠. 무엇이든 제대로 된 관심은 감사한 일임이 분명합니다.

그렇게 친구의 안부와 책에 관한 이야기로 서로 캐치볼을 하다 그 주고받음이 끝날 무렵, 친구가 갑자기 새로운 토픽의 공을 던졌습니다.

'야, 너 그거 들었냐. 너 혹시 놓칠까 봐, 내가 말해줄게. 네 전여친 결혼한다고 주변에 알리고 난리 났더라. 뭐, 남자도 능력 있어 보이고 괜찮아 보이던데? 뭐 하도 오래된 일이니까, 너도 아무렇지도 않겠지만, 그래도 옛날에 너 힘들 때, 맨날 같이 술 마셔준 건 나니까, 이 정도는 말한다. 너무 신경 쓰지 말고, 우리는 우리 삶이 있으니까, 우리는 더 잘될 거야, 아마. 내가 살 테니까 조만간 소주나 한잔 까자고.'

물론 저의 답변도 뒤에 있었습니다만, 먼저 친구가 보낸 메시지를 요약하면 대략 이런 내용이었습니다. 저의 답변이요? 저는 이상하리만큼 슬픔이 전혀 없었습니다. 오히려 그 어떤 슬픔도 못 느끼는 이 담담함에 쓸쓸함이 느껴졌어요. 오히려 뒤따른 저의 답변 문자에는 저는 그 여자를 감당할 남자가 아니었으니, 그 남자가 대단하다는 뉘앙스가 담겨있었습니다. 아, 오해는 하지 마십시오. 성별에 관한 이야기거나 근거 없는 비꼼은 아니니까요. 남자든 여자든 인간은 친절과 배려가 **함께 사는** 사회 속에서 가장 중요한 것 아니겠습니까. 아까도 말씀드렸듯이 라면 봉지 설명보다 친절하지 않은 사람은 남자든 여자든 감당하기 어려우니까요. 피해의식이 아니라 정말 솔직한 이야기냐고요? 글쎄요, 반반? 무 많이? 하지만 솔직한 것만큼은 분명합니다. 아까도 말했지만, 저는 어디까지나 진심을 통해 진실을 전하고 싶은 인간이니까요. 물론 저에게도 어떤 기억을 만들어 준 인연이라 굳이 깎아내리고 싶지는 않지만 *—가끔은 깎아야만 조각품이 나오기도 하잖아요?—* 이것이 저의 절제된 솔직한 표현이니 이해해

즐거운 토요일

주시면 감사하겠습니다.

    저는 그렇게 한참 동안 친구와 주고받은 메시지를 쳐다보다가 갑작스레 울렁거림을 느꼈습니다. 아무래도 너무 급하게 라면을 속에 털어 넣은 게 체한 원인 같았어요. 결국, 저는 화장실로 달려가 좌변기를 끌어안고 한참을 토했습니다. 급작스러운 토 때문에 눈물인지, 콧물인지 모를 무언가들이 섞여 나오기 시작했죠. 아! 혹시 오해하실까 봐, 다시 한번 말씀드리지만 저는 정말로, 전혀 슬프지 않았습니다. 그런 감정을 느끼기에는 이미 나이가 들어버렸으니까요. 그렇게 온종일 변기를 잡고 큰소리로 토악질하며 토를 했습니다. 아마 확실히… 소리가 크긴 컸을 거예요. 그게 이유냐고요? 네, —*저는 정말 솔직하다니까요!*— 이게 바로 제가 오늘 화장실에서 시끄러운 층간 소음을 오랜 시간 낼 수밖에 없었던 원인입니다. 먼저, 진심으로 죄송하다는 말씀을 다시 한번 드립니다. 그러니 관리인 아저씨. 다음부터는 이렇게 시끄러운 일은 아마 없을 거예요. 한낱 가난한 청춘 작가가 조그마한 원룸에서 무슨 난리 블루스를 펼치겠습니까. 저는 정말 이상한 사람 아니라니까요. 그래도 제가 억울함에 허덕이기 전에 해명할 수 있는 건물 주민들과의 단체 대화방을 만들어 주셔서 정말 감사합니다.

    아! 근데 정말 죄송한데 마지막으로 지금, 이 시간에 한 번 더 화장실을 가야 할 것 같아요. 아직 속에 무엇인지 모르는 찌꺼기들이 남아 있었는지, 다시 토를 할 것 같거든요. 그러니 설령 조금 시끄러운 소리가 나도 한 번만 더 양해를 부탁드리고 —*저는*

정말 진실하니까요! − 그 토가 끝나고 나면 필시 다시는 이런 일이 없을 테니 걱정하지 마셔요. 얼마나 걸리냐고요? 아마 금방 끝날 거예요. 빨리 끝낼 수밖에 없지요. 이번 토악질 이후에 저는 다시 빠르게 소설을 쓰러 떠나야만 하거든요. 네, 이해해 주셔서 정말 진심으로 감사드립니다. −*여러분은 역시 솔직하고 진실한, 배려 깊은 이웃분들이시군요!*− 이곳에 계신 모든 **친절하신 여러분**, 모두 즐거운 토요일 되세요~!

둘은 분명 동시에 하나의 세계를 잡았다.

1

둘은 분명 동시에 하나의 세계를 잡았다. 종종 우리의 삶에서 예상치 못했던 작은 일만으로도 많은 것이 달라지곤 한다. 시우는 그 책을 잡았던 순간, 오늘 하루 자신의 일상을 빠르게 되돌아보았다. 물론 이 생각은 찰나처럼 지나갔지만, 끄집어 길게 늘어뜨리면 웬만한 단편영화 분량만큼은 나오리라.

토요일 아침 아홉 시. 시우는 눈을 떴다. '알람도 맞추지 않았는데 왜 평소 주말보다 일찍 눈이 떠졌지?'라는 의아함과 함께 시우는 눈을 비비며 부스스한 머리를 매만졌다. '아마 평일 이 시간쯤이면 일하기 시작할 뇌세포가 주말에도 발동을 일으키는 건가.'하고 또 의문을 떠올렸지만 아무래도 무언가 있긴 있는 듯했다. 불안해진 시우는 누운 채 배게 옆으로 팔을 뻗어 손을 더듬거렸다. 이내 배게 옆에 함께 잠들었던 휴대폰을 찾아내 캘린더 앱을 실행했다.

[경복궁역, 오후 2시! 희한 약속. 잊지 마세요, 자신님!]

아! 한 손으로 자기 머리를 때리며 시우는 약속을 떠올렸다. 오늘은 그의 오랜 친구와 오랜만에 만나 술자리를 갖기로 한 날이었다. 희한. 이 이름은 그의 친구가 회사에서 업무용으로 사용하는 닉네임이었다. 희한의 직업은 프로그래머로, 요즘 IT 기업에서는 대부분 본명 대신 가명을 사용하며 위계질서 없는 자유로운 분위기를 추구한다고 했다. 희한이 자신의 회사에 관해 설명할 때, 시우는 문득 속으로 생각했었다.

'희한(稀罕)이라니. 신기하고 이상해. 사람들에게 이런 느낌을 주고 싶었던 거라면 성공이네. 근데 요즘 기업은 자유를 추구한다면서 닉네임을 이름으로 짓는 관행을 만들었다면, 결국 눈치 보면서 이름을 짓는 사람도 존재하지 않을까. 그게 무슨 의미가 있을까. 살아남기 위해 이름을 붙이는 걸까, 이름을 붙였기에 살아갈 수 있는 걸까. 가명이라 하더라도 단체 속의 역할에 맞는 이름이 생긴다는 것은, 어쩌면 진짜 자유와 멀어지는 것이 아닐까. 자유와 속박, 그 한가운데 삶은 존재하는 것일까.'

물론 그 속생각을 꺼낼 일은 없었다. 희한은 그 별명의 발음처럼 평소 '희(喜)한' 기운이 넘치는 성격이라 생각이 많고 진지한 시우가 더 깊은 잡념에 빠지기 전에 분위기를 전환시켰기 때문이다.

시우는 친구의 닉네임에 관한 이야기를 떠올리며 간신히 몸을 일으켰다. 그러고는 자신의 방 창문에 긴 시간 매달려 있는 어두운 암막 커튼을 손으로 잡고 두 팔을 크게 벌려 열어젖혔다. 햇빛의 줄기들이 간밤에 어두웠던 방의 구석구석에 가닿기 시작했다. 창문을 여니 선선한 바람도 뒤따라 들어와 방안 곳곳을 어느새 칠하고 있었다.

"날씨 엄청 좋다! 오랜만이네, 이런 느낌은!"

시우는 자신도 모르게 혼잣말을 크게 내뱉고는 마치 정해진 대로 움직이는 로봇처럼 청소 수납함 앞으로 몸을 옮기고 여러 청소도구를 꺼냈다. 그는 익숙하게 화장실에 청소용 락스 스프레이를 미리 뿌려놓고 방 안 곳곳의 먼지를 털어 창밖으로 흘려보냈다. 그리고 바닥의 흡착 먼지를 물걸레로 빠르게 닦아낸 후, 최근 구매한 최신형 무선 청소기로 방안 구석구석을 청소했다. 마지막으로 락스 스프레이 덕에 하얀 거품이 그득한 화장실 물청소를 끝내니 그 시간이 채 사십 분이 걸리지 않았다. 청소를 다 끝내고 시우는 원룸에 딸린 조그만 발코니로 나가 어젯밤에 널어놓은 빨래들을 가져왔다. 그는 그렇게 쌓인 빨래 산을 멍하니 보다가 손가락을 튕기더니 책상 위 블루투스 스피커로 음악을 틀었다. 〈리사 오노Lisa Ono - 보사 나 프라이아Bossa Na Praia〉 그가 가장 좋아하는 재즈 보컬리스트인 리사 오노의 달콤한 목소리가 빨래의 린넨 향과 뒤섞여 향이 보일 것만 같은 선율을 그리며 방 안 곳곳을 채우기 시작했다. 그제야 시우는 마음이 편해진 듯, 콧노래까지 흥얼거리며 빠르게 빨래를 개어 수납함에 채워 넣었다. 수납함은 이미 깔끔하게 정리되어 있었는데도 불구하고 그는 정갈하게 접힌 옷가지를 넣으며 다시 순서를 정리했다. 그에게 있어 혼자 산다는 것은 홀로 해야만 할 일에 자연스러워지는 것이었다. 모든 것이 익숙해서 편한 것처럼, 능숙하고도 자연스럽게.

시우는 마침내 청소와 빨래, 수납함과 청소도구 정리까지 마치고는 시계를 바라봤다. 아직 열한 시. 약속 장소로 향하는 출발 시각까지 준비시간을 제외하고도 삼사십 분의 여유가 있었다. 그는 고민하지 않고 늘 그래왔다는 듯 조그만 부엌의 싱크대 앞에 섰다. 부엌 찬장을 열고 여러 원두 봉투를 보며 아직 면도하지 않은 턱을 손가락으로 쓰다듬었다. 그는 잠시 고민하다가 본인도 모르게 자꾸 시선이 가는 원두 봉투를 꺼냈다. 블루마운틴 원두.

시우는 커피에 대해 잘은 모르지만, 커피를 좋아하시는 어머니에게 선물 받은 여러 원두 중, 이 원두가 가장 자신의 마음에 들었다. 게다가 가격까지 비싼 원두라는 이야기를 들어서인지 오늘처럼 좋은 날씨에는 이 원두를 꺼내야 할 것만 같았다. 원두를 전동 그라인더에 넣는 도징 과정부터 레벨링과 템핑까지. 대학 시절부터 어머니께 배워 매일 아침 반복해 온, 이 행위를 능숙하게 해내고는 머신을 이용해 커피를 내리기 시작했다. 따뜻한 에스프레소 향은 리사 오노의 목소리와 블렌딩 되어 시우의 마음을 편안하게 했다. 그는 에스프레소에 따뜻한 물을 넣어 향긋한 아메리카노를 만든 뒤, 자신의 책상 위로 가지고 갔다. 그리고 나선 최근에 읽고 있는 시집을 꺼내 천천히 읊으며 필사하기 시작했다. 이 모든 행동은 단 하나의 오차 없이 빠르게 진행되었다. 계획한 것은 아니었지만, 익숙한 것들을 확실하게, 단 하나의 오차 없이 능숙하게 해낼 때, 마음의 편안함을 느끼는, 시우는 그런 남자였다.

***

날씨가 좋은 만큼 발걸음도 경쾌했다. 생각보다 꽤 오랜 시간이 걸렸지만, 오늘처럼 기분 좋은 날에는 약속 장소로 이동하는 시간조차 설렜다. 물론 친구와의 만남이 즐거운 것도 있었지만, 오늘 아침 우연히 일찍 일어난 것을 제외하고는 모든 것이 자신이 원하는 대로 능숙하고도 부드럽게 잘 흘러갔기 때문이었다. 그렇게 모든 일이 이상하게 너무나도 잘 풀린다고 느꼈던 순간. 시우가 경복궁역 2번 출구에 도착하자마자 휴대폰 벨 소리가 정신없이 울렸다. 친구 희한의 전화였다. 시우는 자신의 손목시계를 한번 쓱 쳐다보고는 전화를 받았다.

"여보세요. 어, 희한아. 어디야? 나 지금 경복궁역 2번 출구인데…"
"시우야, 진짜 미안하다! 나 회사에서 주말에 진행하기로 했던 프로젝트 시스템이 난리 나서 갑자기 출근했어. 미리 연락하려고 했는데, 나도 너무 급하게 바로 회사로 와서 정신없이 이제야 연락한다. 아, 진짜 미안하네. 어떡하지?"

시우가 말을 채 다 하기도 전에 전화기 너머로 희한의 목소리가 들려왔다.

"아, 그래? 음… 괜찮아. 뭐, 어쩔 수 없지. 근데 나 경복궁역에 도착했는데… 뭐, 뭐하지?"

시우는 약간의 짜증이 날 뻔했지만, 급한 일로 힘들어 보이는 친구에게 차마 짜증을 내는 것은 도리가 아니라는 생각이 들었다. 현실 파악을 빠르게 한 시우는 이왕 나온 김에 경복궁역에서 홀로 무어라도 해야겠다 싶어 이 동네 토박이인 희한에게 물었다.

"그, 그러게? 우리 동네라서 내가 안내해야 하는데… 아이고. 미안하네, 정말. 음, 사실 오늘 너 오면 소개해 주려던 곳이 있는데… 혼자라도 괜찮으면 가볼래?"

희한이 답했다.

"그래? 뭐, 내 취향이야 네가 잘 알 테니까. 어딘지 말만 해줘. 여기까지 왔는데 그냥 멍하니 있다가 아깝게 가느니, 날씨도 좋은데 혼자서라도 가보게."

우리 책장을 합치죠

"굿! 좋은 정신이야. 아마 후회하지 않을 거야. 사실 우리 동네의 오래된 서점인데, 거기에 네가 예전부터 찾았던 그 책이 있다는 거야. 그래서 오늘 내가 깜짝! 놀래주려고 했지. 그 서점에도 딱 한 권 남아 있다더라!"

희한은 방금의 미안함은 뒤로하고 내심 시우의 반응이 기대되는 듯, 밝은 목소리로 말했다.

"뭐? 설마 저번에 내가 말했던 그 책? 와!!! 나 안 그래도 엊그저께도 계속 검색해 보고 그랬는데! 작가가 어디로 증발했는지, 증쇄도 안 하고 중고도 없더라고. 게다가 그 작가 미친 사람이라니까. 최근에 다시 알아봤는데 본인 책을 직접 다 구매해서 절판시킨 것도 모자라서, 전국 도서관 사서들에게 요청해서 다 폐기처리시켰다고 하더라고. 아무튼, 그 책은 꼭 소장하고 싶었는데, 진짜 고맙다! 어디야, 어디? 거기가!"

"오호라, 그 정도로 희귀한 거였어? 내가 사서 경매로 넘길걸. 하하, 장난이고! 걱정하지 마. 내가 어젯밤에 전화로 확인까지 했어. 인스타그램으로 동네 검색하다가 책방이 있길래 너 생각나서 언제 여는지 전화나 해봤지. 그러다 마침 네가 전에 말했던 책 생각나서 사장님께 여쭤봤는데, 있다고 하시더라고. 신기하지 않냐? 아, 그리고 나 같은 윙맨이 없어서 좀 아쉽겠지만, 오늘은 집돌이 생활 그만하고 좀 돌아 다녀봐. 서촌에서 또 좋은 인연 생길지 누가 알아?"

"오, 그래? 신기하네! 그런 곳에 그 책이 있을 줄이야. 야, 근데 내가 집돌이인 건…"

"알아, 알아. 인마. 그래도 너 연애 안 한 지 너무 오래됐어. 그러다 썩… 어?! 시우야 미안한데 나 이제 전화 끊고 회의 들어가야 할 것 같다. 그 서점 위치는 내가 문자로 남겨 놓을게. 아마 그 책 찾는 사람도 없으니, 네가 쉽게 겟할 테니까, 걱정하지 말고! 내가 정말 미안해서 다음에 거하게 쏠게. 먹고 싶은 술 생각해 놓으라고!"

"오케이, 고맙다 브로. 주소 꼭 남겨줘. 내가 책 사면 바로 인증샷 남길게. 그리고 술은… 작가의 눈물Writers' Tears? 뭐든 좋아. 아무튼, 정신없을 텐데 얼른 가서 일 해결 잘하고!"

전화기 너머로 '예압!'이라는 목소리가 들려왔다. 시우는 전화를 끊고 경복궁역 2번 출구 앞에 멍하니 서서 넓은 가로수길 그리고 주변 청사 건물들의 풍경을 바라봤다. 그것도 잠시, 희한의 문자가 휴대폰 화면 가운데로 피어올랐다.

[책방 〈지평선〉 위치- 서울시 종로구 자하문로……]

시우는 위치를 확인하고는 빠르게 몸을 일으켜 걸음을 찍어 내기 시작했다. 서점으로 가는 거리를 걸으며 차고 있는 손목시계를 보니 시간은 두시 삼십분이었다. 예상과 다른 일이 일어나 원래의 계획이 약간 틀어진 상황이었지만, 이런 일쯤은 날씨와 기분 모두 좋은 오늘 하루의 해프닝이라는 생각이 들었다. 오히려 자신이 정말 구하고 싶었던 책을 미리 알아봐 준 친구에 대한 고마움이 마음 한구석에서 커지며 기대감과 행복감이 동시에 들었다. 기분 좋게 흘러가는 중인 주말 하루, −친구와의 만남 불발을 제외하고− 모든 것이 그가 바란 대로 오차 없이 이루어지고 있었다.

우리 책장을 합치죠 193

기분 좋은 생각을 하며 걸음을 찍어내던 시우는 어느새 책방 〈지평선〉 앞에 도착해 문을 열고 그곳으로 들어섰다. 바깥에서 보았던 모노 톤의 베이지색 외부 인테리어와 달리 내부는 아기자기하며 가정적인 느낌이 드는 공간이었다. 깔끔한 회색 문을 열고 들어서니 왼쪽에 자리 잡은 카운터와 함께 커다란 커피 머신이 놓여있었고, 바로 보이는 정면과 오른쪽에는 거대한 책장 속 자리 잡은 책들과 판매하는 굿즈들이 각자의 컨셉에 맞춰 진열되어 있었다. 책방의 전체적인 느낌은 우드 톤으로 판타지 동화에 나올 것 같은 숲속의 서점을 연상케 했으며, 마치 나무처럼 솟아 있는 책장들은 빈티지 느낌으로 리폼되어 있어 시우가 평소 좋아하는 일본 가정식 레스토랑의 분위기와 비슷했다. 그는 책방 안을 빠르게 훑어보고는 카운터 안쪽에서 무엇인지 모를 음식과 커피를 마시고 있던 책방 주인에게 다가갔다.

"안녕하세요. 사장님. 커피 향도 좋고 책방도 참 예쁘네요. 다름이 아니라 어제 친구가 연락드려서 확인했었다는데, 혹시 『시, 공간』 책이 어느 책장에 있는지 말씀해 주시면 제가 찾겠습니다."

시우는 행여 책방 주인의 여유로운 티타임을 방해할까, 조심스레 물었다.

"엇?! 네, 안녕하세요. 예쁘게 봐주셨다니 안목이 있으시군요. 음, 그 책이 어디 있었더라. 어제 확인했었는데. 그게 저도 창고에서 발견하고 갑자기 두게 된 책이라… 아! 저기 오른쪽 책장 굿즈 테이블 옆에… 아래서 두 번째, 아, 아니, 위에서 두 번째 칸 끄트머리에 아마 있을 거예요. 후후, 사실 창고에 있던 거라 일단 대

충 꽂아 놨는데… 아, 그냥 제가 꺼내드릴…"

딱 달라붙는 스포츠 티셔츠 위에 앞치마를 입고 짧은 투블럭 펌 머리를 한, 어깨가 거대한 덩치의 책방 주인이 먹고 있던 닭가슴살과 커피를 옆으로 한데 치우며 일어섰다. 덩치가 큰데도 불구하고 사이즈가 작아 꽉 끼는, 분홍색 벚꽃 무늬가 그득한 앞치마를 착용하고 있어 불균형한 느낌과 함께, 이 책방과는 이질적인 느낌이 드는 모습이었다.

"아, 아니에요! 식사하고 계신 것 같은데, 제가 다른 책도 구경할 겸 천천히 찾아볼게요."

시우가 말했다.

"오호, 그러실래요? 그렇게 해주신다면야 감사하죠. 아! 저 혼자 먹기 죄송한데, 혹시 닭가슴살 필요하시면 말씀 주세요. 후후, 이게 요즘 제가 먹는 건데요. 단백질도 많고 포화지방도 거의 제로인데 맛이 기가 막히고 특히 운동 후에 먹을 때는…"

"아, 괜찮습니다! 저는 식사를 하고 와서요. 빨리 책 구경부터 할게요. 하하."

시우는 사실 아침에 마신 커피를 제외하고는 아무것도 먹지 않았지만, 분명 닭가슴살을 얻어먹으면 운동과 단백질의 중요성을 설파 당할 것 같아 빠르게 거절의 의사를 밝혔다.

"어이쿠. 그러시군요. 그럼 천천히 둘러보세요."

책방 주인이 아쉽다는 표정을 지으며 말했다.

시우는 책방 카운터를 뒤로한 채 책방 주인이 말한 위치로 설레는 발걸음을 재촉했다. 그는 그 위치에 가닿자 천천히 그 주변의 책들을 꺼내 열어보며 차분하게 구경을 시작했다. 하지만 그

우리 책장을 합치죠   195

의 눈동자와 생각의 끝은 오늘 찾으려는 책으로 자신도 모르게 서서히 옮겨가고 있었다.

2

둘은 분명 동시에 하나의 세계를 잡았다. 수연은 예상치 못한 하나의 움직임으로 인해서 삶의 많은 것이 달라질 수도 있다는 사실을 다시금 깨달았다. 그녀는 겉으로 티를 내지는 않았지만, 그 책을 잡는 순간, 오늘 하루 자신의 일상을 빠르게 되돌아보았다. 물론 이 생각은 머릿속에서 찰나보다 빠르게 스쳐 흘러갔지만, 끄집어 길게 늘어뜨리면 웬만한 단편영화 분량만큼은 나오리라.

토요일 아침 아홉 시. 수연은 오랜만에 일찍 일어났다. 알람을 일부러 맞추지는 않았지만, 오늘은 이상하게도 자연스레 이 시간에 눈이 떠졌다. 마치 어딘가에서 신호를 보내 온몸의 세포가 반응한 것처럼. 하지만 수연은 잠깐의 멍을 때린 후, 일찍 일어나게 된 이유를 떠올렸다. 어젯밤, 수연은 야근으로 인해 좋아하는 드라마의 시작 부분을 놓친 후, 평소보다 이르게 잠자리에 들었다. 아무리 내용이 궁금해도 드라마의 중간부터 보는 것은 절대로 참을 수 없는 그녀의 성향 때문이기도 했지만, 무엇보다 지친 회사 생활 속 유일한 낙인 맥주와 함께하는 드라마 시청 시간을 제대로 만끽하고 싶었기 때문이었다. 그러한 수연은 잠을 자고 일어나면 스트리밍 플랫폼에 어제 방영한 드라마가 업로드될 것을 기대하며 꿈나라로 향했다. '아, 드라마를 제대로 보고 싶은 맘에 일찍 일어났구나! 역시 드라마는 인생이야!'라고 생각하며 실소를 터뜨린 후, 수연은 하품하며 두 팔 높이 큰 기지개를 켰다. 이내 그녀는 몸을 빠르게 일으키고는 암막 커튼과 창문을 열어젖혔다.

햇빛 부스러기가 흘러들어오는 바람을 타고 방에 흩뿌려졌다. 방안이 햇빛으로 환해지며 햇빛 부스러기와 함께 떠다니는 먼지들이 눈에 들어왔다. 청소를 언제 했더라. 수연은 순간 선택의 기로에 섰다. 밀린 청소를 할 것인가, 드라마를 볼 것인가.

"좋아, 결심했어!"

수연은 자신도 모르게 혼잣말을 밖으로 내뱉었다. 그녀는 오랜만에 밀린 청소를 하기로 마음먹었다. 오늘은 주말이고 약속된 일정도 없다. 게다가 날씨도 좋으니, 이런 날 아니면 또 다른 날로 미룰 것만 같았다. 물론 평소 자신의 귀차니즘적 성격이 인간다운 것이라는 합리화를 자주 하는 그녀였지만, 오늘만큼은 꼭 청소해야겠다는 생각이 들었다. 집에 자주 들어오지 못하는 수연의 일 특성상, 청소 타이밍을 자주 놓치는 그녀에게 청소와 같은 집안일은 익숙할 리 없었고 능숙할 리도 없었다. 그럼에도 불구하고 그녀는 청소를 시작하자마자 먼지떨이를 들고 방안 구석구석의 먼지를 털어낸 뒤, 본가의 어머니가 주신 오래된 유선 청소기로 모서리 틈새의 먼지까지 깔끔하게 청소했다. 이어, 물걸레를 이용해 절에서 수련하는 스님처럼 무릎을 꿇고 곳곳을 닦아낸 그녀는, 허리 스트레칭을 한번 하고서 걸레를 빨래하기 위해 화장실로 향했다. 지난 며칠 동안 정신없던 출근 시간의 잔해들. 화장실은 빗과 헤어드라이어가 널브러져 있었고 머리카락 뭉치들이 구석마다 파티를 연 듯 물결의 잔적을 그리고 있었다.

"꺅!"

수연은 머리카락 뭉치를 순간 벌레로 착각해 큰소리를 질렀다가 자신도 모르게 웃음이 터졌다. 그녀는 빨래를 끝내고 테라스 건조대에 널어놓은 뒤, 다시 화장실로 돌아와 청소 세제를 곳곳에 뿌리면서 물청소를 시작했다. 청소 순서나 방법들이 익숙하지도 능숙하지도 않은 그녀였지만, 자신의 눈앞에 보이는 것들만큼은 깨끗하게 치우려고 나름 신경 썼다. 그만큼 그녀는 당장 자신의 눈앞에 놓인 과제가 있으면 온몸을 불태워서 즐겁게 행하는, 늘 완벽하진 않아도 한번 시작하면 끝까지 최선을 다하는 열정적인 여자였다.

수연은 화장실 청소를 끝낸 뒤, 조그만 거실의 소파에 지친 몸을 털썩 기댔다. 그것도 잠시, 그녀는 목이 말라 자신도 모르게 부엌 냉장고로 달려가 문을 열었다. 약간 휑한 듯한 신축 건물 같은 냉장고 안에는 맥주밖에 없었다. 그녀는 맥주라도 마실까, 하는 유혹에 잠시 흔들렸지만, 이 날씨 좋은 주말 아침부터 맥주를 마실 순 없다고 생각했다. 하지만 이상하게 그냥 생수는 마시고 싶지 않았.

'좋아, 얼음은 있으니까, 아이스 커피를 타면 되려나?'

하지만 순간, 이 편안한 주말에 커피까지 직접 타 마셔야 한다는 생각에 귀찮아진 그녀는 다시 소파로 돌아가 앉았다. 게다가 선물 받은 커피 머신 사용법이 전혀 기억나지 않는 문제도 있었다. 그때, 그녀의 시선이 발코니 근처 빨래 바구니에 닿았다. 아뿔싸! 빨래들이 하늘을 향해 탑을 쌓고 있었다. 그녀는 세탁하지 않은 빨래들이 생각보다 많다는 생각에 급 피곤함을 느꼈다. 그러나 이내 "아, 빨래 기다리면서 드라마 보면 되겠네! 좋아, 좋아!"라며 신난 목소리를 내뱉었다. 바쁜 일상으로 인한 피곤함에 늘 허든거리지만, 그래도 매사에 긍정적인 그녀다운 혼잣말이었다. 그녀는 모든 빨래를 세탁기에 털어 넣은 뒤, 세탁기의 자동 세탁 버튼을 눌렀다. 그녀가 아는 최선의 세탁 방법이었다. 특유의 시끄러운 소리가 그녀의 조용한 오피스텔에 울려 퍼지기 시작했다. 그 시끄러움이 달리기 경주의 총소리 신호인 것처럼 그녀는 방에서 태블릿을 가지고 와 소파 앞 테이블에 거치대로 장착한 뒤, 냉장고에서 맥주를 꺼내왔다. 주말 아침부터 맥주를 마시면 안 된다는 생각은 어느새 증발한 걸까, 잊어버린 걸까. 무언가에 몰입하면 자주 발현되는 그녀의 습관인 건망증을 뒤로한 채, 그녀는 자연스레 맥주를 땄다. '딸깍'하는 소리가 그녀의 조용한 오피스텔 안을 메아리치며 부푼 거품처럼 공간을 채워 나갔다. 그 소리가 그녀의 손가락에 명령이라도 내린 듯이 태블릿 패드 화면 속의 스트리밍 플랫폼 드라마를 재생시키려고 하는 순간! 휴대폰 벨 소리가 시끄럽게 들려왔다.

'으, 귀찮아. 이따가 확인할까. 아, 혹시 선배 급한 메시지려나. 아, 그럼 불안한데!'

그녀는 회사의 긴급한 호출일까 불안한 생각이 들자마자 빠르게 방으로 몸을 옮겨 전화기를 확인했다. 오랜 친구인 연희에게서 온 전화인 것을 확인한 수연은 안도의 한숨과 함께 수신 버튼을 눌렀다.

"휴, 연희!"

"쑤쑤! 울 예쁜 수연수연, 주말인데 뭐해?"

"나 어제 야근하고 피곤해서 오늘 그냥 쉬고 있지."

"그래? 너 또 회사 호출인 줄 알고 놀랐구나? 헤헤, 다름이 아니라 저번에 말했었잖아. 나, 청첩장 나왔는데 오늘 전해주면 딱 좋을 것 같아서! 괜찮으면 우리 동네 쪽에서 볼래?"

"벌써 그렇게 됐구나! 음… 오늘?"

수연은 머릿속으로 '그럼, 드라마는 언제 보지? 중요한 회차인데!'라는 생각을 몰래 떠올리며 물었다.

"응응! 다른 사람은 몰라도, 너한테는 내가 직접 전해줘야지! 아, 그리고 청첩장 말고 서촌에서 봐야 하는 좋은 소식도 있어서!"

"음, 그래! 그럼, 오늘 보자. 오늘 아니면 또 다른 날은 나도 어떻게 될지 몰라서…… 근데 좋은 소식은 뭐야?"

수연은 순간 귀찮아졌지만, 오랜 친구의 마음을 거절할 수 없다는 생각이 들어 만남에 응하기로 했다. 특히나 연희는 자신이 힘들 때마다 힘이 되어준, 누구보다도 마음이 예쁜 친구였다. 인간관계에 힘들어하던 자신의 이야기를 진심으로 들어주고 공감해 준 연희. 듣기로는 연희 또한 어렸을 때, 대인 기피증을 심하게 앓아 집 밖으로 전혀 나오지 못했다고 들었다. 사람에 의한 상처와 힘듦은 사람으로 회복해야 한다던가. 우연히 대학 시절, 친구 소개로 알게 된 그들은 서로의 힘들었던 어린 시절을 공유하며 진정으로 보듬어 줄 수 있는 친구로 발전하게 되었다. 수연에게 그만큼 소중한 친구인 연희가 올해, 친구 중에서 가장 빠르게 결혼 소식을 전했다. 사실 지난 연애의 아픔 때문에 다른 이들의 연애나 결혼 소식은 늘 한 귀로 듣고 한 귀로 흘리는 수연이었지만, 다른 사람도 아닌 연희의 결혼 소식은 차마 외면할 수 없었다. 게다가 연희는 결혼한다는 소식을 친구 중 수연에게 가장 먼저 알려왔다. 수연은 아무리 피곤하고 귀찮아도 그런 연희를, 설령 보고 싶은 드라마가 눈앞에 아른거리더라도 저버릴 수 없었던 것이었다.

"응, 왜 저번에 네가 말했던 그 책 있잖아. 그 이름 특이한 작가였는데, 찾기 힘들다고 한 책. 무슨 공간이었나. 그새 까먹었네. 헤헤, 아무튼, 그 책 있잖아, 나 엊그제 동네 서점 들렀다가 본 거 같아. 사실 너랑 같이 구경하려고 바로 사지는 않았는데 구석 끝에 꽂혀있는 거 보니까 아무도 안 살 것 같아서, 오늘 너도 볼 겸, 그 책방 들르려고 했지!"

"뭐? 정말?! 혹시, 그 책 이름이 『시, 공간』이야?"

예상치 못한 연희의 말에 수연은 흥분한 목소리로 물었다.

"아, 맞아! 그 책! 시랑 에세이랑 어쩌고저쩌고 쓰여 있던 거 같았는데?"

"어! 맞아. 그 책이야! 그거 절판되는 바람에 구할 수 없는 책이거든. 심지어 중고도 없더라. 대체 작가가 어디로 증발해 버렸는지. 하, 에세이 덕후인 내가 유일하게 못 구한 책이잖아. 근데 어떻게 그 책이 거기에 있대?"

"음, 그건 나도 잘 모르겠는데, 다른 책이랑 굿즈 사러 갔다가 우연히 봤어. 그러면 네가 찾는 책 맞는 것 같으니까, 책방 앞에서 만날까? 책방 들렀다가 책 사고, 내가 맛난 밥 살게."

"좋지. 나야 너무 좋지! 통화 끊고 나한테 바로 위치 찍어줘.

최대한 빨리 갈게!"

"응응, 우리 동네니까 천천히 와도 돼. 사실 중간에서 보려고 했는데 여기 서점 들르려면 어쩔 수 없더라고. 음… 두 시 사오십 분 정도까지, 서점 앞에서 볼까?"

"좋아! 대략 그 언저리에 보자. 서점 근처 가면 내가 전화할게!"

"응응, 좋아, 이따 봐!"

통화가 끝난 뒤, 수연은 기쁜 마음이 마구마구 벅차올랐다. 그 책은 그동안 수연이 아무리 구하려고 해도 구할 수 없던 책이었다. 게다가 책에 관한 리뷰는 있어도 직접적인 내용이 온라인에조차 많지 않아 온라인 서점의 오래된 소개 글로만 봤을 뿐, 자신에게는 판타지 세계의 보지 못하는 요정처럼 그저 내용을 상상만 했던 책이었다. 물론 내용보다도 구하지 못하는 책이라는 사실이 그녀에게 더 궁금증과 설렘을 불러일으켰다. 그녀의 직업은 사람들의 삶의 이야기를 하루하루 전하는 라디오 작가였다. 그런 그녀에게 에세이 도서는 그녀가 그 장르를 좋아하는 것과는 별개로 일할 때 필수적인 준비물이라 할 수 있었다. 그녀는 에세이 책을 수집해서 책장에 차곡차곡 모으는 게 취미라면 취미였다. 그렇게 하나하나 틈틈이 책을 수집하던 중, 일 때문에 자료를 수집하다 우연히 알게 된 도서 인플루언서의 블로그에서 몇 년 전에 올라왔던 이 책에 대한 소개 글을 보게 된 것이었다. 책 내용과 컨셉이 맘에 들어 바로 구매하려 했으나 아무리 구하려 해도 구할 수가 없었다. 물론 중고 서점 사이트를 일 년 동안 드나들면서 찾아보기도 했다. 그러나 신기하게 고가에도 올라오는 경우가 없었다. 심지어 출판사에 연락해 봐도 증쇄 계획도 없고, 지금은 작가와 연락도 되지 않으며, 작가 스스로 절대로 원고가 유출되지 않게끔 폐기 처리를 부탁했다고 했다. 수연은 그 이야기를 듣고 아쉬움이 들었지만, 오히려 작가의 그런 행실이 그녀의 호기심과 소유욕을 더 강하게 자극했다. 그래서 한동안 일과의 하나처럼 찾아보고 있었는데, 바로 오늘, 수연은 볼 수 없던 전설의 동물 같은 그 책을 드디어 구하게 된 것이라 기쁨을 감출 수가 없었다. 그녀는 아주 빠르게 화장실로 달려가 나갈 채비를 하기 시작했다. 온풍과 냉풍을 교차하는 헤어드라이어기의 바람이 화장실 곳곳에 불어오자, 머리카락 뭉치가 다시금 깨끗한 화장실 바닥을 채우며 파티를 시작했다. 그러나 그녀의 생각은 오롯이 책, 책-책! 책 생각뿐이었다.

***

수연은 약속보다 이른 시각에 책방 〈지평선〉 앞에 도착했다. 혹시 몰라 책을 빨리 사야 한다는 생각에 외출 복장은 신경 쓰지 않고 서두른 탓이었다. 그녀 특유의 숱 많고 아주 진한 검은 머리는 얇고 긴 목이 드러나게끔 포니테일로 묶여있었고, 투명한 피붓결만큼이나 하얀 기본 면티 그리고 연한 청바지는 편안한 산의 정경처럼 서촌 거리에 자연스레 녹아들고 있었다. 그녀는 마치 온종일 거리를 산책할 것처럼, 얇은 발목이 드러나는 편안한 흰색 컨버스 스니커즈를 신고 있었다.

책방의 간판을 확인한 수연은 조그맣고 흰 에코백 속 휴대폰을 꺼내 시간을 확인했다. 두시 삼십분. 생각보다 이른 도착에 여유를 느낀 수연은 들려오는 익숙한 멜로디에 귀를 쫑긋했다.

'어? 이 곡은?'

수연은 멜로디를 듣자마자 기분이 좋아졌다. 〈리사 오노Lisa Ono - 보사 나 프라이아Bossa Na Praia〉 그녀가 글을 쓸 때마다 마음의 안정을 위해 자주 틀어놓는 곡 중 하나가 서점 바깥 모서리에 달린 조그만 스피커로 흘러나오고 있었다. 수연은 멜로디에 맞춰 콧노래를 흥얼거리다가 서점 앞에 놓인 화분 속에서 햇빛을 마시고 있는 꽃과 식물들을 발견했다. 보라색 꽃잎이 방울처럼 달린 금어초, 핑크색 국화를 닮은 달리아, 자신이 가장 키가 크다는 듯 뽐내고 있는 커다란 연분홍 잎의 작약, 그리고 그 밑으로 거대한 둥근 잎의 옥잠화와 박하가 자리 잡고 있었다. 그녀는 어느새 책을 사러 왔다는 사실은 깜박하고 꽃과 식물들의 향기와 모양새에 매료되어 스마트폰 앱으로 찾아보기 바빴다. 순간 뒤에서 느껴진 인기척에 길을 피해주려 곁눈질로 보니 백팩을 맨 한 남자가 그녀를 스치며 서점으로 들어가고 있었다. 그녀는 관심 없는 듯 이내 다시 화분에 핀 꽃으로 시선을 맞추었다. 그때, 수연의 휴대폰 벨 소리가 보사노바 멜로디에 화음을 쌓듯 들려왔다. 꽃 덕분에 기분이 좋아진 그녀는 연희가 거의 다 왔다는 생각에 반갑게 전화를 받았다.

"수연아! 정말 미안해! 어떡하지. 나 큰일 났어! 나… 오늘 못 볼 것 같아……."

수연의 예상과는 다르게 전화기 너머로 연희의 다급한 목소리가 들려왔다.

"응? 무슨 일인데? 자자, 릴렉스 하고 천천히 말해봐."

수연은 깜짝 놀랐지만, 연희를 달래며 침착하게 말했다.

"저번 주에 샵에서 드레스 보고 예약까지 다 했거든. 근데 그게 갑자기 원단에 문제가 생겨서 그 디자인이 안 된다고 연락이 온 거야. 다행히 비슷한 디자인이 있긴 한데, 미세하게 크기가 달라서 예식 때까지 맞추려면 빠르게 사이즈를 다시 재야 한대. 최근에 예약이 다 찼기도 해서 다른 사람이 예약하기 전에 빨리 와야 한대. 서점 근처에 거의 다 왔다가, 급하게 전화 받고 예랑이한테 연락하니까 지금 바로 가자는데, 어, 어떡하지?"

연희는 마음이 급해 정신이 없는 듯, 장광설을 늘어놓으며 수연에게 물었다.

"아, 그런 거였어? 어휴, 다행이다. 나는 무슨 사고라도 난 줄 알았잖아. 그런 거면 당연히 가야지. 결혼식은 평생 한 번 있는 건데! 여자한테 얼마나 중요한 건지 내가 누누이 잔소리해 왔잖아. 아… 물론 연애도 못 하는 내가 첫사랑이랑 결혼하는 너한테 잔소리하는 게 웃기긴 하네. 하하, 아무튼! 나 정말 신경 쓰지 말고 얼른 가! 나는 여기 책방, 음악도 좋고 예쁜 꽃들도 맘에 들어서 좋아. 게다가 네가 찾아준 그 책도 살 수 있잖아!"

"정, 정말 그래도 될까…?"

"응! 당연하지. 가서 예쁜 디자인으로 잘 고르고 나한테 자랑해 줘. 알겠지? 너 성격상 그럴 일은 없겠지만 예랑이랑 싸우지 말고!"

"응응! 진짜 내가 다음에 맛있는 거 살게. 아, 맞다! 책은 아마… 가물가물한데, 서점 들어가자마자 보이는 오른쪽 책장 굿즈 테이블… 옆쪽 위에서 두 번째 칸? 그쯤에 있을 거야. 아, 내가 설명을 제대로 못 해서 이해가 되려나? 잘 모르면 사장님한테 여쭤보면 친절하게 알려주실걸? 내가 어제 나오면서 네가 말했던 그 책 맞는지 대략 여쭤보긴 했거든. 아무튼! 정말 고마워, 수연아. 넌 진짜 내 여왕님이야. 내 맘 알지?"

"응, 조심히 가고 해결 잘하면 이따가 연락해 줘!"

"응응! 알겠어!"

연희의 목소리를 끝으로 통화는 끝났다. 수연은 잠시 책을 사고는 무얼 해야 하나? 꽃들에게 물어볼까? 하며 화분의 꽃들과 눈을 맞추다가 번뜩, 일단 빨리 책을 사야겠다는 생각이 들었다. 그녀는 책방 입구 손잡이를 잡고 당차게 문을 열었다. 문에 달린 은색 종들이 치런치런 서로 스치듯 부딪혔다. 책방 안으로 들어서는 그녀의 흰색 스니커즈 발걸음은 잔잔한 종소리 리듬처럼 가벼웠다.

3

"저기요? 뭐 하시는 건지…?"

시우는 자신이 사려고 했던 『시, 공간』 책을 동시에 집은, 자신의 옆에서 책을 함께 집은 채 서 있는 모르는 한 여자를 향해 말했다.

"저, 저기 그게, 저, 다름이 아니라요. 저 이 책 사고 싶어서요!"

수연 또한 자신이 사려고 했던 책을 동시에 집은 채, 자신을 바라보며 서 있는 모르는 한 남자를 향해 답했다.

"아, 그러신가요? 근데 어쩌죠. 저도 이 책 사려고 멀리서 온 거라 양보해 드리긴 힘들 것 같아요."

시우는 친절하지만, 단호한 태도로 그녀의 눈을 응시하며 말했다.

"저, 저도 양보할 수 없어요! 저 그 책 구하려고 일 년 넘게 찾아다녔단 말이에요. 아, 아니면 제가 책 가격보다 더 웃돈 얹어서 드릴게요."

수연 또한 단호한 태도지만 간절한 표정을 얹으며 시우를 향해 말했다.

"음, 죄송해요. 그건 힘들 것 같아요. 저도 이 책 구하려고 일 년 넘게 알아봤거든요. 웃돈을 주셔도 양보할 생각은 없습니다. 음… 아무래도 둘 다 이 책이 꼭 필요한 것 같은데 저도 이런 경우는 처음이라 참 당황스럽네요. 근데 아무리 생각해도 저도 겨우 찾아내서 온 거라 양보해 드리기가…… 아니면 제가 다음에 이 책 새로 구하면 이 책방에 맡기거나 보내드릴게요. 어때요?"

"안 돼요. 저도 구하기 힘들었단 말이에요. 아시겠지만, 이 책 이번이 아니면 못 구할걸요. 작가가 증, 증발했다고요! 저도 친구 통해서 겨우 전해 듣고 온 거라 양보해 드릴 수 없어요. 그리고 먼저 오시긴 했지만, 따지고 보면 책은 정확하게 동시에 잡았다고요. 어, 어쩌면 제가 더 빠를 수도 있구요!"

양보의 생각이 없어 보이는 시우의 역제안에 수연 또한 절대 양보할 수 없다는 표정으로 말했다.

수연은 책방의 문을 열고 들어서자마자, 느긋했던 시우와는 달리 연희가 말해준 위치를 빠르게 바라보며 책을 찾기 시작했다. 카운터에 앉아있는 어깨가 넓어 보이는 책방 남자 주인이 먼

우리 책장을 합치죠

저 보이긴 했지만, 눈을 감고 무엇인지 모를 음식을 씹으며 음미하는 표정을 지니고 있어 미처 수연이 들어온 줄도 모르는 듯했다. 수연은 책방 주인을 방해하고 싶지 않은 마음에 빠르게 연희에게 들었던 위치로 걸음을 옮겼고, 그동안 온라인에서만 봤던 익숙한 책등을 한 번에 발견한 것이었다. 그쪽 책장 앞에 누군가 서 있는 느낌이 들긴 했지만, 저 책을 빨리 집어야 한다는 혹시 모를 불안감에 모르는 사람을 신경 쓸 겨를은 없었다. 수연은 '앗!' 하는 소리를 지르며 책을 향해 손을 크게 뻗었다. 하지만 왜 불안한 상상은 꼭 현실이 되는지. 하필이면 그 모르는 사람이 자신과 똑같은 책을 동시에 집는 상황이 벌어진 것이었다.

혹시 모를 생각과 불안이 현실로 벌어진 것은 시우도 마찬가지였다. 그는 아직 널리 알려지지 않은 이 책을 누군가 사러 올 것이라고는 전혀 예상하지 못했다. 오히려 아무도 이 책을 사러 오지 않을 거라는 생각에 책의 위치를 빨리 찾지 않고 다른 책과 굿즈를 구경하며 여유를 부렸다. 물론 이상한 불안감에 누군가 책을 이미 사 갔거나, 이렇게 여유를 부리는 사이에 누군가가 집어 가진 않았을까 하는 생각이 들긴 했지만, 어디까지나 말도 안 되는 상상이라고 미소 지으며 천천히 시간을 보냈다. 그렇게 시우는 구경하고 싶던 것을 모두 둘러본 후, 마침내 『시, 공간』 책을 발견하고는 기쁜 마음에 책을 향해 손을 뻗은 것이었다. 그러나 그 순간, 상상 속 불안감은 현실이 되었다. 시우는 그저 지금의 상황을 믿을 수 없었다.

"에이, 아니죠. 제가 더 가깝게 서 있었는데 당연히 더 빨리 집었겠죠. 휴, 계속 이렇게 이상한 상태로 있을 수는 없으니 일단 책을 놓으시고 천천히 이야기하시죠."

시우가 말했다.

"못, 못 놓겠는데요! 그러면 그쪽이 먼저 놔요. 저 이상한 사람 아니고, 강압적인 사람도 아, 아니거든요? 그러니까 그렇게 말씀하실 거면, 일단 먼저 놓으세요!"

수연은 단호하면서도 답답해하는 시우의 표정을 보고는 지기 싫다는 듯이 말했다.

"두 분… 지금 여기서 뭐 하시는 건가요?"

손에 힘을 양껏 주고 대치하고 있는 시우와 수연 뒤로 거대한 그림자가 드리웠다. 이내 그림자의 크기만큼이나 중후하고 굵은 목소리가 들려왔다.

"아, 저기 사장님…. 일단 소란스럽게 해서 죄송합니다. 다름이 아니라, 제가 이 책을 사려는데 이 여자분이 갑자기 책을 집으시더니 필요하다고 하시길래…. 하지만 사장님도 아시다시피 제가 아까 미리 여쭤본 거니까 당연히 제가 사야 하는 게 맞지 않나요? 게다가 제 친구가 어제 전화도 했었고요."

시우는 책방 주인을 보면서 몸은 참 크고 앞치마는 퍽 작다고 다시금 생각하면서도 억울한 마음이 생겨 토로하듯 말했다.

"아, 그분 통화 기억납니다. 아마 남자분이었던 거 같은데……."

"앗! 저기 사장님. 저도 죄송하다는 말씀 먼저 드릴게요. 근데, 저도 친구가 어제 분명히 들러서 물어봤다고 했어요. 전화해서 알아본 거랑 들른 거랑은 차원이 다르죠. 열정이 다르잖아요, 열정이! 그리고 저는 사장님께 여쭤보려다가 눈을 감고 식사하고

우리 책장을 합치죠

계셔서 방해될까 봐, 차마 여쭤보지 못한 거예요. 혹시 저 남자분은 사장님의 식사를 방해라도 하셨나 보죠?"

수연은 책방 주인의 말을 빠르게 잘랐지만, 막상 거대한 책방 주인의 모습을 가까이서 보니 순간 겁이 나, 자신도 모르게 시우를 향해 비꼬는 말을 던졌다.

"뭐, 뭐라고요? 무슨 말을…!"

시우가 어이없다는 표정을 지으며 수연을 향해 말했다.

"자자, 두 분 모두 진정하세요. 아니면 저처럼 호흡을 해보세요. 후후, 후후, 후후, 이렇게 숨을 빠르게 들이마셨다 내뱉으면 긴장이 풀리고 혈액순환이 돼서 근육 형성에 좋다길래 요즘 열심히 하고 있거든요. 후후."

책방 주인은 묘한 리듬과 함께 목을 앞뒤로 움직이며 후후 소리를 내뱉더니 수연과 시우를 향해 반짝이는 치아가 드러나는 미소를 지으며 손으로 따봉 제스처를 취했다.

"사, 사장님!"

"사장님."

수연과 시우는 순간, 동시에 책방 주인에게 외쳤다.

"아! 죄송합니다. 제가 저의 근섬유에 너무 취해 있었네요. 음, 기억나네요. 전화를 주신 분은 남자분이셨고, 카운터 앞에서 물어보신 분은 여자분이셨죠. 후후, 근데 참 신기하네요. 제가 그 남자분의 통화를 받았을 때, 그 여자분도 책에 관해 동시에 물어보셔서 제가 수화기를 귀에 댔다가 뗐다가 하면서 알려드렸던 기억이 납니다. 전완근과 승모근 쪽이 제대로 자극되어서 확실히 기억하고 있지요. 후후, 근데 이것 참, 정말 판단하기 어렵네요.

저희 책방은 원칙적으로 책을 예약하지는 못하거든요. 워낙 수량이 적고 희귀본도 많아서요. 그런데 사실 저는 지금, 이 상황에 기분이 좋기도 합니다. 후후, 후후쿠컥히하하!"

책방 주인은 이상한 호흡과 함께 애니메이션에서나 나올 법한 괴상한 악당의 웃음소리를 섞어 내며 미소 지었다.

"네?! 기분이 좋으시다고요?"

시우는 이해가 되지 않는다는 듯 책방 주인의 두꺼운 전완근과 승모근을 번갈아 쳐다보며 물었다.

"네, 후후, 일단 제 이야기를 먼저 말씀드려야 할 듯싶네요. 책방을 운영하는 일이라는 게 감성적이고 멋있을 것 같지만 사실 생각보다 지루함의 연속입니다. 그저 책을 입고하고 배치하고 청소하고 뭐, 가끔 커피를 내리는 정도의 루틴이지요. 쉽게 말해서 능숙하고 익숙한 일들의 연속인 겁니다. 감성을 추구하나 열정적인 세포를 지닌 저로서는 약간 아쉬운 지점이 있지요. 물론 그 덕에 운동이라는 빛나는 보물섬, 그 맛집에 도착하긴 했습니다만……."

"그래서요?!"

수연은 순간, 방금까지의 갈등을 잊어버리곤 라디오 방송작가의 직업적 호기심이 발동해 진심으로 궁금한 표정으로 책방 주인에게 물었다.

"후후, 운동 말씀하시는 건가요…? 이 거대하고 긴 여정의 서사를 원하신다면야……."

"아, 아니요! 운동 말고요. 그래서 일상의 아쉬운 지점이 존재하는데 뭐가 어떻다는 거예요?"

수연은 갑작스레 이상한 불안감이 들어 말을 끊고 다시 물었다.

"음, 운동 이야기가 아니었군요. 이 거대한 서사시를 들려드리지 못해서 아쉽네요. 후후, 원하시는 부분을 답해드린다면, 저는 늘 반복되는 책방 주인의 삶의 루틴에 익숙해지다 보니 제 책방에서 일어나는 새로운 상황을 혼자 스쿼트 자세로 공상하곤 합니다. 물론, 저는 작가적인 상상력과 필력이 부족하다 보니 대부분 클리셰인 상황이지만 말이죠. 그런데 신기하게도 오늘, 공상으로만 이루어지던 그 클리셰가 제 눈앞에 이렇게 그려졌다는 게 참으로 벅차군요. 후후."

"클리셰요? 혹시 지금 제가 처해있는 이 이상한 상황을 말씀하시는 걸까요?"

시우는 순간, 책방 주인의 두꺼운 하체가 내려가는 스쿼트 자세가 상상되었지만, 자신이 처해있는 상황을 빨리 탈출하고 싶어, 어서 말을 끝내야겠다는 생각으로 물었다.

"네, 클리셰는 통상적으로 판에 박힌 진부한 표현이나 상투적 상황을 뜻하죠. 하지만 그 상황이 진부하고 단순하게 느껴지는 건 많은 예술 작품에서 반복해서 쓰여서입니다. 하지만 잘 생각해 보세요. 현실 상황에서 그런 일이 일어나는 걸 두 분은 실제로 보신 적이 있으십니까?"

"별로 없죠."

"거의 없어요."

시우와 수연은 서로를 동시에 쳐다보더니 거의 같은 타이밍으로 대답했다.

"그렇죠. 두 분이 지금 책을 동시에 집은 상황, 마치 멜로 영화나 로맨틱 코미디 영화에서나 나올 법한 이야기의 시작과 매우 비슷한 상황입니다. 딱! 상투적인, 클–리–셰적인 상황이지요. 하지만 이게 현실에서 실제로 일어났다고 생각하면 클리셰인데도 불구하고 참 드물고 희귀한, 아름다운 정경이지 않겠습니까. 일상이 단순한 저로서는 이 책방에서 그런 일이 일어났다는 것이 주인으로서 그저 보람찰 따름이네요. 후후, 두 분이 만약에…."

"저기요. 그럴 일은 없어요. 저는 오늘 그냥 이 책을 사러 온 거란 말이에요. 그래서 저한테 파실 거예요, 아니면 이 남자분한테 팔 거예요? 저한테 주세요! 네?!"

수연은 이상야릇한 표정을 짓는 책방 주인의 말에 이상함을 느끼고는 말을 자르고 칭얼거렸다.

"네, 저도 피차일반입니다만. 클리셰든 뭐든, 이 여자분과 더는 엮이고 싶은 생각이 없습니다. 제가 오늘, 이 책방에 온 것은 이 책을 사기 위해서지, 이런 상황에 닥치려고 온 것은 아니거든요. 이 일만 아니면 저는 오늘 하루의 모든 게 완벽했다고요. 휴, 이런 오류만 아니었으면…."

시우는 마지막 말끝을 흐리며 책을 잡은 수연을 바라보더니 고개를 좌우로 휘저었다.

"뭐예요? 내가 여기 온 게 오류란 말이에요? 참나! 이 사람이 진짜!"

수연이 시우를 쏘아보며 큰소리로 반박했다.

"자자, 두 분 진정하시고, 어쨌든, 이곳은 책방입니다. 두 분뿐만 아니라 조금 있으면 다른 손님들도 오시겠지요. 두 분이 여기서 이러고 계속 계시면 저야 신기하고 재밌으니 기분 좋지만, 다른 손님들을 생각하면 일종의 '영, 업, 방, 해'입니다. 후후, 아시겠지요? 자, 이렇게 해보시는 건 어떻겠어요? 이 책은 오랜만에 루틴에서 벗어나 재미있게 만들어 준 감사함의 뜻으로 책방지기로서 그냥 선물로 드리도록 하겠습니다. 단!"

시우와 수연은 동시에 책방 주인을 바라보았다.

"지금 바로 저희 책방에서 나가주셨으면 좋겠습니다. 두 분 모두요. 음, 너무 냉정했으려나요. 후후, 그러나 지금 책방 밖, 이 따스한 길가를 보세요. 저희 책방 내부도 아름답지만, 오늘은 날씨도 너무 좋고 햇빛도 밝게 쏟아지니 그저 아름다운 오후입니다. 게다가 서촌! 하면 걷기 좋기로 유명하지요. 혹시 두 분 모두 이 동네를 잘 아시나요?"

"뭐, 친구가 살고 있으니 꽤 자주 오는 편이라 잘 아는 편이긴 합니다. 좋아하는 장소들도 더러 있고요."

시우는 희한과 놀았던 곳을 제외하고서라도 어린 시절 홀로 자주 갔던 명소들을 떠올리며 답했다.

"저는 잘 몰라요. 근처 카페랑 시장만 와봤었는데······."

수연은 책방 구석의 굿즈로 시선을 돌리며 말했다.

"오호, 두 분이 약간 언밸런스하신 게 뭔가 어울리는 느낌적인 느낌이 들어 좋네요. 두 분 모두 마음을 가라앉히시고 걸으시면서 누가 책을 가질지 서로를 설득해 보시지요. 남자분께서 길을 잘 아시는 듯하니 자주 가시는 곳을 안내해 주시며 이야기하면 될 듯하군요. 책을 가져야만 하는 명백한 이유가 담긴 곳이면 더 좋겠고요. 이 동네는 누가 뭐래도 문학이 성행했던 동네인 서촌 아니겠습니까. 어디든 두 분이 책과 관련해 이야기할 만한 곳은 있겠지요. 후후."

책방 주인은 해맑은 미소를 지으며 말했다.

"저, 저는 그러려고 온 것이…"

시우가 말했다.

"아아, 물론 압니다. 책 때문에 상심한 것을 떠나서, 두 분 모두 일정이 있으실 수도 있지요. 음, 혹시 다음 일정이 있으신가요? 만약 일정이 있으시다면 없는 분께 이 책을 드리도록 하겠습니다. 그것도 나름의 운명이겠지요."

"없, 없어요!"

시우와 수연은 약속이라도 한 듯, 동시에 답했다.

"네네, 좋아요. 여러분은 마치 간식을 기다리며 조마조마하는 강아지들의 얼굴을 지니고 있군요. 후후, 자, 이제 나가주세요. 만약에 여기서 계속 이러고 계신다면 저는 이 책을 드리지 않고 개인 소장하겠습니다. 물론 중고로 올릴 일도 없죠. 제 덤벨 받침으로 깔고 써도 되니까요. 후후, 일단 이 책은 두 분이 갖고 나가셔서 충분히 협의 후에 한 분이 갖게 되시면 나중에 연락해 주세요. 이 클리셰의 결말이… 궁금하거든요. 아무튼, 이제 제 말씀을 이해하셨으면 얼른 나, 가, 주, 세, 요."

책방 주인은 수연과 시우가 무척 사랑스럽다는 표정으로 둘을 번갈아 쳐다보더니 마지막에는 세상 어디에도 없는 험악하고 무서운 무표정으로 단호하게 말했다.

"네네! 알, 알겠어요. 나, 나갈게요. 죄, 죄송했어요!"

수연은 책방 주인의 무서운 표정에 금세 눈물이 터질 듯한 표정으로 대답했다.

"알겠습니다. 빨리 나가지요. 소란스럽게 해서 죄송했습니다.

우리 책장을 합치죠

일단, 책은 그쪽이 들고 가시죠. 아무래도 그게 마음이 편하실 것 같아서요. 물론 도망가신다면 열렬하게 쫓아갈 생각입니다."

시우는 책방 주인을 향해 미안하다는 표정을 짓고는 고개 돌려 수연을 향해 말했다.

"네네, 걱정하지 마세요. 제가 누구처럼 사람을 오류로 보는 그런 치사한 사람인 줄 알아요? 사장님 다시 한번 죄, 죄송해요. 다음에 또 올게요."

"저도 다시 한번 죄송합니다. 다음번에 다시 오겠습니다."

수연은 시우의 말에 어이없다는 듯한 표정으로 답한 후, 책방 주인을 향해 빠르게 인사하며 문을 향해 걸음을 옮겼다. 이어 시우 또한 사장을 향해 고개를 끄덕인 뒤, 수연을 따라 밖으로 향했다.

둘은 함께 책방〈지평선〉의 문밖을 나섰다. 조금 전 갈등의 감정들은 어느새 가라앉았는지, 이내 정적이 흘렀다. 시우와 수연, 둘은 속으로 동시에 같은 생각을 했다. '어색하다. 어색해. 어떡하지. 정말 가야 하나?'라는. 그때, 시우가 수연의 오른손에 들려 있던 책을 자기 손가락 끝으로 톡톡 치며 말했다.

"일단 이쪽으로 가보시죠. 지금은 사장님이 말씀하신 대로 하는 게 좋을 것 같네요. 워낙 완고하시니 딱히 방법도 없을 것 같고…, 게다가 멍하니 마냥 서서 말씀드릴 순 없으니 이 책을 제가 가져야 하는 이유를 책과 어울리는 장소로 가서 설명해 드릴게요. 재미는 없으시겠지만, 듣고 나시면 충분히 납득되셔서 바로 저한테 양보하실 수밖에 없을 거예요."

시우는 한 손으로 방향을 가리킨 다음, 수연을 보며 말했다.

"어? 정말로 가는 거예요?! 어… 조, 조금 고민이긴 한데요. 음, 어떡하지…."

수연은 갑작스러운 시우의 행동과 말에 당황하며 답했다.

"그럼, 여기서 저한테 양보해 주셔도 좋고요. 지금 사장님에게 가서 말…"

"어휴, 알겠어요. 가면 되잖아요. 가요. 어디 한번 이야기나 들어보죠! 물론 제가 설득당할 것 같지 않지만!"

수연은 차분하지만, 단호한 시우의 말에 지지 않으려 빠르게 답했다.

'뭐야, 이 사람. 혼자 알아서 다 정하네. 휴, 진짜 사장님 말대로 가는 건가?! 근데, 뭐… 남자가 길 안내해 주면서 걷는 것도 오랜만이니까. 날씨도 좋고…. 잠, 잠깐만! 내가 지금 무슨 생각하는 거야. 지금 이럴 때가 아닌데. 정신 차려. 이 사람은 적이라고!'

순간, 시우의 차분한 말투가 얹어진 손짓을 본 수연은 답을 하는 동시에 여러 생각이 떠올랐다. 하지만 이내 갑작스레 떠오른 제 생각에 놀라 눈을 질끈 감았다가 빠르게 떴다.

"네, 다행이네요. 날씨가 좋아서 천천히 걷는 게 좋을 것 같은데, 걷는 건 괜찮으시겠어요?"

시우는 대답과 달리 갈팡질팡한 듯한 수연의 발끝을 한번 쳐다보고는 약간 걱정스러운 표정으로 물었다.

"걱정하지 마세요. 걷는 건 아주 좋아하고 자신 있거든요. 어디를 가든 결국, 이 책을 얻는 건 아무리 생각해도 저겠지만요. 저도 책을 얻어야 하는 이유에 대해서는 분명히 말씀드릴 이야기가 있다고요."

우리 책장을 합치죠

수연의 대답을 끝으로 짧은 대화를 마친 둘은 어느새 책을 사이에 두고 조그마한 공간을 만들면서도 리듬과 속도가 엇갈리는 보폭을 만들며 한 장소를 향해 발걸음을 뗐다.

4

시우는 오래되어 보이는 조그마한 한옥 기와집 앞에서 발을 멈추었다. 수연도 시우를 따라 걸음을 멈췄다. 둘 앞에는 고즈넉하면서도 세련된 통창과 커다란 하얀색 문으로 리모델링된 한옥이 묵묵히 자리 잡고 있었다.

"여기가 어디예요?"

수연은 애써 관심 없는 표정을 지으면서도 내심 궁금증이 들어 물었다.

"〈이상의 집〉이에요. 시인 이상이 머물러 살았었다는."

시우는 기와집 상단 전면에 하얀색 글씨로 쓰여있는 '이상의 집'이라는 간판을 응시한 채 답했다.

"그러네요. 기와 중간에 딱 쓰여 있네요. 이-상-의-집. 근데, 여기랑 그쪽이 이 책을 가져야 하는 이유가 무슨 상관이죠?"

"먼저, 계속 그쪽이라고 부를 수는 없으니, 통성명을 먼저 하죠. 제 이름은 한시우입니다. 이름이 어떻게 되시죠?"

"갑, 갑자기요? 에헴, 제 이름 가지고 오늘 있었던 일 인터넷에 막 올리시려고 하는 건 아니죠? 막 이상한 여자가 서점에서 책을 뺏으려 했다거나…"

수연이 눈을 게슴츠레 흘겨보며 물었다.

"그럼, 이상한 여자라고 불러드릴까요?"

"치. 알았어요. 제 이름은 현수연이에요. 앞으로 읽어도 뒤로 읽어도 느낌이 비슷해서 확실하게 부르기 쉬운 좋은 이름이죠? 물론 정확하게 따지면 다르니까 확실히 발음해 주시리라 믿고…"

"아, 네, 그럼 수연 씨, 제가 이곳으로 온 이유는…"

시우가 수연의 말을 자르며 대답한 그때, 〈이상의 집〉의 통창 옆에 달린 커다란 미닫이문이 열리며 관계자로 보이는 사람의 목소리가 바통을 뺏은 듯이 시우의 목소리를 자르며 들려왔다.

"두 분, 혹시 들어오실 건가요? 구경하고 싶으시면 밖에서만 보시지 마시고 안에 그냥 들어오셔도 되어요. 따로 입장료나 그런 부분은 없답니다."

친절하고 다정한 목소리를 지닌, 사십 대 중반으로 보이는 남성 관계자가 시우와 수연을 향해 말했다.

"아, 네, 감사합니다. 그럼, 지금 들어갈게요. 수연 씨, 안에 둘러보면서 말씀드려도 괜찮겠죠?"

시우는 관계자를 향해 답한 후, 수연을 향해 물었다.

"와아! 들어갈 수 있어요? 그냥 들어갈 수 있을지는 몰랐어요. 밖에서 보면 왠지 표 끊고 들어갈 것 같은 분위기였는데!"

"다행이네요. 조금은 맘에 들어 하시는 것 같아서요."

수연의 표정을 본 시우가 말했다.

"어! 그… 그러니까, 뭐, 그렇게 들어가고 싶진 않지만, 들어와도 된다고 하시니 호의를 거절하기도 뭐하니까요. 그, 그럼, 들어가서 이야기 들을까요. 으흠."

수연은 바로 전까지의 경계심은 잊은 듯, 호기심 깃든 어린아이 같은 미소를 짓다가, 시우의 말에 당황하며 답했다.

둘은 커다란 문을 옆으로 밀고 〈이상의 집〉 안으로 들어섰다. 내부는 작은 기와집 구조를 살려 기념관 형식으로 개조한 모습이었다. 세련된 내부 인테리어로 가득했지만, 천장은 기와의 틀을 그대로 유지하고 있었다. 들어가자마자 오른쪽에는 작가 이상의 인생 여정에 관해 다뤘던 예능 방송 프로그램이 조그만 모니터를 통해 계속 반복 재생되고 있었고, 그 밑으로는 이상의 작품과 삽화, 얼굴이 그려진 굿즈와 엽서들이 테이블 위에 가지런히 놓여 있었다. 또한, 집을 지지하고 있는 각각의 기둥에는 이상의 초상화와 〈오감도〉 그림, 이상을 모델로 그린 문학사상 창간호 등이 걸려 있었다.

"어, 옛날에 출간된 작품 본이나 작품이 실린 신문들도 볼 수 있나 봐요!"

수연은 작은 걸음을 옮기며 주변을 둘러보다가, 돋보기와 함께 놓인 원목 재질의 작품 수록함을 발견하고는 말했다.

"네, 맞아요. 눈썰미가 좋으시네요. 사실 저도 여러 번 오긴 했지만, 부끄럽게도 처음부터 끝까지 모두 본 적은 없어요. 저는 작품 수록함보다 이 마당 같은 곳에 매번 더 시선이 머무르더라고요. 참 이상하게요."

시우는 작품 수록함을 슬쩍 훑어보다가 반대편에 통창이 달린 채로 따로 구분된 마당 같은 장소를 보며 말했다.

"와, 그럴 만한데요? 수록함의 작품을 읽다가도 이 옆 풍경이 보이면 시선이 자연스레 옮겨갈 것같이 예뻐요…. 정확히 모르겠지만, 여기는 분명 옛날에는 마당이었겠죠? 이상 작가님 흉상이랑 식물도 함께 있는 게 뭔가 진짜 시인님이 살아계시는 곳 같아요."

수연은 처음 보는 공간이 신기한지, 멍하니 바라보다가 이상 작가의 흉상과 눈을 맞추면서 장난스럽게 답했다.

"그렇지요. 아름다운 공간이에요. 특히 오늘처럼 날씨가 좋은 날이면 햇빛이 저 공간에 기울어져 들어오는 게 참 예쁘더라고요. 아, 저 공간을 위에서 내려다볼 수도 있어요."

"위에서 내려 볼 수도 있다고요? 어떻게요?"

"따라오세요. 올라가서 드릴 말씀을 해도 좋겠네요. 이쪽으로 들어가서 올라가면…."

시우는 수연에게 따라오라는 눈빛을 주고는 왼쪽으로 몸을 틀어 기념관 끝 벽면의 거대한 쇠문을 잡아당겼다. 마치 그 모습은 흡사 영화 인디아나 존스의 주인공이 보물 창고로 들어가는 듯한 모습이었다.

"이거 문, 문이었어요? 혹시 설마, 비, 비밀 금고? 근데 여기서 봐도 너무 어두워 보이는데요. 저기 들어가서 저 몰래 책 뺏고 가두려는 건 아니시죠?"

상상력이 뛰어난 편인 수연은 거대한 쇠문을 바라보며 말했다.

"아, 그런 방법도 있었네요! 근데 아쉽게도 그러기에는 너무 뚫려 있어서… 하하, 장난이고요. 아, 아무튼 말씀을 드려야 하니 일단 믿고 따라오세요."

시우는 순수한 수연의 말투에 본인도 모르게 장난스러운 말을 꺼낸 것이 부끄러워져 고개를 돌리며 답했다.

"그, 그럼, 일단 가볼게요."

우리 책장을 합치죠

수연은 긴장됐지만, 시우를 따라 어두운 공간 안으로 당차게 들어갔다. 막상 들어서니 밖에서 볼 때와 다르게 밝은 빛도 존재했다. 물론 예상대로 어두운 건 매한가지였지만, 들어가자마자 보이는 왼쪽 벽면 위로 어디에서 쏘는지 모르는 빔프로젝터 영상이 작가 이상의 인생과 글에 관해 소개하며 반짝이고 있었다. 그 반대편에는 위로 향하는 자그마한 계단이 있었다. 시우가 계단을 오르자, 수연은 무서운 마음에 시우의 신발 뒷굽만 보고 종종거리며 따라가기 시작했다. 다행히도 바닥에는 계단을 올라갈수록 켜지는 센서 조명이 있어 조심히 올라갈 수 있었다. 수연은 바닥의 빛을 보고는 안심하며 계단 위 천장을 바라봤다. 어디에서 쏘는지 몰랐던 영상의 정체인 조그만 빔프로젝터가 어두운 천장 가운데에서 영상을 만들어 내고 있었다. 수연이 채 스무 개도 되지 않을 것 같은 몇 개의 계단을 다 올라가니, 어느새 계단의 끝에 선 시우가 오른쪽을 바라보며 또 다른 문의 손잡이를 잡고 있었다. 계단 오른쪽 벽에 달린 밖을 향하는 조그만 문이었다. 수연은 '와! 저기가 바깥인가! 엄청 넓은 옥상이 있나 봐.'라고 기대하며 시우를 따라 문밖을 향해 발을 내밀었다.

"앗! 깜짝이야! 여기 뭐예요? 엄청 조그만 발코니네요. 떨어지는 줄 알았어요. 조, 조금 무서운 것 같은데요…!"

고소공포증이 있는 수연은 문밖을 나가자마자 시우의 팔을 붙잡으며 말했다.

발코니는 사람 두 명이 들어가면 꽉 찰 듯한 아주 조그만 공간이었고 회색 시멘트가 무심하게 덕지덕지 발라져 있었다. 좁은 공간의 정면으로는 약간 높은 듯한 벽이 있었으며 뚫린 양옆은 하얀색 철근으로 간소하게 막혀 있었다.

"네, 조금 좁지요? 이곳이 예전에도 있었던 공간인지, 리모델링하면서 만들어진 건지, 정확히는 저도 모르겠어요. 다만, 이상 시인님의 영혼이 이곳을 떠돌아다니고 있다면 아마 이 위에서 자주 자신의 흉상과 구경하는 사람들도 바라보고 계시지 않을까…하는 생각이 드니 멋진 곳 같더라고요. 게다가 이곳에서 내려다보면 아래에서 볼 때와는 다른, 또 다른 예쁨이 존재하는 느낌도 들고요."

시우는 사뭇 진지한 표정으로 주변을 둘러보며 말했다.

"영, 영혼이요? 저, 귀신 그런 거 안 믿어요. 괜히 무서운 이야기 하지 말아요. 예쁜 거랑 무서운 건 별개라고요. 귀, 귀신은 과학적으로 근거가 없는 이야기고……."

수연은 고소공포증과 귀신 이야기가 겹치니 더욱 겁에 질린 표정으로 답했다.

"하하, 미안해요. 높은 곳을 무서워하시는 것 같아서 다른 이야기로 분위기를 바꿔보려 했는데, 썰렁했나요? 그래도 아까부터 이상 작가님의 영혼이 우리를 지켜보고 있을지도 모른다고 생각하면 즐겁지 않아요? 하하…! 으흠, 그러면 본론으로 돌아와서 이제 말씀을 드려야겠네요. 자, 이 책을 갖고 싶어 하시는 거 보면 수연 씨도 당연히 시(詩)를 좋아하시겠죠?"

"아니, 지금 저 무시한 거 맞으시죠? 치. 아무튼, 드디어 듣게 되네요. 시요? 글쎄요, 솔직히 시는 교과서에 나오는 시 말고는 별로 읽어본 적이 없는 거 같아요. 일단 재미가 없잖아요. 아, 그럼, 시우 씨는 시를 엄청나게 좋아하시나 봐요? 이런 무섭고도 예쁜 공간도 시 때문에 아시는 걸 보면!"

"시를 좋아하시지 않는다고요? 잠시만요. 저로서는 이해가 되질 않네요. 이 책에는 분명히 시가 쓰여 있는데, 시를 안 좋아하신다면… 대체 왜 이 책을 갖고 싶으신 건가요? 원래 드리려고 했던 말씀이 무색해지네요. 이 책 제목 자체가 벌써『시, 공간』이잖아요. 물론 책을 갖고 싶어 찾으셨다고 하시는 걸 보면 인터넷에서 출판사 책 소개 정도는 보셔서 아시겠지만, 이 책은 그 작가의 시가 실려있는 책이라고요. 게다가 책이 절판된 다음, 작가 스스로 일일이 다 요청해서 서점과 도서관에서도 모두 사라진 책이라니, 어떤 시인이 쓴 어떤 시인지 저는 궁금해서 미칠 지경이에요. 더해서, 이 책의 시를 읽은 사람들이 하나 같이 비슷한 이야기를 하길래, 꼭 읽고 소장하고 싶은 마음이라고요, 저는!"

시우는 어이없다는 표정으로 약간의 의구심이 뒤섞여 수연에게 말했다.

"아, 네네, 무슨 말인지는 저도 알겠어요. 말씀하신 것에 대해서 저도 다 알고 있는 사실이고요. 근데, 천천히 제목을 다시 한 번 잘 보세요. 시만 있는 것이 아니라 그 작가가 쓴 공간의 에세이도 있어요. 저는 원체 시를 읽지 않아요. 그게 잘못된 건가요? 저는 늘 에세이만 읽어요. 이왕 말 나온 거 더 솔직하게 말할게요. 저는 에세이에 비하면 굳이 시는 왜 읽는지 모르겠어요. 여백이다, 음운이다, 뭐다, 하면서 페이지 날로 먹는 장르 같다니까요. 지루하지, 재미없지. 게다가 매해 등단 시들 묶어서 나온 책들 본 적 있어요? 아주 본인들 이야기에 본인들이 취해서 독자나 대중들의 마음 따위는 배려하지도 않죠. 지루함과 따분함, 그 자체에요. 그저 자기들한테 취한 예술 병 환자로 보인다고요. 만약 제 말에 반박하고 싶으시다면 한번 저를 설득해 보세요. 대체 이런 시를 언제부터, 왜 좋아한 거예요?"

수연은 시우가 자신에게 따지는 듯한 말투가 기분이 나빴는지 시우에게 따지며 물었다.

시우는 당당하면서도 조곤조곤한 수연의 말을 듣고는 난간 아래를 한 번 쓱 내려다보더니, 다시 고개를 돌려 수연의 눈을 천천히 그리고 똑바로 응시했다. 수연은 갑자기 자신을 조용히 응시하는 시우의 눈빛을 보고는, 속으로 '내가 너무 말을 심하게 했나?'라는 생각이 들어 딴청 피우는 척 시선을 위로 피했다. 이내 시우는 고개를 돌려 다시 아래를 응시하더니 입을 열었다.

"음… 수연 씨가 하신 말이 사실 틀린 말은 아니니까 모두 부정하지는 못하겠네요. 그래도 저는 시를 좋아하는 사람이니까 대답하려고 노력은 해볼게요. 물론 제 대답이 와닿으실지는 모르겠지만……. 아, 근데 혹 괜찮으시면 이곳이 아닌 다른 장소로 가면서 말씀드려도 될까요? 사실, 이 장소에서 원래 드리려고 했던 말씀은 수연 씨가 당연히 시를 좋아하실 것 같아서, 이 공간과 맞는 시와 시집에 관한 이야기를 더 자세히 하려 했거든요. 그런 이야기를 드리다 보면 당연히 공감하면서 책을 양보해 주시리라 생각했는데, 제가 생각이 짧았네요. 아무래도 수연 씨가 방금 하신 말씀을 들어보고 당장 답하려 하니, 저도 조금 정리가 필요할 듯해서 다른 장소로 이동하면서 천천히 말씀드리는 게 좋을 것 같아요. 제 말대로 하시는 건 어떠세요?"

"어… 그, 그래요. 시간이 필요하시다면야…. 그 장소가 어딘지는 모르겠지만 그곳으로 가면서 들을게요. 여기는 예, 예쁘긴 하지만, 일단 너무 높고 무, 무서우니까 저 지금은 빨리 내려가고 싶어요!"

수연은 시우의 말을 경청하며 고민하다가, 순간적으로 바라본 난간의 아래 틈에 다시 무서움을 느끼며 답했다. 물론 그녀의 대답에 드러나지는 않았지만, 수연이 긍정의 대답을 한 것은 무서움만이 이유는 아니었다. 시우의 갑작스럽고 진지한 눈빛은 둘째치고, 이렇게까지 시에 대해 진심으로 이야기하는 사람은 태어나서 처음 보았기에, 라디오 작가로서 호기심이 발동! 따라 걷고 싶은 마음이 아까보다 더 크게 일렁인 것이었다. 수연의 대답과 동시에 시우가 몸을 빠르게 뒤로 돌려 혼자 나가려고 하자. 겁먹은 표정의 수연은 다시 시우의 팔을 빠르게 붙잡으며 그를 따라 문 안으로 들어섰다. 이내 시우와 수연은 작은 계단을 내려와 거대한 쇠문과 통창 옆에 달린 문을 순서대로 열고 전시관 밖으로 나왔다.

그렇게 둘은 〈이상의 집〉을 뒤로한 채 햇빛이 가득한 서촌의 거리로 다시 발걸음을 옮겼다. 하지만 함께 걷는 걸음의 리듬과 템포는 아직 묘하게 엇갈리고 있었다. 물론 둘 사이의 공간은 이전보다 아주 약간, 매우 조금, 부드러워져 있었지만.

5

"시를 좋아하게 된 건 아주 어렸을 때부터였어요. 우연히 초등학교 때, 교내 백일장에 쓴 시로 동상을 받았죠."

시우는 수연에게 모르는 길을 안내하면서도 차분하게 말을 꺼냈다. 시우와 수연은 다음 장소로 가기 위해 큰 도로를 옆에 둔 가로수 오르막길을 걷고 있었다. 오르막이라 힘든 길이었지만, 다행히 날씨도 좋았고 가로수 길 난간 옆으로 핀 꽃들과 아름답게 즐비한 건물들로 둘은 각자의 눈에 풍경을 쌓으면서 대화를 시작했다.

"으흠, 시 잘 쓰셨나 봐요? 오~ 리틀 시인!"

수연이 말했다.

"하하, 시라고 할 것도 없죠. 그냥 정해진 형태도 없이 제가 보고 느낀 것을 끄적거린 게 전부니까요. 어렸을 적엔 집안 형편이 그리 좋지 않아서 다른 친구들처럼 학원에 다니거나 할 수가 없어요. 그래서 방과 후에 늘 학교 도서실에서 놀곤 했어요. 시집이 그리 많지는 않았지만, 다행히 교사용 책장에는 시집들이 몇 권 있었어요. 워낙 자주 오는 저를 사서 선생님께서 좋게 보셨는지, 그 책장의 책들도 보게 해주셨죠. 그곳에는 제가 태어나 처음 보는 시집들이 참 많았어요. 아! 이상 작가님도 그 시절에 알게 되었던 시인이시고요."

시우는 소중한 보물을 자랑하는 어린아이 같은 맑은 표정을 지으며 말했다.

"지금과는 다르게 그때는 엄청 젠틀하고 착한 어린이셨나 봐요?"

수연은 시우의 차분하고도 아이 같은 순수한 표정을 보고는 장난스레 질문을 던지며 동시에 그의 어린 시절 모습을 상상했다. 사실 조금 전, 너무 공격적인 말에 혹 상처가 됐을까 걱정하며 꺼낸 장난스러운 질문이었지만, 함께 걸으며 이야기를 듣다 보니 자신도 모르게 시우를 천천히 살피다 나온 질문이었다. 보통 남자들보다 조금 작은 키, 쌍꺼풀 없는 큰 눈에 선한 얼굴, 자세히 보니 강아지와 같은 얼굴을 하고 있어 그녀의 눈에는 남들에게 쓴소리 한번 못할 것 같은 부드러운 인상으로 보였다. 수연은 그 분위기가 느껴지자 '다른 사람들한테는 안 그럴 것 같은데, 왜 나에게는 단호하지? 대체 시가 얼마나 중요한 거야?'라는 생각이 들었다. 게다가 복장 또한 어찌나 평범한지, 이건 마치 스파 브랜드의 마네킹에 있는 기본 흰 셔츠와 검은 슬랙스 그리고 검은 더비 슈즈를 있는 그대로 구매한 것 같았다. '평범하게만 보이는 이 사람은 무슨 일이 있었길래, 이런 재미 없는 시를 좋아하게 된 걸까.' 자신이 알지 못하는 인간의 삶에 늘 궁금함을 지닌 그녀의 호기심이 또다시 발현되는 순간이었다.

"아, 네, 음, 젠틀하고 착한…까지는 모르겠지만, 아무튼 시집은 많이 읽는 어린이였죠. 어… 조, 조금 전에는 미안했어요. 절대로 수연 씨를 무시한 게 아니라 저에게 그만큼 시가 소중한 존재기도 하고, 사실 그 책의 시들이 너무 궁금했거든요. 그리고 아까 서점에서 오류라고 한 것도…!"

시우가 말했다.

"아, 아니에요. 사실 저도 잘한 거 없죠. 그 책을 살 수 있다는 생각에 충분히 대화도 하지 않고 무조건 감정대로 우기기만 한 거 같아요. 그리고 아까 시에 관한 이야기는… 제가 격하게 말씀드린 건 정말 죄송하지만, 사실 솔직히 저와 비슷하게 생각하는 사람이 꽤 많을 거라고 생각해요. 그래서! 아직 책을 양보한 건 아니지만 오히려 시우 씨 이야기를 충분히 들어보고 싶어졌어요. 그래야 뭔가 공평하잖아요. 저도 다 듣고 나면 충분히 제 이야기를 할 테니까!"

"다행이네요. 사실 지루해하실 것 같았거든요. 그럼, 저도 꼭 그 책을 갖고 싶으니까 다시 열심히 이야기해 볼게요. 그렇게 도서실에서 시집을 하나, 둘 읽으며 끄적거리다 보니까 어느 순간 읽는 것 다음으로 시인에 대해서 알고 싶어지더라고요. 예를 들어서, 우리가 방금 갔던 〈이상의 집〉의 이상 시인에 대해서 아세요?"

"솔직히 잘 몰라요. 그냥 교과서에서만 봤던 것 같은데, 기억나는 건 〈오감도〉였나? 진짜 어려운 시로 기억하고 있어요. 아, 맞다! 그리고 인터넷에서 봤었는데, 왜 졸업사진에 저고리 치마 입고 있는 거? 진짜 엉뚱하고 특이한 사람이었다는 거?"

수연은 왼쪽 위로 눈동자를 올리곤 학창 시절 기억을 회상하며 시우에게 말했다.

"하하, 맞아요. 굉장히 엉뚱하고 재미있는 분이셨다고 하죠. 물론 시집만큼이나 소설도 유명하시고요. 교과서에서 보셨겠지만, 이상 시인의 작품은 자기 고백적이다, 파괴적이다, 새로운 패러다임을 제시했다, 등등 뭔가 이론적인 이야기들이 많잖아요. 근데 저는 그냥 그런 거 다 떠나서 개인적으로 되게 좋아하는 어떤 시가 있어요. 이상 작가님의 그 시를 어렸을 때 우연히 읽고 너무 마음이 울려서 성인이 된 다음에 〈이상의 집〉을 찾아갔었거든요. 행여 시를 쓴 마음들이 조금이나마 느껴질까, 하고."

"음, 무슨 시인데요? 아까 말씀드렸듯이 시는 좋아하지 않지만 읊어주신다면 감사히 들을게요. 혹시 모르잖아요, 제가 이 시를 듣고 이 책을 양보할지도? 물론 그럴 일은 없겠지만!"

"하하, 솔직하시네요. 뭐, 부끄럽긴 하지만 그럼 제가 좋아하는 부분만 짧게 발췌해서 읽어드려 볼까요. 음, 이상 시인의 〈이런 시〉라는 시의 한 부분인데요."

시우는 시를 떠올리려는 듯, 두 눈을 사뿐히 감았다가 천천히 뜨면서 시를 읊기 시작했다.

""내가 그다지 사랑하던 그대여
내 한평생에 차마 그대를 잊을 수 없소이다
내 차례에 못 올 사랑인 줄은 알면서도
나 혼자는 꾸준히 생각하리라
자, 그러면 내내 어여쁘소서."

어떤 돌이 내 얼굴을 물끄러미 치어다보는 것만 같아서
이런 시는 그만 찢어 버리고 싶더라……

저는 이 부분을 참 좋아하는데… 어때요?"

시우는 낮은 중저음의 목소리로 한 단어, 한 문장을 천천히 더듬으며 시를 읊조리더니 잠시 진지한 표정과 공백의 시간을 지닌 다음, 수연을 지그시 바라보며 물었다.

"음. 음, 음…"
수연은 자신이 느낀 것을 답하고 싶었지만, 이상하리만큼 바로 답할 수 없었다. 에세이를 읽고 주변 사람들에게 느낀 좋은 점을 말할 때와 비슷하면서도 사뭇 다른 느낌이었다. 다만 방금 들렀던 〈이상의 집〉에서 본 것들과 자신이 지금 걷고 있는 서촌 가로수 길의 나뭇잎들, 그곳을 비추는 햇빛들이 놀고 있는 풍경, 저 멀리 보이는 북악산과 바로 옆에 보이는 인왕산의 정경들이 시를 읽기 전과 다르게 보이는 느낌을 받았다. 분명 수연은 시라는 것을 처음 접해본 사람은 아니었다. 대한민국에서 평범하게 학창 시절을 보낸 그녀는 오롯이 문학 시험 때문에 억지로 시를 외우고 공부해야만 하는 순간들이 존재했기 때문이다. 그러한 그녀에게 있어 시는 늘 지루한 글들이자 외워야 하는 수학 공식처럼 느껴질 수밖에 없었다. 하지만 방금 들은 시 한 편으로 주변 풍경이 달리 보이는 느낌을 받은 그녀는 신기하고 이상한 기분에 휩싸였다. 마치 자신이 이상한 나라로 들어온 소녀가 된 것처럼. 더군다나 시우의 조곤조곤한 목소리와 길가의 풍경, 그리고 느껴지는 온도가 이 시를 더 좋게 만드는 듯해 만약 신경 쓰지 않았다면 자신도 모르게 감탄의 소리를 크게 외칠 뻔한 수연이었다.

"별, 별로죠? 아무래도 에세이만 읽으셨다고 하면 오그라들 수도 있고 아무 느낌 없으실 수도 있겠네요."

아무 대답 없이 주변을 둘러보며 생각에 잠긴 채로 걷는 수연을 바라본 시우가 조심스레 물었다.

"아! 아니요, 그런 게 아니라. 음. 음, 음! 시를 읽고, 아, 아니, 듣고 좋았던 적은 살면서 처음인 것 같아요. 이상 작가님 시는 분명 어려운 시만 존재한다고 생각했었는데 이렇게 로맨틱한 시도 있나 봐요. 이 시를 듣고 나니까 이상하게 주변 풍경이 다르게 보이는 느낌이 든다고 해야 하나. 아무튼, 거짓말이 아니라 진짜

우리 책장을 합치죠

신기해요!"

수연이 말했다.

"하하, 정말 좋으셔서 말씀해 주신 건지 아직은 모르겠지만, 제가 좋아하는 시를 좋아해 주시니 저도 기분 좋네요. 심지어 시를 좋아하지 않는다고 하셨는데도요. 만약 말씀하신 게 사실이라면 아마 수연 씨도 제가 시를 읽을 때와 비슷한 느낌을 받으신 게 아닐까요. 저는 늘 시를 읽기 전과 후 그리고 예전에 시를 쓸 때, 갑자기 세상이 다르게 보이는 느낌을 받곤 했거든요. 아! 그런 느낌을 느끼셨다고 하니까 질문 하나 해도 되겠죠? 수연 씨, 왜 같은 풍경인데도 시를 듣기 전과 후가 다르게 느껴졌다고 생각하세요?"

"잘… 잘은 모르겠지만. 음, 그 시에서 감성을 전달받아서 그런 거 아닐까요? 하하, 이거 백 프로 틀린 답 같은데…?!"

"오. 수연 씨 말씀이 어쩌면 정답일지 몰라요. 저와 거의 비슷한 생각인데요? 예술에는 분명 정답이 없으니까요. 아이러니하게 정답을 좇지 않던 예술가들도 점점 정답을 외치는 것만 같은 세상으로 변해가고 있긴 하지만…. 저는 수연 씨 의견이 좋다고 생각해요."

"고, 고마워요. 헤헤, 그럼. 자! 리틀 시인이셨던 시우 씨는 혹시 어떤 이유라고 생각하세요?"

"제 생각은 어디까지나 저만의 의견이지만, 사실 수연 씨와 비슷해요. 예를 하나 들어볼게요. 저기 왼쪽에 보이는 노란 장미들 보이시죠?"

시우는 한쪽 손으로 가로수길 왼편에 단란하게 피어 나비들과 속삭이고 있는 노란 장미 무리를 가리키며 물었다.

"네, 보여요. 너무 예쁜데요?"

"그렇죠. 정말 예쁘죠? 그럼, 보통 사람들은 저 노란 장미를 보고 느낀 걸 어떻게 표현할 것 같으세요?"

"음… 노랗다? 예쁘다? 빨간 장미와 다른 느낌이 있는 것 같다…?"

수연은 시우를 따라 걷다 보니 어느새 가까워진 노란 장미 무리를 자세히 관찰하며 말했다.

"네, 그렇죠. 물론 그 말씀도 맞는 말인데…. 음, 시인들은 조금 더한달까요. 보통 대부분 사람은 일차원적으로 표현을 많이 하잖아요. 그게 쉽고 편하기도 하고. 물론 그것도 그것 나름대로 소중한 감성을 전달받아 표현한 것이지만, 분명 시인들은 그렇게 표현하면서도 약간은 다르게 표현할 거예요."

"그래요? 그럼, 시인들은 어떻게 표현하는데요?"

"시인들도 각자 개성이 다르고, 보는 시선과 문체가 모두 달라서 약간은 다르긴 한데요. 그래도 예를 들자면, 그냥 노랗다 또는 예쁘다가 아니라 빨간색 장미가 햇빛을 너무 많이 머금어 노랗게 바랬다던가, 단순히 꽃잎뿐만 아니라 꽃의 중심에 놓인 꽃씨, 이파리, 뿌리의 줄기 그리고 그 기원인 흙 속의 씨앗까지 생각하면서 묘사하지 않을까요. 그리고 거기서 끝나는 게 아니라 노랗다는 색을 따뜻함이라던가, 다른 장소의 온도 혹은 음식의 냄새와 맛이라던가, 오감을 이용해 비유하면서 다르게 표현한다고 생각해요. 마주 보는 대상을 더 자세히 바라봐 주는 거죠."

시우는 노란 꽃잎을 보다가 꽃의 중심과 이파리 줄기로 시선을 옮기면서 어린아이에게 설명하듯 수연을 향해 다정하게 말했다.

우리 책장을 합치죠

"와… 너무 좋은데요?! 보는 관점에 따라서 아예 다른 게 나올 수가 있는 거잖아요. 음, 그럼, 관찰을 다르면서도 더 자세하게 할 수 있다는 거네요? 그냥 평범하게 볼 수 있는 무언가도 다른 감각을 통해 관찰을 다르게 하면 분명 또 다른 지점을 느끼게 되니까…. 그 받은 느낌을 시로 써서 작품이 되면 읽거나 듣는 사람도 그 감성을 느끼게 되는 원리 같은 것일까요?"

수연 또한 시우의 설명에 맞춰 꽃의 여러 부분으로 시선을 옮기다가 시우의 끝말을 듣고는 선생님께 질문하는 학생처럼 물었다.

"맞아요. 아주 정리를 잘하시는데요?! 솔직히 이렇게 바로 알아들으실 줄은 몰랐어요. 조금 오그라드는 말이지만, 내 온 감각을 살려 무언가를 더 자세히 바라보고 사랑해서 제대로 느끼며 알아봐 주는 것이 결국 시를 쓰는 행위라고 생각해요. 아! 물론 어디까지나 저만의 정답이지만요. 저는 그냥 독자 관점에서 떠드는 말이고 진짜 시인들은 또 다른 말씀을 하실 것 같기도 하고요. 학교에서 배우는 시론(詩論)과는 다른 이야기라…!"

시우는 햇빛을 머금은 노란 장미의 이파리를 손가락 끝으로 부드럽게 매만지더니 꽃씨의 향기가 묻은 듯한 미소를 지으며 말했다. 그런 시우를 바라본 수연은 자연스레 따스함이 느껴져 시우가 매만진 노랑 장미의 꽃잎 끝을 응시하며 속으로 생각했다.

'사람은 말의 단어가 따뜻해서 따뜻하게 보이는 사람이 있고, 행동이 따뜻해서 따뜻하게 보이는 사람이 있다는 것을 살아오면서 느꼈다. 하지만 아주 가끔 드물게 아무것도 하지 않아도 전해지는 표정과 느낌만으로 따뜻해 보이는 사람도 있다고 들었다.

흔하진 않지만, 사막의 무수한 모래 속에 숨어있는 빛나는 보석처럼. 이 사람이 그런 귀한… 좋은 사람이려나. 혹 어쩌면 나는 오늘 보석을 발견한 걸까. 아니면 섣부른 내 착각일까. 그런데 살면서 이토록 순수하게, 내 마음으로 투명하게 와닿는 사람이 있었나. 분명 살면서 처음 느끼는 감정 같은데, 아직 잘 모르겠는데, 왜 나는 이 느낌을 진실이라 믿고 싶을까. 이 사람이 정말로 좋은 사람이면 좋겠다. 좋은 사람. 그저 좋은 사람이었으면.' 수연의 머릿속에서 생각들이 맴돌았다.

"좋네요…. 그 말 엄청 좋은 거 같아요. 시라는 걸 떠나서 삶을 매번 그렇게 대하면서 살 수 있으면 충분히 행복할 것 같은데요?"

수연은 마음속에서 꽃피운 생각에 어느새 노란 장밋빛이 볼에 물든 것 같은 따스한 미소를 지으며 말했다.

"정말요? 좋다고 하시니 다행이네요. 근데 그 책을 얻기 위한 설득 때문에 하는 이야기이긴 하지만, 사실 이런 이야기 별로 재미없죠? 아까 읽어드린 시는 좋았는데 그 뒤로 마치 제가 설명하는 듯 말해서 수연 씨가 싫어하는 지루한 시 같은 이야기를 한 거 같아서요."

시우가 한 손으로 머리를 긁적이며 말했다.

"에이, 아니요, 오히려 제가 느낀 것에 대한 이유를 들을 수 있는 것 같아서 좋았는데요. 대체 저를 여태 어떻게 보신 거예요! 저도 보기와는 다르게 엄청 진지하고 감성적이라니까요. 그리고 정말로 이렇게 좋은 시가 세상에 존재한다는 것과 무언가를 관찰하는 시인의 방식에 대해서도 새롭게 알게 되니까 아직 내가 모르는 게 세상에 너무 많다는 걸 다시금 깨달았어요. 역시 세상은 넓고 궁금한 게 참 많은 것 같아요. 지루할 틈이 없다니까요. 아직 시에 대해서 여전히 잘은 모르지만…, 그래도 다 시우 씨 덕분이에요. 여기까지 들으니까 다음 장소가 궁금해지는데요? 헤헤, 이제 다음 장소를 향해 얼른 가죠!"

수연은 처음 책방에서 만나 책을 갖고 다퉜던 일은 까먹은 듯, 새로운 모험에 대한 설렘 가득한 목소리로 말했다.

시우는 다시금 걸음을 옮기면서 누구에게도 말하지 않았던 시에 관한 생각을 진지하게 들어주며 공감해 주는 수연이 다르게 보였다. 그 색다름이 꽤 따뜻하게 느껴졌는지, 어느새 시우는 자신도 모르게 수연의 얼굴을 관찰하기 시작했다. 하얀 피부와 얇은 쌍꺼풀의 큰 눈. 오뚝한 코에 다홍색의 작은 입술. 또렷하고 화려한 미인상은 아니었지만, 어딘가, 지금 걷고 있는 이 거리의 풍경 속에 피어있는 꽃을 닮은 수수한 미인의 상이라고, 시우는 생각했다. 연애를 안 한 지 오래된 것과는 별개로 한 여자의 얼굴을 보며 갑작스레 예쁘다고 생각했다는 것에 시우는 민망함과 부끄러움을 느꼈다.

"공감해 주셔서 고마워요. 아, 아무튼! 저는 제가 읽고 읊조리며 느낄 수 있는 시들이 참 좋아서 자라오는 학창 시절 내내 남몰래 시를 썼어요. 삶에서 무언가를 토로하는 방법이 그것 말고는 딱히 없었거든요. 그 덕분인지 운 좋게 대학 전공도 문예창작과를 선택해서 진학할 수 있었죠. 정말 시인이 되고 싶었거든요. 그리고…"

"그리고요? 그래서 지금은 시인이 되신 거예요?"

수연은 혹시 자신이 진짜 활동하고 있던 시인에게 말실수했나 싶어, 조심스레 물었다.

　　"아, 근데 혹시 충분히 납득되셨어요? 제가 얼마나 시를 좋아하면 이 책을 이렇게나 갖고 싶은지 어느 정도는 느끼시지 않으셨을까 싶어서요!"

　　"헉! 맞아요. 저도 모르게 잊고 있었네요. 음… 아니요! 아직 시우 씨 이야기를 다 못 들었잖아요. 다음 장소도 도착 못 했고요. 그러니까 아직 납득하기는 너무 이르죠. 그나저나 말 돌리지 마시고 제 질문에 답해주세요!"

　　수연은 자신이 들고 있던 책을 한번 훑더니 입술을 오므리는 뾰로통한 표정으로 말했다.

　　"아하, 그렇군요. 좋아요. 이제는 책도 책이지만, 수연 씨에게 지금 가는 장소도 꼭 보여드리고 싶어졌어요. 남은 이야기는 그곳으로 걸어가면서 속으로 정리한 다음, 도착해서 하려고 노력해볼게요. 일단은 그 장소가 멋진 곳이니 저를 믿고 가보시죠."

　　"오! 좋아요. 기대되는데요? 얼른 가요!"

　　수연과 시우, 시우와 수연. 어느새 둘 사이의 공간은 모서리가 부드러워져 전보다 가까워졌다. 그 둘은 서로 느끼지 못했지만, 엇갈리던 걸음의 리듬과 템포도 조금씩 점점 맞춰지기 시작했다.

6

　　"대, 대체 어디예요? 시우 씨…? 생각 보다 너, 너무 먼데요!"

　　수연은 가빠진 숨을 고르며 이마의 흐르는 땀을 손으로 쓱 닦아내고는 말했다.

"이제 거의 다 왔어요. 후아, 그래서 생각보다 먼 곳이라 제가 택시 타고 가자고 말씀드렸는데…"

시우 또한 이마의 송골송골 맺힌 땀을 닦아내며 답했다.

"아, 아니에요. 여기까지 왔는데 택시를 탈 순 없죠. 택시 타고 가는 건 뭔가 찝찝했어요. 인왕산은 워낙 풍경이 좋기도 하고요. 게다가 아직 제 노화를 인정하기도 싫었다고요. 근데 생, 생각보다 이렇게 높은 곳에 있을 줄은 몰랐어요… 그, 그래도 이젠 거의 다 왔겠죠?!"

"네, 걱정하지 마세요. 마침 저기 보이네요. 저기 네모나고 조그만 건물 위에 쓰여 있는 거 보이시죠?"

시우는 지쳤음에도 포기하지 않는 수연이 귀엽다는 듯, 땀을 닦는 척하며 슬쩍 쳐다본 후 가까이 보이는 건물을 가리키며 말했다.

"와아, 보여요. 드디어! 어, 여기는…?! 윤-동-주-문-학-관?"

"맞아요. 한국 사람들이라면 누구나 아는 시인인 그 윤동주 시인님의 문학관이에요. 조금 교통이 불편한 곳에 있어서 사람들이 잘 모르기도 하고 알아도 잘 안 가긴 하지만, 사실 분명 이곳에 있는 게 어울리는 이유가 있는 장소에요."

"이유요? 어떤?"

"음, 그건 이따가 말씀드릴게요. 눈으로 보셔야 이해하실 거예요. 일단 얼른 들어가 보죠. 지금 시간이… 아! 다섯 시네요. 다행히 아직 입장 가능한 시간이에요."

시우는 그렇게 말하면서도 수연의 느린 걸음에 맞추어 건물 앞까지 천천히 걸어갔다. 네모나고 조그만 건물은 외벽 전체가 모두 하얀색으로 칠해져 있었고 입구를 제외한 모양은 마치 기역(ㄱ)자 모양처럼 보이게끔 설계된 듯했다. 그 안쪽 모서리 위에는 하얀색 글씨로 '윤동주 문학관'이라고 쓰여 있었고 그 아래로 커다란 스크린에 윤동주 시인의 사진과 시가 인쇄되어 있었다. 하이얀 스크린의 끝, 그 아래에는 이름 모를 빨간색 꽃이 핀 화분들이 놓여있었는데, 마치 얼른 자신들을 쳐다보고 들어오라는 것처럼 건물 앞을 비추는 석양을 마신 듯 불그스름한 빛을 뿜내고 있었다.

"안녕하세요. 윤동주 문학관에 오신 걸 환영합니다. 죄송하지만 촬영은 불가능하고요. 혹시 설명이 필요하시면 프런트 앞쪽에서 제공되는 간단한 팸플릿을 보시면 됩니다. 관련 굿즈들은 이곳 프런트에서 판매하고 있으니 제게 말씀해 주시면 되고 오른쪽 끝에서부터 편하게 천천히 보시면 됩니다."

전문 큐레이터인지 담당자인지 모를, 이십 대 후반으로 보이는 듯한 단정한 투피스 옷차림의 여성 관계자가 입장한 수연과 시우를 향해 입구 왼편 프런트에서 설명해 주었다.

"휴, 감사합니다."

수연과 시우는 에어컨이 켜진 문학관 내부의 시원한 바람을 느끼며 동시에 답했다.

"일단 땀을 식히며 천천히 둘러보죠. 아마 제1전시실을 벗어나면 트인 공간이 있을 거예요. 이곳을 다 둘러본 후에 다음 공간에서 아까 하던 이야기를 마저 하면 될 것 같아요."

숨을 고른 시우가 금세 차분해진 표정을 지으며 말했다.

"좋아요. 완전 동의!"

아직 숨을 다 고르지 못한 수연이 숨을 간신히 내쉬며 짧게 답했다.

시우와 수연은 프런트 옆의 정수기에서 시원한 물을 번갈아 마시고는 차분해진 숨만큼 땀도 식히기 위해서 말없이 천천히 주변을 둘러보기 시작했다. 그들이 들어간 제1전시실에는 윤동주 시인의 일생을 시간순으로 배열한 사진 자료와 친필원고 영인본 등이 설명과 함께 배치되어 있었다. 전시실의 중앙에는 나무로 만들어진 우물 같은 모양의 것이 마치 피규어의 아크릴박스에 들어있는 것처럼 전시되어 있었는데, 궁금증이 발동한 수연이 다가가서 자세히 읽어보니 '윤동주 시인의 생가에 있던 우물을 수리하는 과정에서 나온 목재 널 유구'라고 쓰여있는 것이 보였다. 실제로 이 우물이 있던 곳에서 우물 옆에 서면 시인이 다닌 학교와 건물이 보였다는 사실이 쓰여있는 설명문을 읽은 수연은 신기한 마음에 나무 우물 모양 안을 보았으나 아쉽게도 그 안에는 아무것도 있지 않았다. 수연은 시우에게 다가가 우물 안을 보면 놀란다는 제스처를 취했는데, 시우는 콧방귀를 뀌더니 어깨를 으쓱하고는 "다음, 전시실로 가시죠."라며 수연에게 조용히 말했다.

"치, 알고 있었어요? 알아도 좀 속아주지."

제1전시실을 나와 통로로 보이는 듯한 공간에 둘이 함께 이르자 수연이 말했다.

"당연히 알고 있었죠. 저는 처음 온 게 아니니까요. 근데 사실 저도 처음 왔을 때 안에 뭐가 있나 봤는데… 전에는 사실 그 안에!"

"아무것도 없었죠? 그런 장난 안 속아요."

"네, 아무것도 없더라고요. 하하, 그래도 혼자 열심히 한참 그 안을 들여다보시는 게 귀여우셨어요."

시우는 그런 수연이 정말 귀여웠다는 듯이 미소 지으며 말했다.

"네, 네?! 에이, 장난치지 마세요. 저는 귀여운 거랑은 거리가 멀어요. 섹시한 건 몰라도. 에헴."

수연이 시우의 시선을 피하며 답했다.

"정말인데요?! 저는 거짓말 못 해요. 섹시함은… 노코멘트하죠. 하하, 근데 이 공간은 어떤 것 같으세요?"

"음, 여기요? 여기 그냥 다음 전시실 가는 통로 아니에요?"

"여기도 전시실이에요. 제2전시실이라고 쓰여 있어요."

"엥, 대체 왜요? 아무것도 없는데?"

"보세요. 위를 보시면 네모난 모양으로 뚫려 있죠. 이 뚫려 있는 옆 벽면을 보시면 물이 흘러간 흔적이 있는데, 혹시 보이세요?"

시우는 수연을 위해 친절히 손으로 일일이 가리키며 말했다.

"어… 보여요! 진짜로 물이 흘러간 흔적이 보이네요?"

"네, 아까 여기 도착했을 때, 말씀드렸죠? 이 기념관이 이 장소에 있는 것과 어울리는 이유가 있다고. 사실, 여기가 예전에 수도가압장이랑 물탱크였거든요. 그걸 개조해서 만든 거라 이렇게 물이 흘러간 흔적이 남아 있어요. 이러한 공간의 천장을 네모나게 뚫어 열어버렸으니, 일종의 우물 같은 모양이 된 거죠. 그러니까 우리가 지금 아까 1전시실에서 봤던 것과 같은 우물안에 있는 것과 같달까요. 이 공간이 하나의 전시 공간이자 작품인 듯하더라고요. 사실, 이 공간도 윤동주 시인의 시에서 모티프를 얻은 건데…"

"그건 저도 알아요. 윤동주 시인님의 〈자화상〉 맞죠?"

수연은 어깨를 으쓱하면서 한쪽 입술을 올리는 미소와 함께 가벼운 윙크를 짓고는 시우를 향해 물었다.

"오. 어떻게 아셨어요? 맞아요. 윤동주 시인님의 시 〈자화상〉에서 모티프를 얻어서 이 공간을 만들었다고 해요. 이 공간을 하늘과 바람과 별을 느낄 수 있는 우물 모양의 중정(中庭)으로 만든 거죠. 근데, 정말 맞추실 줄 몰랐어요!"

시우는 부연 설명을 하면서도 두 눈을 동그랗게 뜨며 말했다.

"사실 아까 1전시실에서 그 시를 읽었었는데 순간 기억이 딱 떠오르더라고요. 예전에 문학 시험 볼 때 〈자화상〉 시가 시험 범위였거든요. 무작정 외운 기억이… 나서요! 확실하게 기억이 났어요. 억지 주입식 교육의 폐해 덕에 덕을 봤네요. 선생님 말씀대로 배워두면 다 쓸모가 있긴 한가 봐요. 헤헤,"

수연은 주변을 둘러싼 커다란 벽면을 훑어보면서 말했다.

"오. 공부 정말 열심히 하셨나 보네요! 그럼, 기억력도 좋고 공부도 잘하신 것 같으니까 혹시, 그 시를 읊을 수 있으세요?"

"어… 그렇게 갑자기 말씀하시면 제가 못…… 할 줄 알았죠?! 에이, 사실 방금 전시실에서 보기도 했고 저도 아까 시우 씨 낭독을 들었으니! 일단 기억나는 대로 떠들어 볼까요? 이런 건 빼면 매력 없다니까요."

"정, 정말요? 역시! 기대되는데요. 그럼, 날도 좋고 하늘도 예쁘니 여기서 읊어주실 수 있으실까요?"

"네! 좋아요. 사실 전부는 기억나지 않고… 방금 전시실에서 읽었을 때, 제가 좋았던 마지막 부분을 한번 읊어볼게요. 으흠!"

수연은 가녀리고 기다란 손가락으로 자신의 얇고 긴 목을 몇 번 매만지더니 하늘을 바라봤다.

"우물 속에는 달이 밝고 구름이 흐르고 하늘이 펼치고 파아란 바람이 불고 가을이 있고… 가을이… 가을이… 어, 뭐였더라?"

"'추억처럼 사나이가 있습니다.'일 거예요. 아마."

시우는 수연의 시를 읊는 여린 목소리를 들으며 흐뭇한 표정을 짓다가 그녀의 말에 덧붙였다.

"아, 맞다! 제가 기억해서 말할 수 있었는데, 왜 알려주세요! 아쉽게! 근데, 이 시는 무얼 말하는 걸까요? 방금 전시실에서 본 걸 통해서 해석해야 할까요?"

"음, 아마 보통 시인의 인생과 역사를 알고 그걸 토대로 해석하면 분명 더 와닿겠죠? 예를 들어 클래식 음악가들이 '아날리제'라는 해석법을 통해 곡을 분석하면서 작곡가의 생애와 의도를 공부하는 것처럼, 분명 시인의 삶을 제대로 공부한다면 내용이 더 와닿을 수 있다고 생각해요. 하지만 제 개인적인 생각으로는 그것 또한 물론 중요하지만, 그것보다 더 중요한 건 지금, 이 순간, 수연 씨가 느끼는 게 정말 중요하지 않을까요? 하나의 글을 백 명의 독자가 읽는다면 작가의 의도를 떠나 백 개의 다른 답이 존재한다고 생각하거든요, 저는. 수연 씨, 지금, 이 공간에서 보이는 풍경과 시를 생각하시면 무엇이 생각나고 느껴지세요?"

"아, 그렇다면! 똑똑한 해석은 똑똑한 분들에게 양보해 드리고! 저의 느낌은 음… 한번 말해볼게요. 일단! 지금 우리가 서 있는 이 공간이 만약 시의 우물 속이라면, 윤동주 시인님께서 우물

우리 책장을 합치죠　243

밖에서 우물 속의 자신을 한 사나이로 바라보며 그립다고 말씀하신 것과는, 반대 시점에 있는 거잖아요?! 마치 우리가 한 사나이 입장이 되어서 우물 속에서 바깥 공간, 저 자유로운 하늘을 바라보고 있다는 기분이 들어요. 더해서 이 우물을 벗어나서 언젠가 그리워할 우리의 모습을 지금, 이 공간에서 기억? 추억으로 만들고 있는 느낌도 들고요. 우리가 지금은 우물 안에 있지만, 여길 떠나면 윤동주 시인님처럼 나중에 우물 안에 있는 우리를 떠올릴 거잖아요. 휴우, 잠시만요. 흠, 정리 좀 하고요. 그러니까……"

"천천히 하셔요. 저 지금 놀라고 있거든요."

"헤헤, 좋아요. 정리됐어요. 즉! 우물이라는 곳은 과거의 내가 미래의 나와 만날 수 있는 시간의 경계이면서도, 방향이 다른 공간을 통해서 같은 사건도 다른 시선으로 바라볼 수 있는 두 지점을 보여주는 장소처럼 느껴져요. 아마 시인님은 우물이란 공간의 자화상을 통해서 자신의 속앓이를 우물 속의 다른 시점으로 바라보고 싶어 하신 게 아닐까…… 요?! 어! 근데 그렇게 생각하니까 지금 우물 안에서 즐겁게 있는 저와 반대로 미래의 제가 걱정되기도 하고?! 근, 근데 이게 맞나요? 그냥 생각나는 대로 막 떠들어 봤어요. 헤헤,"

수연은 손가락으로 물이 지나간 흔적과 하늘을 순서대로 가리키며 마치 지휘하는 듯이 손을 휘저으면서 말했다.

"오… 와… 너무 좋은 해석인데요? 솔직히 정말 놀랐어요. 너무 좋은 수연 씨만의 답인데요? 정말로요! 이래서 저는 시가 참 좋다니까요."

"조, 조금 괜찮았나요? 다행이네요. 괜히 시를 잘 모르는데 함부로 있는 척하면서 말한 걸까 봐, 괜히 걱정했어요. 칭찬해 주시니 저도 이제 조금은 시가 좋아진 것 같은데요?! 헤헤, 자, 이제 아까 하려던 이야기를 마저 해주세요!"

수연은 시우의 칭찬에 입꼬리가 스스로 올라가는 것도 잠시, 민망한 듯 화제를 돌려 시우의 이야기를 꺼냈다.

"하하, 네, 알겠어요. 음… 어디까지 했었죠?"

"문예창작과에 들어가신 뒤에 진짜 시인이 되고 싶었다고 이야기하셨어요!"

"아, 맞다. 고마워요. 그 뒤로는…… 사실 별거 없어요. 죄송하지만… 그러니까… 음, 잠시만요. 사실, 너무 아무것도 없고 좋은 이야기도 아니라서 말하는 게 맞을지… 문득 저도 잘 모르겠다는 느낌이 막 들어서요. 솔직히 말하면 이상의 집에서 수연 씨의 말씀과 질문을 들었을 때, 이상한 오기가 생겼었어요. 그래서 시를 더 잘 느낄 수 있는 장소를 보여드리면서 시를 좋아하는 이유와 애정을 말씀드리면 되지 않을까, 그리하면 내 생각과 마음을 알아주지 않을까, 싶었거든요. 그게 가능하다면 수연 씨 질문의 대답과 그 책을 갖고 싶다는 설득이 동시에 될 것이라 생각했고요. 근데 워낙 공감을 진심으로 해주시니 오는 내내 다 말씀드린 듯한 기분이 들어요. 그래서 이제는 충분히 대답이 되지 않았을까, 싶기도 해서… 이제 막 '시'란 것에 대해서 공감해 주시고 좋게 봐주신 것 같은데, 과연 저의 볼품없고 우울한 개인사를 이야기하면 실망하시는 게 아닐지… 괜스레 걱정이 들어서요. 수연 씨한테는 왠지 좋은 이야기만 해드리고 싶기도 하고… 책도 갖고 싶기도 해서… 하하하……."

우리 책장을 합치죠

시우는 조심스럽게 말했다.

"에이, 말 돌리지 말고 그냥 말해주세요. 아직 충분히 대답이 되지 않았으니까요. 저 궁금한 거 못 참아요. 시우 씨의 시에 관한 애정은 충분히 알았으니, 이제 뒷이야기를 들어야 판단할 수 있을 것 같아요. 판단은 제가 할게요. 이야기도, 책에 대한 설득도!"

"음, 좋아요. 약속은 약속이니까 짧게 말씀드리자면… 음, 진짜 시인이 못 됐어요, 저는. 쉽게 말해서 실력이 부족했던 거죠. '등단에 실패해서 시인이 못 됐습니다! 그래서 시를, 시인이 되는 것을 포기했어요. 하지만 여전히 시는 정말 좋아하니 책이라도 꼭 수집하고 싶어요!'라고 단순하게 결론지을 수 있겠네요. 이렇게 말하면 뭔가 불쌍해서 그 책을 양보하시려나요? 하하."

"엥? 아니요, 그렇다고 양보해 드릴 순 없죠. 아직 전혀 납득하지 못했거든요. 궁금한 것도 있고요. 등단 못 하셨다는 건 슬픈 일이지만, 그건 둘째치고 저는 이렇게 시를 사랑하는 사람이 시를, 시인을 포기했다는 말이 더 아쉽고 슬픈데요? 포커페이스를 못 하시는 걸 보면, 분명 저한테 말씀하시지 않은 또 다른 이유가 있을 것 같아요."

"글쎄요, 이유라… 핑계라면 핑계겠지만, 아까 수연 씨가 저한테 처음 하셨던 말이 정답일지도 몰라요. 보통의 대중 말고 등단을 평가하는 심사위원들도 어떤 의미에서 또 다른 대중이라면 저는 그들의 입맛에 맞는 시를 쓰지 못한 게 가장 큰 이유겠죠. 물론 실력이 부족한 것이 더 크겠지만, 저는 정말로 제가 쓰고 싶은 시만 썼거든요. 진리? 자유로운 사회를 위한 반항? 정답? 그런 거 잘 몰라요. 그저 제 삶 속에 살아있는 날 것을 토해내기 바빴거든요. 그러다 보니 등단을 준비하는 친구들이나 교수님들은 제 시가 너무 쉽다거나, 메시지가 없으니 이런 시는 등단하기 힘들 거다, 라는 말을 제게 많이 했었죠. 음… 정말 솔직히 말해서 그들 말이 틀리지는 않았다고 생각합니다. 이 커다랗게 뚫린 우물과는 다르게 저는 제가 만든 작은 우물안에 갇혀서 개구리로 살다가 제 고집에 스스로 꺾여버려 묻힌 거겠죠, 하하……."

시우는 애써 울컥하는 마음을 억누르는 듯 하늘을 보며 말했다.

"그래도 이 책은 아직 양보 못 해 드려요. 왜냐하면, 방금 시우 씨한테 꼭 해주고 싶은 말이 생겨버렸거든요."

"네? 무슨 말씀인데요?"

"음… 제가 하기엔 건방진 말인지도 모르겠지만…"

수연이 조심스럽게 시우를 바라보며 말을 이어가려고 하는 순간, 그들의 뒤에서 다른 목소리가 급하게 들려왔다.

"잠시만요! 죄송한데, 이제 저희 관람 시간이 종료되어서 두 분 나가셔야 할 것 같아서요. 아쉽지만 제3전시실은 다음에 다시 오셔야 할 것 같습니다. 정말 죄송합니다."

안내 프런트에서 봤었던 여성 관계자가 다급한 표정으로 그들을 향해 고개 숙이며 말했다.

"아, 죄송합니다. 지금 바로 나갈게요. 수연 씨, 일단 나가시죠!"

시우는 관계자를 보고 미안하다는 표정을 지은 후, 수연을 향해 기민하게 말했다.

"앗, 네! 일단 빨리 나가죠."

시우와 수연은 문학관 밖으로 나섰다. 어느새 해는 뉘엿뉘엿 퇴근길에 들어선 듯 저물고 있어, 버선발로 마중 나온 어두운 남색 하늘이 해의 얼굴을 그리워하는 파란 하늘을 쓰다듬으며 조용히 그리고 꾸덕꾸덕하게 덧칠하고 있었다.

7

"어… 음, 그러니까 아까 제가 하려던 말은…."

밝았던 하늘 가장자리가 빠르게 마멸되는 모습을 바라보고 있던 둘의 정적을 깬 것은 수연의 목소리였다. 그녀는 타이밍을 놓쳐 달라진 분위기에 당황한 듯, 어떻게 말을 이어가야 할지 모르겠다는 전전긍긍한 표정을 지으며 시우를 쳐다봤다.

"자! 일단 그럼 수연 씨가 이야기하시기 편하게, 제가 설득에 실패하면 두 번째로 보여드리려고 했던 장소를 가볼까요?"

시우는 수연이 부담스러워하지 않게 밝은 미소를 지으며 말했다.

"네?! 보여주시려고 했던 곳이 또 있었어요? 여기 아니에요? 윤동주 문학관?"

"맞아요. 근데 이곳 하나라기보다는, 영화로 치면 여기가 1부! 즉, 클라이맥스가 담긴 이 부가 따로 있다고 해야지 맞는 비유일까요. 일 부만으로는 그 책을 못 받을 수도 있다는 생각이 들어서, 사실 다른 후보도 미리 생각 해뒀거든요. 하하, 아무튼, 시와 어울리는 장소가 아직 한군데 더 남아 있어요."

"헉, 또 엄청나게 걸어가야 하는 거 아니에요? 알고 보니 막, 산 정상까지 가야 하고 그런 거 아니죠?"

"에이, 설마요. 여기서 한 오 분 정도? 대신 계단 몇 개는 올라가야 해요. 괜찮겠어요?"

"오 분이면 너무 쉽죠. 계단쯤이야. 이래 봬도 제가 운동을 얼마나 열심히 하는데요. 자, 이왕 이렇게 된 거 시간 끌지 말고 빠르게 바로 안내해 주세요!"

"고마워요. 그럼, 바로 안내할게요. 정말 딱 오 분 정도예요."

시우는 수연을 향해 다섯 손가락을 피고 웃음을 보이더니 문학관 정면의 왼쪽에 트여있는 계단으로 올라가기 시작했다. 수연은 어디로 가는지 몰랐지만, 온종일 시우와 함께 갔던 곳을 되짚어 보니 분명 또 좋은 곳일 것이라는 이상한 믿음이 생겼다. 그래서 이상의 집의 어두운 계단에서 시우의 구두를 보고 올라갔던 것처럼 다시금 시우의 발을 바라보며 묵묵히 올라갔다. 시우와 수연이 삼 분 정도 계단을 오르자, 공원으로 보이는 길이 보였다. 그 길은 정말 시우의 말대로 남은 이 분 정도 거리로 보였고 그 끝은 동산 언덕을 향해 이어지고 있었다.

"도착, 맞죠? 딱 오 분 정도! 혹시 힘들었어요?"

시우는 동산 언덕에 도착하자마자 수연을 보고는 걱정스러운 표정을 지으며 말했다.

"아니요, 오히려 천천히 올라오면서 주변을 둘러볼 수 있어서 좋았어요. 우리가 아까 진짜 많이 걷긴 했나 봐요. 여기서 내려다보니까 저기 밑의 집들이 다 보이던데요. 너무 좋아요, 전!"

"다행이네요. 아, 저기 벤치가 있으니까, 저기 앉아서 이야기하죠."

시우는 거대한 바위가 정면으로 보이는 계단 형식의 벤치를

우리 책장을 합치죠

가리키며 말했다. 수연이 알았다는 표정으로 고개를 끄덕이자, 둘은 자연스레 벤치로 가서 앉았다. 벤치에 앉은 둘은 저 멀리 늘비하게 펼쳐져 반짝이는 조그마한 집들과 높은 산에 걸쳐진 어둑한 하늘, 그리고 정면에 놓인 거대한 바위와 소나무의 정경에 매료된 듯이 한동안 선선한 바람 속에 고요히 있었다. 그 고요에 균열을 준 것은 평소와 다르게 차분한 수연의 목소리였다.

"정말 클라이맥스 맞네요. 근데 여기는 어디예요? 저기 바위에 뭐라고 쓰여있는 것 같은데… 사실 아까 올라오는 길에 안내판이 있는 건 봤지만, 시우 씨한테 직접 듣고 싶어서 풍경이랑 발끝만 보면서 따라왔거든요."

수연은 정면에 보이는 풍경에 눈을 떼지 못하면서도 목소리의 끝점을 시우에게 찍으며 말했다.

"들어보셨을지 모르겠지만, 여기는 〈시인의 언덕〉이에요. 윤동주 시인이 이곳에 올라와서 별을 보면서 시를 썼다고 하죠. 저기 바위에는 윤동주 시인의 시 〈서시〉가 적혀 있고요."

시우는 풍경에서 눈을 떼지 못하며 말하는 수연의 옆모습에, 두 눈을 떼지 못하면서 말했다.

"와아… 이름부터 너무 예쁜데요? 시인의 언덕이라니! 그럼, 지금 우리가 윤동주 시인님이 보셨던 하늘을 보면서 앉아있는 거네요?"

"네! 그렇죠. 아직 밤이 깊지 않았기도 하고, 시간이 많이 흘러서 별이 그때처럼 많이 보이지는 않겠지만 분명 같은 하늘이겠죠?"

"맞아요. 지금은 별이 잘 보이진 않지만, 그래도 중요한 건 같은 하늘이란 사실인 것 같아요. 어? 그래도 저기 뭔가 반짝이는데요?! 그럼 저는 저기 보이는 별이 윤동주 시인님이 천국에서 별이 된 거로 생각할래요."

수연은 어둑해진 저녁 하늘에 홀로 조용히 반짝이는 점을 응시하며 말했다.

"오, 낭만적인데요?! 수연 씨, 근데, 음, 저건 인공위성……."

"알, 알아요! 분위기 좀 맞춰주세요. 설령 저게 인공위성이더라도, 시우 씨가 이상 시인님의 영혼을 이야기하셨던 것처럼 윤동주 시인님의 영혼이 좋아하는 밤하늘을 따라가다 별이라는 잔적을 남겼을 수도 있잖아요. 그러니까… 저는 저 인공위성도 결국, 별이라고 생각해요. 그냥 저는… 그렇게 믿고 싶어요."

"그러네요……. 분위기 깨서 미안해요. 수연 씨야말로 정말 시인이신데요?"

"에이, 아니에요. 이런 장소를 소개해 준 시우 씨 덕분이죠. 이런 곳, 이런 분위기면 정말 사랑에 빠질 수밖에 없겠네요."

조용히 점멸하는 남색 하늘의 무언가처럼 수연의 잔잔한 목소리가 옅은 어둠 속 고요의 중심에서 반짝이는 순간이었다. 그 반짝임을 스쳐 지나간 바람이 수연의 머릿결을 건드리고는 시우의 눈길에도 스쳐 지나갔다. 그 잔적의 여운이 아스러져 시우의 머릿속까지 닿았는지, 시우는 멍하니 그녀를 바라보다가 수연의 마지막 말을 생각하고는 이내 당황한 표정을 지었다.

"네?! 지, 지금 무슨……?"

"별이요. 별이랑 사랑에 빠질 수밖에 없겠다고요. 대체 무슨 생각하신 거예요? 하여튼 남자들이란. 하흠."

수연은 하늘을 바라보던 얼굴을 돌려 시우의 당황한 표정을

우리 책장을 합치죠 251

보고는 씩 미소 지으며 말했다.

"아… 그, 그렇죠. 당, 당황했잖아요. 으흠, 아! 이제 아까 문학관에서 하려던 말씀 해주세요."

"저도 별, 별거는 아니었어요. 말씀드렸던 대로 또 건방진 말 실수 같긴 한데…!"

장난스러운 표정은 온데간데없이 금세 걱정스러운 표정을 지으며 수연이 말했다.

"괜찮아요. 저 웬만한 거에는 이제 상처 안 받으니까 확실히 말씀해 주셔도 돼요."

"그럼, 말할게요. 후. 음… 제 생각엔, 시인이 되고 싶은 마음을 무시하고 있는 건 사실 그 누구도 아닌 시우 씨라고 생각해요. 시우 씨의 시를 직접 읽지는 못했지만, 저는 오늘 시우 씨를 통해서 시라는 분야가 엄청 사람답다고 느껴졌거든요. 제가 에세이를 좋아하는 이유는 사람의 삶, 사람 냄새가 나는 가치관들을 엿볼 수 있어서예요. 시우 씨를 만나기 전에는 그런 요소가 시에도 있을 줄은 차마 생각도 못 했었죠. 그러니까, 다른 사람들 판단 이전에 본인 스스로 능력을 무시하고 포기하지는 말아주세요. 지금 시우 씨가 무슨 일을 하고 있는지 저는 잘 몰라요. 어떤 시를 쓰셨는지 읽어보지도 못했죠. 다만 최소한 시우 씨는 등단하든, 안 하든 확실히 시인이라고 생각해요. 시우 씨가 시라고 생각하며 시를 쓰고, 누군가 그것을 읽고 좋아해 준다면 그것만으로도 충분히 시인 아닌가요? 꼭 등단하고 유명해져야만 시인이고 작가인가요? 그 기준은 누가 정한 거죠? 문단? 사회? 오히려 그 기준은 시우 씨 스스로가 정했다고 생각해요. 그, 그러니까, 꼭 시인이 되어주세요! 아니 이미 시인이시니까, 시 자체가 별로라고 말하던 제가 시우 씨라는 삶의 모습을 통해 생각이 달라진 게 아닐까요. 그러니 언젠가 제가 직접 시우 씨 시를 읽게 해주세요. 그럼, 이 책을 양보하게 될지도 모르니까요!"

수연은 떨려 하면서도 당당히 시우의 눈을 똑바로 바라보면서 한 단어, 한 문장, 강한 어조로 확신하듯 말했다. 수연의 말을 들은 시우는 고개를 돌려 눈앞에 보이는 정경을 조용히 바라봤다. 시우는 한동안 말이 없다가 이내 다시 수연을 향해 고개 돌려 말을 시작했다.

"맞아요. 수연 씨 말 틀린 거 하나도 없네요. 저는 어쩌면 진짜 시에 대해서는 생각하지 못하고 있었어요. 제가 스스로 혹은 누군가를 위해 시를 쓰고 싶었던 건지, 그저 시인이란 타이틀에 집착한 건지, 인제 와서 보니까 확실히 알겠어요. 저는 그저 이름뿐인 타이틀, 보이지 않는 허상을 위해서 달렸던 거죠. 몇 년 동안 등단에 실패하고는, 저는 도망쳤어요. 제대로 시를 쓸 수가 없었거든요. 대신 한참을 고민하다가 운 좋게 전공을 살려서 지금은 출판사에서 편집자로 일하고 있죠. 하지만 편집자로 일하면서도 마음 한구석에서는 늘 시인의 꿈을 꾸고 있었어요. 근데 그런 제 모습을 스스로 느낄 때마다 엄청 고통스러워서 저 자신을 제대로 쳐다볼 수 없더라고요. 그래서 회사에서 시집 출간과 관련된 이야기가 나올 때마다 시집은 돈이 안 된다, 시 문학은 희망이 없다고 시집을 내리깎으면서 시인들에게 사형선고나 마찬가지인 말들을 쏟아댔어요. 저 스스로 제가 사랑하는 것을 비난하는 사람이 된 거죠. 그 순간들이 쌓이고 쌓이니까 언젠가부터 미쳐버

우리 책장을 합치죠

리겠더라고요. 못되고 추한 인간이었어요, 당시에 저는. 더는 이렇게 살면 안 된다고 느낀 순간, 깊이 반성하고 변하기로 다짐했어요. '내가 시인이 되지 못했으니 최소한 시인들의 시집이라도 많이 기획하고 사주자.' 그런 생각으로 시인들에게 반성을 보내며 시집과 시와 관련된 책을 기획하기도 하고, 한두 권 사면서 모으기 시작했던 거죠. 이 책 『시, 공간』도 똑같아요. 작가가 갑자기 사라졌잖아요. 어쩌면 그 작가도 저와 비슷한 이유가 아닐까, 싶어서 혼자 공상하다가 미안한 마음이 커져 버렸어요. 사실, 제가 시인이 못 되니 다른 사람에게 기대를 걸었던 거죠. 근데, 중요한 건 그게 아니었네요. 이 책은 굳이 제가 사지 않아도 그냥 세상에 존재하는 시였던 거죠. 제 시도 마찬가지였고요. 그냥 제가 쓰면, 단순히 쓰면 되는 거였어요. 제가 제 시를, 제 안의 시를 제대로 마주 보고 사랑해 주면 되는 거였어요. 고마워요, 수연 씨. 이제라도 제대로 깨닫고 알게 해줘서."

어느새 눈가가 촉촉해진 시우는 수연을 향해 진심으로 고맙다는 표정을 지으며 긴 이야기를 끝냈다.

"고맙긴요. 저야말로 이런 소중한 이야기를 해주셔서 오히려 고마운걸요? 저는, 그냥 안타까워서 그랬어요. 제가 뭐라고 감히 시우 씨를 함부로 판단하고 말해요. 혹, 기분 나쁘셨다면 정말 미안하고요. 그래도 이왕 죄송한 거, 한마디만 더 덧붙이자면 시우 씨는 지금 깨달으신 것이 아니라 지금 말씀하신 모든 것이 이미 시우 씨 안에 있던 사실이라고 생각해요. 그저 잠시, 잊고 살았던 거죠. 제가 아니더라도 분명 시우 씨처럼 좋은 사람은 언젠가 알았을걸요?! 그러니까 앞으로 시우 씨는 정말, 진짜, 시인! 땅! 땅! 땅!"

수연은 분위기를 환기하려는 듯, 주먹 쥔 손을 하늘을 향해 들고 소리쳤다.

"진짜 시인이라… 하하, 기분 좋네요, 그런 말. 다시 한번 고, 고마워요. 정말로요."

"자, 이제 그만! 민망하단 말이에요. 어, 근데 시우 씨 혹시 지금 운 건 아니죠?"

수연이 검지 끝을 시우의 두 눈을 향해 좌우로 흔들다 멈추며 물었다.

"네? 아, 아니 이건…."

"아휴, 울다가 웃으면 어떻게 되는 줄 알아요? 큰일 나요, 큰일 나. 시우 씨도 모르게…."

수연이 눈을 게슴츠레 뜨는 야릇한 미소와 함께 장난스럽게 말했다.

"정말 수연 씨는… 알, 알겠어요! 자, 그럼, 제가 제 시를 읽어 드리면 이 책은 그럼, 이제 제 것인 거죠?"

시우가 수연의 익살을 향해 맞받아치듯 물었다.

"엥? 무슨 소리예요. 조금 전에 질질 짜면서 말할 때는 이제 책은 사지 않아도 된다면서요?"

"그, 그래도 아쉽잖아요. 아까 수연 씨도 분명?"

"저는 분명 '양보하게 될지도 모르니까요.'라고 말했어요. 어디까지나 확률의 문제였다니까요. 그리고 제가 책을 가져야 하는 이유에 대해서는 아직 못 들으셨잖아요! 섭섭하네. 참."

"그러고 보니 여태껏 제 이야기만 했네요. 미안해요, 수연 씨. 생각이 짧았어요. 그럼, 정확하고 공평한 판단을 위해서라도 지

우리 책장을 합치죠

금부터는 수연 씨에게 이 책이 필요한 이야기를 해줄래요?"

"음, 좋아요. 근데 그 전에 시우 씨, 저 사실 아까부터 하고 싶은 말이 있었어요."

"뭔, 뭔데요?"

갑자기 어느 때보다 진지해진 수연의 표정을 바라보며 시우가 물었다.

"저 사실…. 휴, 이런 말 해도 되나… 너무 솔직하고 빠른 것 같은데…."

"네?! 무슨?"

"정말 너무! 배고프지 않아요? 하, 저 사실, 아까 문학관에서부터 정말 배고파 죽는 줄 알았는데 창피해서 말 못 하겠더라고요. 게다가 거기는 조용해서 꼬르륵 소리 숨기느라고 얼마나 고생한 줄 알아요? 그러니까 우리 경치는 충분히 구경했으니 뭐 먹으러 가요. 네?! 금강산도 식후경! 수염이 석 자라도 먹어야 양반이라잖아요. 게다가 어차피 제가 이야기를 하려면 가야 하는 장소기도 하고! 저도 시우 씨 믿고 여태 따라왔으니까 이제 저녁 식사 시간만큼은 제가 가고 싶은 장소로 믿고 따라오세요. 네?!"

수연은 배를 부여잡고 장난스레 슬퍼하는 표정을 짓다가 이내 자신만 믿고 따라오라는 듯이 손으로 제스쳐를 만들며 속사포 같은 말을 마쳤다.

"아! 그러네요. 생각해 보니까 우리 밥도 안 먹고 돌아다녔네요. 저는 입이 짧은 편이라 배려하지 못했어요. 미안해요. 수연 씨, 그럼, 뭐 먹고 싶어요? 여기까지 고생하셨으니까, 밥은 제가 살게요! 뭐가 당기세요?"

"와앙! 정말요?! 그럼, 아주 비싼 것도 상관없죠? 여기, 오로지 서촌에서만 파는 귀한 게 있다고요!"

"뭐, 뭔데요? 제가 가진 돈을 다 털어서라도 사드리려고 노력할게요. 뭐 드시고 싶어요?"

"저요? 음……. 저 떡볶이요!"

순간, 조용해진 정적과 함께 인공위성인지 별인지 모를 반짝이는 점이 마치 살아있는 듯, 하늘에서 그들을 내내 바라보고 있었다는 것처럼, 홀로 어둠 속 눈꺼풀을 천천히 깜박이며 미소 짓고 있었다.

8

"진, 진작 택시 탈 걸 그랬어요. 이렇게 금방 올 줄이야!"

수연이 시장 입구에서 시장 안을 바라보며 말했다.

둘은 시인의 언덕에서 내려온 뒤, 걸어서 이동하기에는 젊음의 기운이 사라진 것에 서로 적극적으로 동의했다. 이내 시우가 부른 택시에 함께 몸을 싣자, 수연이 도착 장소를 말했다. 그러자 채 십 분도 걸리지 않아 다음 장소에 도착한 것이었다.

"그러게요. 근데 여기 말고도 요즘은 더 좋은 분식집이 많지 않아요? 이왕 대접하는 거 그래도 제대로 된 곳에서 대접하고 싶은데…."

시우가 시장 안을 훑어보고는 말했다.

"저기, 시우 씨. 참! 떡볶이에 대해서 뭐, 조금 아세요?"

"네? 아, 아니요, 사실 평소에 잘 먹는 음식은 아니라서…."

우리 책장을 합치죠

"그러니까요! 모르면 가만히 있으셔요. 시인님. 가마니처럼 가만히 시를 곱씹으시면서 따라오시면 어느새 맛난 떡볶이를 만나게 될 거니까요! 아마 다른 부분은 다 저를 무시하셔도 먹는 것은 저를 못 이기실걸요. 그리고 이곳 '통인시장'에는 다른 곳에는 없는 떡볶이가 있다고요! 그러니까 이번에는 저만 믿고 따라오시면 돼요."

수연이 시우를 향해 따라오라는 제스쳐를 만들며 말했다.

"어휴, 제가 언제 수연 씨를 무시했다고… 네, 알겠어요. 일단 가보죠!"

시우의 대답이 끝나자마자 기다렸다는 듯이 수연이 먼저 시장 안을 향해 재빨리 발을 내밀었다. 시장은 저녁인데도 불구하고 수많은 사람으로 북적이고 있었다. 시우와 수연이 들어간 시장의 초입에는 커다란 마트와 여러 상회가 물건을 내놓고 있었고 조금 더 들어가자, 정육점, 떡집, 채소가게, 과일 가게, 각종 반찬집과 전집, 해산물과 생선 가게의 주인들이 소리를 지르며 손님들과 가격을 흥정하는 풍경이 이어졌다. 둘은 그 장면들을 천천히 구경하면서 시장의 안쪽으로 더 걸음을 옮겼다. 무수한 소리가 줄어들고 몇 개의 잡화점과 옷 가게, 신발 가게 등을 지나고 나니 수연은 마치 이미 정해놨다는 듯, 한 장소 앞에 차분히 멈춰 섰다.

"여기에요! 제가 오늘 정말 먹고 싶었던 떡볶이는 바로, 이 가게였다고요."

수연은 가게와 시우를 번갈아 쳐다보며 말했다.

"아, 그래요? 근데 아까도 여쭤봤지만, 여기가 다른 떡볶이집과…"

"어허. 스탑! 스탑! 이 간판부터 보시고 말씀하세요."

수연이 시우의 말을 자르며 빨간색의 흰 글씨가 쓰인 간판을 향해 손가락으로 까딱까딱 가리키며 말했다.

"'SINCE 1956 최초 기름 떡볶이집, 원조 할머니 기름 떡볶이' 떡볶이가 떡볶이지, 기름 떡볶이는 뭐예요? 기름에 튀긴 건가?"

"드셔보시면 알아요. 사실 저는 이 동네에 사는 친구 만날 때마다 이곳에 자주 들렸거든요. 사실 평범한 보통 떡볶이와는 조금 맛이 달라서 취향이 갈리긴 하지만, 이상하게 서촌에 오면 생각나서 찾게 되는 곳이랍니다!"

"오호라, 그래요? 새로운 경험은 늘 좋다고 하니까 일단 수연 씨 말대로 먹어보죠."

시우의 말이 끝나자마자 의자를 향해 빠르게 앉는 수연을 따라 시우도 떡볶이집 앞에 놓인, 오래된 검은색 의자에 앉았다. 간판에 쓰인 '원조 할머니 기름 떡볶이'라는 이름과는 다르게 할머니가 아닌 한 중년의 남자가 떡볶이를 만들고 있었다.

"안녕하세요! 아저씨. 오랜만에 왔어요. 저희 간장 떡볶이 일 인분이랑 기름 떡볶이 일 인분 주세요! 많이 주세요, 많이!"

수연은 특유의 너스레를 떨며 가게의 주인을 향해 애교가 듬뿍 담긴 목소리로 말했다.

"오! 오랜만이네요, 아가씨. 친구랑 맨날 오더니 오늘은 남자친구랑 왔네? 좀만 기다려요. 내가 남자친구 데리고 왔으니까 많이 줄게."

주인아저씨가 답했다.

"남, 남자친구 아니에요! 그러니까 이분은 친… 친구는 아니고, 아, 뭐라고 해야 하지?"

우리 책장을 합치죠

수연은 당황한 듯 혼잣말을 더듬었다.

"그럼 누군데? 남자친구 아니면 요즘 친구들 말하는 썸 뭐 그런 거, 비슷한 거겠지. 기분 좋게 이야기하고 있어요. 난 집중해야 하니까."

주인아저씨는 그런 수연이 재밌다는 표정을 짓고는 다시 진지하게 떡볶이를 만들기 시작했다.

"시우 씨, 미안해요. 괜히 오해하게 만들어서. 하하하…"

수연은 당황과 부끄러움이 섞인 표정을 지으며 시우를 향해 말했다.

"네? 아, 아뇨. 저는…."

시우의 말이 채 끝나기도 전에, 떡볶이집의 주인아저씨가 간장양념과 매콤한 고춧가루 양념이 듬뿍 묻은 떡볶이 이 인분을 그들 앞에 내려놓았다.

"자, 맛있게들 먹어요. 둘이 잘 되게 사랑을 듬뿍 넣어드렸으니까."

주인아저씨는 사람 좋은 웃음을 지으며 시우와 수연을 번갈아 쳐다보고는 다시 일하는 데 집중하기 시작했다.

"일, 일단 먹죠, 수연 씨. 많이 배고프실 것 같아요."

시우는 당황한 표정을 짓다 이내 수연을 향해 염려하는 표정을 지으며 말했다.

"네! 지금은 일단 먹는 데 집중해야겠어요."

수연은 묶고 있던 느슨해진 머리를 풀러 다시 한번 포니테일 스타일로 질끈 묶은 후, 떡볶이를 먹기 시작했다. 그리고 이내 '맛있다!'라는 말을 연거푸 외치며 여러 번 미소 지었다.

"아! 바로 이 맛이에요. 오랜만에 생각나서 엄청나게 당겼다니까요. 어때요, 시우 씨? 특이하면서도 뭔가 긴가민가한데 계속 끌리는 거 같고 그런 맛이죠?"

수연은 시우와 눈을 마주치곤 이미 정답은 정해져 있다는 듯한 무언의 압박이 느껴지게끔 물었다.

"그, 그러네요. 사실 처음에는 떡볶이 같지는 않았어요. 그냥 말랑말랑하면서 짭조름하고 매운 젤리 같다고 느꼈는데, 이상하게 당기는 맛이네요. 왜 수연 씨가 생각나는 맛이라고 한지 알 것 같아요."

시우는 그런 수연이 아이처럼 귀엽다는 표정을 짓고는 떡볶이를 하나 더 집어 먹으며 말했다.

"와! 역시 알아줄 줄 알았어요. 사실 예전에는 자주 왔는데, 저도 오랜만에 온 거라 이 맛이 여전히 날 줄은 몰랐거든요. 너무 오랜만에 온지라 맛이 변하지 않았을까, 하는 걱정도 들었고요."

"다행이네요. 맛있게 드시니, 하하, 근데 왜 이곳이 수연 씨가 에세이를 좋아하는 이유의 장소에요? 떡볶이 때문에?"

시우가 떡볶이와 수연을 번갈아 보더니 말했다.

"치. 무슨 내가 먹는 거에 환장한 사람인 줄 알아요? 에헴, 사실 떡볶이는 중요하지 않… 지는 않고 중요하긴 하지만! 여하튼, 떡볶이 가게에 이유가 있는 게 아니라, 이곳이 있는 시장에 이유가 있어요. 재래시장은 다른 곳과 다른 분위기가 드러나거든요."

"다른 분위기요? 어떤 분위기를 말씀하시는 걸까요?"

"사람 냄새 나는 분위기라고 할까요? 음… 배우 나문희 선생님 아시죠?"

"잘 알죠. 국민 배우시잖아요. 정말 연기를 잘하셔서 드라마

우리 책장을 합치죠

볼 때마다 깜짝 놀랐었어요."

"맞아요. 예전에, 라디오에서 배우 나문희 선생님과 관련된 사연을 소개하는 대본을 쓰다가 자료조사를 했었는데요. 연기를 공부하는 방법의 하나로 실제로 시장에 가셔서 아주머님들과 할머님들, 사람들이 살아가는 삶을 관찰하시고 이야기도 나누신다고 하시더라고요. 그 인터뷰를 읽으면서 시장에 관한 생각을 다시 하게 되었어요. 시장이란 곳은 사람들이 살아가기 위해 장사를 하는 곳임에도 불구하고, 뭔가 한국 사람이 지닌 특유의 정이 잔뜩 묻어있으면서 가족과 같은 유대가 이루어지는 곳 같다고요. 여기서는 백화점이나 명품 거리 걷듯이 폼 잡을 필요도 없고, 어떤 위치에 있든, 어떤 사람이든, 그 사람 자체가 있는 그대로 드러나는 마법이 이루어지는 장소 같달까요. 물론 대형마트만큼 편안함은 없지만, 확실히 그곳에 없는 무언가가 여기에는 있어요. 제가 고등학교 시절에는 아침에 일찍 공부하러 학교 가면서 재래시장을 지나갔어야 했는데, 그 이른 아침에도 장을 준비하시는 할머님들 보면서 저도 열심히 살아야겠다는 생각을 나름 많이 했다니까요. 그래서 저는, 사람의 삶이 있는 그대로 드러나는 사람 냄새나는 이곳이 에세이와 닮았다는 생각이 들어요."

수연은 마지막 한 마디를 주변의 풍경들 곳곳에 시선을 맞춰 천천히 말하고는 따사로운 미소를 지었다.

"너무 좋은 얘기네요. 사실 요즘은 장을 볼 때도 배달시키면 되니까, 이렇게 재래시장에 오는 건 너무 오랜만이거든요. 그럼, 방금 말씀하신 점이 에세이를 좋아하시는 이유나 마찬가지네요?"

시우 또한 그런 수연의 미소를 따라 지으며 물었다.

"네, 맞아요. 에세이도 사람의 삶을 그려내는 장르니까요. 물론 누가 썼느냐에 따라 분위기가 다 다르긴 하지만, 저는 그 사람이 가진 외적인 것들을 떠나서 누구에게도 하지 못하는 내면의 무언가, 삶을 대하는 방식과 가치관, 그리고 그것들이 묻은 삶을 있는 그대로 밀도 있게 풀어놓는 글이 에세이라고 생각해요. 물론 에세이를 쓰는 방식이 누군가는 철학을 묻어내기도 하고 자기 경험을 스토리텔링 하기도 하지만, 무엇이든 간에 모두 사람 사는 이야기잖아요. 저는 그게 참, 정말 좋아요."

"그럼, 라디오 방송국 작가의 길을 선택하신 것도, 어떻게 보면 에세이 영향이 있으셨겠어요? 라디오라는 매체도 사람 냄새가 풀풀 나잖아요."

"오! 정확하게 맞추셨어요. 라디오 방송국 작가가 되겠다고 결심한 건 사실, 고등학교 삼 학년 시절이었는데요. 어린 저는 학창 시절 내내 제 맘대로 한 적이 없었어요. 부모님이 정말 엄하시기도 했고 감정 표현도 없으셔서… 늘 명령조로 말씀하셨죠. 이런 말을 하면 제 얼굴에 침 뱉는 것 같아서 민망하지만, 조금 로봇 같은 느낌의 부모님이셨어요. 물론 지금은 그 모든 게 저를 향한 사랑이라는 걸 알지만, 어린 시절의 저는 '내가 주워 온 딸인가, 우리 부모님은 감정이 없나?'라는 생각이 들 정도였어요. 그런 부모님 밑에서 자란지라 저도 주변 친구들한테 감정 표현도 제대로 못 하고 말주변도 없어서… 사람 냄새가 늘 그리웠나 봐요. 그런 저는 그 그리움을 머금은 채로 공부가 끝난 후에는 일기를 쓰고 에세이를 읽는 저만의 시간을 만들어서 늘 라디오를 켜놓고 위로받았어요. 근데 이상하게 일기를 쓰고, 에세이를 읽고,

라디오의 사연을 들을 때마다 이 모든 게 모두 연결되어 있다는 느낌이 들면서, 저라는 삶이 정리되는 편안한 느낌이 들더라고요. 사람들은 각자 다른 곳에 살고 있지만, 다들 감정을 쏟아내는 삶이라는 전쟁을 치르면서 하루하루 함께 열심히 살고 있다는 사실을, 듣고 읽고 기록하면서 위안받는 기분이었달까요. 그 사람 냄새 폴폴 나는 걸 제 안에 들이는 게 참 좋아서, 라디오 작가를 지망한 거예요. 물론 대학 전공은 부모님 말씀대로 성적 맞춰서 갔지만요. 헤헤,"

수연은 떡볶이를 먹으려고 하다가도 에세이와 학창 시절에 관한 추억이 떠오르는 듯, 포크를 들었다 놨다 반복하며 이야기를 이어갔다.

"사실 말씀을 듣고 알았지만, 제가 방금까지 느낀 수연 씨는 굉장히 말주변도 좋으시고 활발하신 것 같아서 늘 친구가 많고 밝은 분이라고 생각했어요. 힘든 시절이 있네요, 우리는 누구나. 역시 순간만 보고 판단한 저의 미숙함에 혀를 차게 되네요…."

"에이, 아니에요. 그나마 대학교 가서도 친구가 별로 없었는데 우연히… 아, 책방에서 말씀드렸던, 이 책 『시, 공간』을 찾아준 연희라는 친구를 알게 되면서 저도 밝게 변한 것 같아요. 감정 표현이 서툴렀던 제가 누군가와의 관계를 통해서 감정 표현에 아주 조금이나마 솔직해진 것 같달까요. 물론 그때쯤에 라디오 작가라는 길을 확실히 정한 것도 도움이 많이 되었고요. 마냥 기다리고만 있으면 결코 아무것도 변하지 않더라고요. 내 세상이 변하려면 내가 변해야 한다는 걸 깨달았죠. 저 스스로가요."

"오, 정말 좋은 이십 대를 보내신 것 같은데요? 그렇게 해서 친구도 얻으시고, 마음도 성숙해지시면서 라디오 방송국 작가도 되셨고, 에세이도 계속 읽으시다 보니 꾸준히 모으게 되셨고, 근데 음… 이 정도면 에세이 작가를 겸업하셔도 되는 거 아니에요?"

시우는 수연이 한 말을 속에 차곡차곡 쌓아두었다가 되짚으며 말했다.

"사, 사실 부끄럽긴 하지만 제 꿈이, 제가 겪은 걸 토대로 에세이를 출간하는 거예요. 죽기 전에 꼭 한 권이라도요. 물론 지금은 학창 시절 쓰던 일기를 여태까지 써온 게 전부지만요. 그러니까, 결론은! 어쨌든 저도 집필에 참고하기 위해서라도 이 책이 꼭 필요하다는 말인 거죠. 뭔가 제 꿈을 들킨 기분이었지만, 어쨌든! 휴, 겨우겨우 돌고 돌아서 결론에 도달했어요! 자칫하면 다른 쪽으로 결론이 흘러갈 뻔했다니까요."

수연은 만족한 표정으로 대답한 후, 떡볶이를 하나 집어 먹었다. 그런 수연을 바라보던 시우는 이내 수연이 한 말들에 관해 멍하니 생각하기 시작했다.

'사람은 사는 내내 자기 삶에 집중하기 바쁘다. 사실 그것 또한 제대로 집중한다는 것은 퍽 어려운 일이다. 인간이라는 존재는 사회적 동물로 살아갈 수밖에 없으니까. 그 덕에 어쩔 수 없는 관계들이 존재하니 그 존재들을 신경 쓰면서 살아가야만 한다. 그러나 대부분 사람은 그 어쩔 수 없이 타인의 삶을 신경 쓰는 것 같아도 끝내, 자신에게만 집중하기 바쁘다. 그저, 살아남으려면 어쩔 수 없다. 그러나 이 세상 어딘가엔, 태어날 때부터 마음이 따뜻한 영혼들, 진심으로 타인의 삶에 관심 두는 것에 행복해하는 영혼들이 있다고 들었다. 그 이야기를 생각할 때마다, 스스로 부족함을 느끼면서도 어딘가 그런 좋은 사람들의 사랑이 있으니, 세상이 돌아간다고 느꼈다. 하지만 나이가 들어가면서 그런 영혼은 사실 모두 위선이라고 믿었었는데… 그런데… 지금 바로 내 옆에 그런 느낌을 주는 사람이 있다. 내 착각이려나. 착각이 아니었으면. 살면서 처음 드는 이 느낌이 진실이었으면 좋겠다. 그저 이 사람이 정말 좋은 사람이었으면 좋겠다. 아니, 좋은 사람이다. 태어날 때부터 마치 다른 사람들의 삶을 사랑하는 것만 같은…'

"시우 씨! 괜찮아요? 정신 차려요!"

수연이 시우를 향해 큰 소리로 말했다.

"아, 미안해요. 원래 이렇게 멍을 자주 때리곤 하거든요. 잠시 무슨 생각이 떠올라서…."

"저도 멍을 자주 때리긴 하지만, 이 맛있는 떡볶이를 먹다가 넋 놓는 사람은 처음 봤어요. 식어도 맛있긴 하지만, 이 맛은 안 난다고요. 혹시 어디 아픈 건 아니죠? 오늘 확실히 여기저기 다녔으니 지치실 만도…. 아니면 제 이야기를 듣고는 저한테 이 책을 양보해야만 할 것 같아서 어떡해야 할지 고민했다던가?"

수연은 멍해진 시우의 정신을 차리게 해야겠다는 뉘앙스로 옆에 두었던 책을 들고 마법을 부리듯 손가락을 휘저으며 말했다.

"아, 아니에요! 아프기는요. 아직 저도 청춘이라고요. 음, 그냥 저도 모르게 많은 생각이 쉴 새 없이 떠올라서 생각 자체에 빠져버렸어요. 저는 수연 씨가 시를 별로 좋아하지 않았던 것처럼 에세이 자체를 싫어한 적은 없거든요. 일과 관련된 작품을 제외하고는 그냥 들춰 봤던 정도죠. 근데 사실 저는 제 시와 제 삶을 표현하는 데만 관심 있었지, 정말 진정으로 다른 사람의 삶에 제대로 관심을 가져본 적 있었나, 하는 생각이 들었어요. 다른 사람의 삶에 관심을 두고, 존중하면서 영향을 받고, 그 받아들임을 통해 자신만의 영향력을 만들어서 다시 타인에게 영양을 주려는 사람은… 타고 나야만 한다고 생각했거든요. 그런 사람이 제 옆에 있다고 생각하니까 뭔가, 저도 모르게 감동해서 멍을 때리게 됐어요… 하하."

시우는 수연의 눈동자를 지그시 바라보며 말했다.

"뭐, 뭐에요. 갑자기! 부끄럽잖아요. 그런 말. 헤헤… 에, 엣헴! 그런 건 둘째 치고, 그래서 책을 양보하시겠다는 거죠? 그 정도로 감동하셨다면야!"

"그건… 아직 잘 모르겠어요. 뭔가 왜 아직 양보하기 힘든 것 같죠. 하하, 이상한 마음이네요, 이거. 이상한 소유욕이에요, 참."

"에이, 정말! 저도 이상하지만, 시우 씨도 참 이상한 사람이란 거 알고 있죠? 좋아요. 사실 저 아까부터 떡볶이 먹으면서 시우 씨를 설득할 두 번째 장소가 생각났어요. 저도 클라이맥스가 필요하니까요. 저에게도 그 정도 기회는 주시겠죠? 공평해야 하니깐! 그리고 살짝 느끼하고 매콤한 음식 먹으니까, 입가심이 필요하기도 했고요."

"아, 그래요? 두 번째 장소라… 저도 기대되는데요. 근데, 시간이 조금 늦었는데 어디로 가실 거예요?"

"그건 비밀이죠, 비밀. 이번에도 저만 믿고 따라오세요. 분명 마음에 드실걸요?"

우리 책장을 합치죠

수연은 리모델링된 시장 천장 덕에 보이지 않는 밤하늘에서 빌려온 듯한, 이지러진 달을 눈꺼풀로 그려 보이며 말했다.

"음, 좋아요. 이번에도 믿고 따라가 보죠!"

시우의 답을 끝으로 수연과 시우는 동시에 일어섰다. 시우가 계산하는 동안 수연은 휴대폰을 꺼내 무언가를 사부작거리더니 이내 시우를 향해 따라오라는 손짓을 했다. 시간이 늦어서인지 북적이던 시장은 아까보다 사람이 줄어들어, 빠져나가는 시간이 들어올 때의 시간보다 적게 걸렸다. 둘은 다시 함께 시장의 입구에 이르렀다. 그들이 도착하자마자 택시 한 대가 빠르게 그들의 앞에 멈춰 섰다. 마치 절묘하게 타이밍이 맞는 멜로 영화의 한 장면처럼.

"자, 시인님. 타시죠! 제가 장소까지 다 찍어서 미리 기사님께 예약했어요."

"고마워요, 수연 작가님. 그럼 기대되니 얼른 탈게요."

둘은 함께 택시 뒷자리로 들어섰다. 어느새 이른 밤거리가 된 서촌의 가로수길과 건물의 네온사인이 그들이 탄 택시 유리창을 향해 맑은 물속의 잉크가 번지듯 그려지기 시작했다. 마치 두 마음의 빛깔이 서로의 마음을 향해 하나의 색으로 번지며 이어지기 시작한 것처럼.

9

"와! 여기 너무 좋은데요. 음악도, 분위기도, 완전 제 취향이에요! 정말!"

주변을 둘러본 시우는 늘 침착했던 표정을 택시에 두고 내린 것처럼, 크리스마스 장난감을 발견한 다섯 살 아이의 미소가 섞인 표정으로 소리쳤다.

"그렇죠? 근, 근데 사실 저도 처음 오는 곳이긴 해요. 예전부터 서촌에서 친구 만나고 종로까지 걸어가면서 우연히 이 앞에 지나가만 봤지, 사실 처음 들어오거든요. 헤헤,"

수연은 처음 보는 시우의 커다란 리액션에 놀라면서도 그런 시우를 바라보고는 한시름 걱정을 놓았다는 듯이 웃으며 말했다.

수연과 시우가 택시에서 내린 곳은 종로의 한 거리였다. 둘은 고층 빌딩과 가로수들이 묘한 조화를 이루는 거리를 잠시 걷다가 수연의 안내로 한 건물 앞에서 멈춰 섰다. 베이지색 페인트가 바랜 구식 건물이었는데 주변의 화려한 빌딩과는 대조적인 오래된 분위기가 풍겼다. 건물의 다른 층은 불빛이 꺼져 있었고 유일하게 지하로 내려가는 곳만 반짝이고 있었다. 입구에는 오래되어 낡은 나무 간판 위로 엘이디 전구가 달린 전깃줄이 질서 없이 장식되어 있었고 그 중앙에는 한글과는 어울리지 않는 이탤릭체로 〈Jazz Bar 창공〉이라고 쓰여 있었다. 둘은 오래된 간판을 동시에 멍하니 보다가, 들어가자는 수연의 말과 함께 지하로 조심히 걸어 내려가기 시작했다. 검은 벽과 계단으로 인테리어되어 마치 어둠 속으로 들어가는 듯한 느낌의 계단을 내려가니 판타지 소설에서나 나올 것만 같은 무겁고 단단해 보이는 나무 문이 기다리고 있었다. 수연은 자신만 믿으라는 듯, 무거운 나무 문의 손잡이를 자그맣고 가녀린 양손으로 잡고는 힘을 주어 잡아당겼다.

우리 책장을 합치죠

수연과 시우가 안으로 들어서자, 바깥의 칙칙한 분위기의 건물과는 전혀 다른, 따스하면서도 쿨하고 화려하면서도 차분한 공간이 펼쳐졌다. 문을 열고 들어간 바로 왼쪽에는 마치 영국 런던에서 공수해 온 듯한 빨간색 공중전화 부스가 놓여있었고 그 안에는 배우 제임스 딘James Byron Dean과 양조위梁朝偉, 장만옥張曼玉의 영화 스틸 샷들이 공중전화기 위에 장식되어 있었다. 안으로 향하는 통로를 지나니 생각보다 넓은 공간이 그들의 눈앞에 펼쳐졌다. 정면에 보이는 기다란 고동색 바를 중심으로 양옆에는 거대한 턴테이블과 스피커가 놓여있었고, 내부 중앙에는 빈티지 테이블들이 불규칙적이지만 깔끔하게 놓여있었다. 왼쪽 벽면에는 쳇 베이커Chet Baker, 빌 에반스Bill Evans, 찰리 파커Charlie Parker, 엘라 피츠제럴드Ella Fitzgerald, 아트 테이텀Art Tatum, 빌리 홀리데이Billie Holiday, 마일즈 데이비스Miles Davis, 키스 자렛Keith Jarrett, 캐논볼 애덜리Cannonball Adderley, 허비 행콕Herbie Hancock 등등 유명한 재즈 아티스트의 사진들이 액자에 담겨 걸린 채로 마치 연극 배우가 홀로 핀 조명을 받듯이 뽐을 내며 걸려 있었다. 그 반대편인 오른쪽 벽면은 공간이 동굴처럼 뚫린 조그마한 무대가 있었는데, 드럼과 몇 개의 악기들이 연주자를 기다리는 듯한 모습으로 무대 조명 빛을 받으며 흩뿌려져 있었다. 무대 바로 옆 벽면 선반에는 재즈와 관련된 소품과 피규어가 놓여있고, 왕가위王家衛 영화의 스틸 샷 액자 등이 가지런히 걸려 있어 재즈바 주인의 취향을 파악할 수 있었다. 재즈바 내부의 조명은 보통의 바와는 다르게 주황색 조명만 가득한 것이 아니라 소품과 인테리어에 따라 색상과 각도, 조도를 다르게 해서 편안하면서도 세련된 느낌을 느끼기에 충분했다. 더해서 이 모든 공간의 오브제가 모두 자신의 영혼 조각이라는 듯 쳇 베이커Chet baker의 곡 〈유얼 마인 유! You're Mine you!〉가 잔잔히 감싸주고 있었다. 이 모든 것이 수연과 시우가 각각 단 한 번의 시선을 주었는데도 불구하고 둘의 오감에 깊게 들어섰다. 그러니 생각지도 못한 시우의 감탄이 수연의 귓가를 건드릴 수밖에 없었던 것이었다.

"근데 시우 씨, 정말 마음에 드셨나 봐요?! 시우 씨가 이렇게 아이처럼 소리 지르면서 감탄하신 거 오늘 처음 보네요? 정말 다행이에요."

수연은 곁눈질로 해맑은 시우의 미소를 쳐다보며 말했다.

"아, 네! 제가 갑자기 저도 모르게 업이 되었네요. 하하… 일단 자세한 이야기를 하기 전에 자리에 앉죠! 음, 테이블보다는 처음 온 곳이니 바텐더분도 뵐 겸, 바 테이블에 앉는 건 어떠세요?"

"좋아요. 여기 오니까 갑자기 목이 마르네요. 저도 어서 앉아서 주문부터 하고 싶어요!"

둘은 함께 바 테이블 중앙에 자리를 잡고 앉았다. 둘의 눈앞에는 바텐더가 정면을 쳐다보지 않고 뒤돌아선 채로 술병을 멍하니 보며 턱을 매만지고 있는 모습이 보였다. 아무래도 바텐더는 둘이 온 것을 전혀 모른 채 무언가에 심취해 있는 듯했다.

"저, 저기…"

시우는 조심스레 바텐더를 향해 인기척의 말을 건넸다. 그럼에도 바텐더는 어떤 미동도 하지 않은 채로 그저 턱을 매만지더니 이번에는 목을 돌리며 스트레칭을 하기 시작했다.

우리 책장을 합치죠

"저기요! 바텐더님, 안녕하세요!"

미동도 하지 않는 바텐더의 모습이 조금은 답답했는지, 수연이 바텐더를 향해서 조금 큰 소리로 인사했다.

"으응?! 아, 안녕하세요. 죄송합니다. 이 시간에 손님이 올 거라고 예상을 전혀 못 했네요. 지금 시간은 바에서 이른 시간이라, 하하."

바텐더는 그제야 시우와 수연의 존재를 눈치챈 듯, 몸을 돌려 멍한 눈빛으로 그들을 향해 죄송하다는 말과 인사를 건넸다.

순간, 시우와 수연 모두 바텐더를 보고는 같은 생각을 했다. 바텐더의 나이는 풍기는 분위기로 봐서 대략 삼십 대 후반에서 사십 대 초반임을 예상할 수 있었다. 그러나 소매를 롤업해서 입은 깔끔한 하얀 셔츠로 비치는 관리된 탄탄한 몸과 머리카락의 반은 포마드를 발라 정갈하게 넘기고 나머지 머리카락은 자연스럽게 앞으로 흘러 내려뜨린 헤어스타일 그리고 깔끔한 피부가 삼십 대 초중반이라고 해도 믿을 법한 모습이었다. 하지만 특유의 무게감을 지닌 그 몸 자체가 마치 하나의 오브제로써 차분한 재즈바의 배경에 자연스레 스며들어 있다는 것을 알 수 있었다. 그런 바텐더가 서 있는 바의 모습이 마치 재즈 음악으로 범벅된 우디 앨런Woody Allen 영화의 한 장면 같아, 누가 봐도 이 재즈바의 주인임을 단번에 알 수 있었다.

"저는 이 재즈바 창공의 바텐더이자 자영업자… 아니, 일단 주인입니다. 뭐, 어쩌다가 인수했으니 아직까지는요. 바텐더라는 호칭보다는 편하게 마스터라고 불러주시면 될 것 같습니다. 그게 더 있어 보이니까요."

바텐더이자 주인인 마스터는 수연과 시우의 얼굴을 번갈아 보더니 이내 멍한 눈빛이 사라진 편안한 눈웃음을 지으며 말을 건넸다.

"아, 아닙니다. 저희가 워낙 조용히 들어오긴 했죠. 가게가 너무 예뻐서 멍하니 봤거든요."

"맞아요. 물론 옆에 시우 씨는 들어오자마자 소리를 지르긴 했지만, 아마 멀어서 못 들으셨을 거예요. 헤헤."

시우와 수연은 마스터의 편안한 말투와 표정에 이내 마음이 편안해져 장난스레 말했다.

"하하, 재밌으신 분들이시군요. 아무쪼록 이 누추한 곳을 찾아와 주셔서 감사합니다. 주문은 여기 네모나고 기다란 큐브 모양의 메뉴판을 보시면 이것저것, 블라블라 적혀 있고요. 주종과 안주 모두 분류되어 있으니 천천히 편하게 고르시면 됩니다. 아쉽게도 오늘은 라이브 공연이 없지만 대신 늘 신청곡을 받고 있으니 언제든지 신청해 주세요."

마스터는 특유의 기다란 사각 형태의 메뉴판을 들어 보이고는 재즈바와 주문에 관해서 친절하게 설명했다. 수연과 시우는 마스터의 말을 듣고는 메뉴판을 돌려보며 들여다보기 시작했다. 시우는 메뉴판을 한번 훑고 금방 고른 듯했지만, 수연은 한참 동안 고민하고 있었다.

"저는 골랐어요, 수연 씨. 혹시 안주는 뭐가 좋으세요?"

"음, 저는 사실 배불러서 안주는 없어도 될 것 같아요. 술은… 사실 양주나 칵테일은 잘 몰라서 도저히 못 고르겠어요. 시우 씨가 골라주시면 안 돼요?"

수연은 메뉴판 위에서 손가락으로 그림을 그리듯 갈팡질팡하더니 시우를 향해 도움을 청했다.

"그러시면 저랑 같은 걸 드셔도 되고… 아! 마스터한테 여쭤보는 게 가장 좋지 않을까요? 저는 어떤 걸 먹을지 모를 때면 무조건 그렇게 하는 편이거든요."

"오, 좋아요! 아무래도 직접 만드시니까 가장 잘하시는 걸 추천해 주실 것 같아요."

수연은 시우의 말에 동의하며 고개를 끄덕였다. 수연이 고개를 끄덕이자마자 기다렸다는 듯한 마스터의 말이 들려왔다.

"아무래도 레이디께서 메뉴 선택에 고민하고 계시는군요. 그럴 때면 여러 가지 방법이 있지만 방금 말씀하셨듯이 제가 가장 잘하는 걸 드리는 방법이 있지요. 하지만 저는 솔직히 말씀드리면 제가 가장 잘 만드는 종류가 뭔지는 모르겠습니다. 다 비슷하게 평균은 한다고 생각하거든요. 아! 혹시 남자분은 어떤 술을 고르셨나요?"

마스터는 손가락으로 턱을 매만지며 고민하더니 시우를 향해 물었다.

"저는 김릿Gimlet이요. 처음 먹었던 칵테일이 김릿인데 그 기억이 참 좋아서 바에 올 때면 늘 첫 잔은 김릿을 먹습니다!"

"오호, 첫 잔이 김릿이라…… 저랑 취향이 비슷하시군요. 송곳이라는 뜻의 그 이름처럼 사람 마음의 한가운데를 쉽게 뚫고 사로잡는 술이지요. 하지만 맞은 이름과는 다르게 진Gin, 라임 스퀴즈, 설탕이 밸런스가 잘 잡혀서 아주 독하지도 않고 시원하게 톡 쏘면서 부드러운 느낌을 주기도 하고요. 여성분도 첫 잔으로 김릿 한잔하시는 게 어떠실까요? 저도 아주 오랜만에 그 칵테일을 맛보고 싶어졌네요."

마스터는 시우의 얼굴을 가만히 보더니 시선을 아래로 내리며 쓴웃음을 짓고는 수연을 향해 제안의 말을 건넸다.

"좋아요! 저야 두 분이 좋아하시는 칵테일이라니 더 믿음이 가는데요? 게다가 뭔가 부드러우면서도 톡 쏘는 맛이라 하니 제 취향이거든요. 저도 김릿으로 할게요."

"네, 알겠습니다. 두 분 조금만 기다리세요."

마스터는 수연과 시우를 번갈아 보며 감사의 고개 인사를 한 후, 몸을 옆으로 돌려 견과류를 담은 조그만 나무 접시와 색 바랜 붉은 황혼과 별밤이 그려져 있는 코스터를 그들 앞에 놓았다. 그러고는 다시 몸을 뒤로 돌리곤 이내 천천히 차분하게 술을 고르기 시작했다.

"시우 씨, 시우 씨는 평소에 재즈바를 되게 자주 오셨나 봐요. 제가 재즈바를 안 골랐으면 큰일 날 뻔했어요. 사실 재즈바 말고 다른 후보로 조용한 포장마차도 있었거든요."

수연은 뒤돌아선 마스터의 앞에서 일어나는 일들이 연금술 같다고 생각하다가 다시 시우를 향해 고개를 돌리고 말을 시작했다.

"그래요? 하하, 그런 거로 걱정하지 마세요. 저 포장마차도 좋아하거든요. 그래도 정말 잘 골라주신 게, 재즈바는 제가 정말 좋아하는 장소 중 하나에요. 실제로 평소에 혼자 재즈바 가서 책도 읽고 시도 많이 썼거든요. 특히 재즈바란 공간은 그 도시의 색을 아주 잘 담고 있어서, 여행 갈 때 낮에 도착하면 서점을 먼저 가고 밤에 도착하면 꼭 재즈바를 가요. 뭔가 그 도시의 가장 밝은

우리 책장을 합치죠

곳과 가장 어두운 곳을 제대로 체험할 수 있는 장소라는 생각이 들거든요."

시우는 지난 여행 경험을 떠올리기 위해 왼쪽 위로 향한 눈을 살짝 감았다가 뜨면서 말했다.

"아, 어쩐지! 뭔가 눈동자가 커다랗게 동그래지시더라니까요. 저는 일할 때 재즈 음악은 자주 틀어놔서 익숙하지만, 재즈바는 경험이 많지 않거든요. 뭔가 어둡고 혼자 가긴 무서운 것 같아서 눈앞에서 지나가 본 게 전부예요. 근데 시우 씨 이야기 들어보니까 앞으로는 자주 가도 좋겠어요. 사실, 이 공간을 두 번째 장소로 고르면서 시우 씨랑은 가도 참 괜찮겠다는 생각이 들었거든요."

"그렇게 생각해 주신다면야 저는 참 감사하죠. 근데 저를 설득하실 마지막 장소로 왜 재즈바를 정하신 거예요?"

"사실 특정 지어서 재즈바 같은 공간에서 이야기하고 싶다기보다 조용하게 자신의 삶을 되돌아보면서 술을 마실 수 있는 장소를 원했어요. 시끄럽게 술을 마시면서 떠드는 공간보다는 삶의 이야기가 묻어나오는, 조용히 술을 마시면서 고민을 나눌 수 있는 장소를 고르고 싶었거든요. 그래서 생각난 곳이 지나치면서 늘 봤었던 이곳과 오래된 여의도의 포장마차였어요. 방송국에 온 라디오 사연들 보면 포장마차에서 일어난 이야기들이나 조용한 바에서 나눈 인생 이야기들이 많거든요. 술이란 건, 때때로 문제를 일으킨다는 단점이 분명히 있지만, 사람의 속내를 솔직하게 만들기도 하잖아요? 물론 뭐든지 적당히 마시는 게 좋겠지만요."

수연은 방송국에 날아왔던 수많은 사연을 떠올리며 말했다.

"맞아요. 사실 저도 홀로 방황할 때, 아무에게도 말하지 못하는 속 이야기를 재즈바의 바텐더께 말씀드린 적도 꽤 많아요. 오히려 가까운 친구일수록 속내를 더 이야기하지 못하는 경우도 많잖아요? 근데 조용한 재즈바에서 좋아하는 곡을 들으면서 좋아하는 술을 곁들이면 저도 모르게 속 이야기를 하게 되더라고요. 그게 아마 재즈바가 지닌 큰 매력 중 하나일 거예요… 아하! 그래서 이곳에서 제게 속 이야기를 더 꺼내신 다음, 설득하려고 하신 거예요?"

"헤헤, 그렇다기보다는… 음… 방금 말씀드렸듯이 이 재즈바처럼, 잘 모르는 이에게 삶의 이야기를 솔직하게 꺼낼 수 있는 장소들이 에세이와 닮았다는 말씀을 드리고 싶었어요. 이 장소를 좋아하시면 아마 이미 아실지도 몰라요. 에세이란 장르는 작가가 누구에게도 하지 못하는 이야기를 독자들에게 토로하면서 자신의 가치관을 확인하고 정립하거나 혹은 삶의 길을 만들어 가는 행위를 할 수 있는 공간이라는 사실을요. 특히, 사람을 더 날 것으로 보이게 하고 깊이 생각하게 만드는 지점이 비슷한 듯해요. 감히 정의하지는 못하지만, 자기 삶에 대해 고민하고 죽음까지도 이해하려고 하는 데 시간을 쏟을 수 있는, '무언가들' 같아요. 그런 행위와 공간이 점점 사라지는 세상이잖아요…. 아무튼 정리하자면, 아까 시장도 그랬지만, 진짜 사람 냄새 나는 이러한 장소들을 닮은 글이 에세이라고 생각해요. 아마 시우 씨가 그렇게나 재즈바를 좋아하신다면, 이 책『시, 공간』은 재즈바를 닮은 에세이를 사랑하는 제게 양보해 주시는 게 맞지 않을까요?"

수연은 한참 진지한 표정으로 말하다가 마지막에는 온종일 그러했듯『시, 공간』책을 흔들어 보이면서 시우를 향해 물었다.

수연의 마지막 질문에 시우가 답하려는 순간, 둘의 앞에서 갑작스레 '탁!' 하는 소리가 들려왔다.

"자, 주문하신 김릿 두 잔입니다! 오랜만에 아주 맛나게 만들려다 보니 생각보다 시간이 약간 걸렸네요. 하는 김에 제 것도 만들어서 맛보았는데, 흠, 아마 생각보다 더 좋으실 겁니다. 그런데 두 분 무슨 이야기를 하고 계셨나요? 일부러 들으려고 한 건 아니지만, 꽤 흥미로운 이야기가 들려서요. 혹 제가 방해했다면 저는 조용히 물러나 있겠습니다."

시우와 수연의 코스터 위로 김릿 두 잔을 내려놓은 마스터가 수연과 시우를 번갈아 보며 물었다.

"앗, 감사합니다. 잘 마실게요. 사장님. 음, 다름이 아니라 저희가……"

시우는 책을 사기 위해 들른 서점에서 처음 만난 수연과 지금까지 함께 시간을 보낸 이야기를 간단하게 설명했다. 특히, 지금 수연이 들고 있는 이 책의 향방을 아직도 결정하지 못해 고민이라는 것이 이야기의 중점이었다. 마스터는 가만히 시우와 수연 그리고 아까는 보지 못했던 책을 번갈아 집중해서 바라보더니 특유의 습관인 듯, 턱을 다시금 매만지기 시작했다.

"마스터는 어떠세요? 아무래도 제가 갖는 게 맞겠죠? 마스터도 느끼셨겠지만, 이곳처럼 예쁜 곳과 닮은 에세이가 이 책에 담겨있는 것 같으니, 제가 갖는 게 당연하겠죠?!"

수연은 마스터에게 정답을 받아내려는 듯, 애교 섞인 어조로 말했다.

"에이! 무슨 말이에요. 아까까지 시가 얼마나 아름다운지 한참 이야기 나눠 놓고선! 분명, 이 책은 아름다운 시가 담겼을 테니 제가 갖는 게 더 맞겠죠, 마스터?!"

시우 또한 질 수 없다는 듯이 맞받아치며 마스터를 향해 물었다.

"음… 어렵군요."

마스터가 답했다.

"그럼, 마스터. 마스터는 시가 좋으세요? 아니면 에세이가 좋으세요?"

마스터의 고민하는 표정을 본 수연이 이대로 안 되겠다는 듯, 최후의 질문을 던졌다.

"오! 그럼 되겠네요. 수연 씨, 우리 이렇게 이야기하다가는 끝이 안 날 것 같으니까, 마스터가 만약 시와 에세이 장르 중 하나를 딱 말하면, 그 장르를 지지한 사람이 갖는 것으로 하는 게 어때요? 정말 미련 없이!"

시우가 수연의 질문을 듣고는 손가락으로 '딱!' 하는 소리를 내며 수연을 향해 물었다.

"좋아요. 이렇게 하다가는 우리 오늘 여기서 밤샐 것 같아요. 마스터, 답해주세요!"

"음… 저는…."

마스터는 내내 고민하는 표정을 짓더니, 서서히 입을 열기 시작했다. 그러나 말하려다 다시 입을 닫아 버리곤, 이번에는 턱이 아닌 자신의 옆 구레나룻을 매만지기 시작했다.

수연과 시우는 기대와 걱정이 찬 눈빛으로 마스터를 주시했다.

"저는 사실, 소설을 좋아합니다. 시랑 에세이 둘 다 지금은 따분하거든요. 인생은 거기서 거기, 사람 사는 생각은 다 비슷한 것 같아서 뭔가 픽션이 가미돼서 톡 쏘는 스토리텔링이 당긴달까요. 마치 이 김릿처럼요. 나이 들어서 그런가, 하하하!"

마스터는 사람 좋은 웃음을 지으며 안절부절못하는 수연과 시우가 귀엽다는 듯이 말했다.

"아, 그게 뭐예요! 장난치지 마시고 하나만 골라주세요, 네?!"

수연이 양쪽 볼에 바람을 잔뜩 넣고는 칭얼거렸다.

"하흠, 근데 정말로 요즘의 저는 소설을 제일 좋아해요. 그렇다고 시와 에세이를 싫어하는 건 아니지만, 옛날에 나름 질릴 만큼 읽어서 최근에는 소설만 읽습니다. 물론 그것도 언제 변할지는 모르지만요. 특히 여러분이 만나신 이야기처럼 클리셰가 잔뜩 묻은 이야기를 너무 좋아하죠."

"클리셰요? 어! 그 이야기 책방 사장님도 하셨었는데, 또 그 단어를 듣다니 신기하네요!"

시우가 의아하면서도 놀란 표정으로 말했다.

"사람 생각하는 건 다 비슷하니까요. 저도 조금 전 남자분의 말씀을 들으면서 참 기묘한 인연이라는 생각이 들었습니다. 물론 이야기만 들어보면 어디서 한번 들어본 법한 이야기지만 우리 삶에서 실제로 그런 일은 거의 일어나지 않거든요. 대부분 사람은 운명을 이야기하지만, 이미 일어난 일을 운명이라 믿고 싶어 하는 그 마음 자체가 운명이지, 사실 정말 수학적으로 드문 일들은 운명이라기보다는 확률의 기적이라고 말하고 싶네요. 여러분이 마주치시고 여기까지 오신 것도 어쩌면 정말 희박한 기적 아닐까, 합니다. 그리고 책은… 그 기적이 시작되기 위한 오브제였을 뿐, 정말 중요한 건지는 잘 모르겠네요."

"기, 기적이요? 헤헤, 마스터도 정말 시우 씨 이야기처럼 아까 그 책방 사장님과 비슷하게 말씀하시는 것 같아요. 근데, 그렇게 말씀해 주시면 저희가 이 책을 놓고 주고받은 이야기랑 마스터께 여쭤본 질문과 답이 사라지잖아요."

수연이 어두운 재즈바 속, 돋보이는 하얀 손가락으로 책을 쓰다듬으며 말했다.

"글쎄요, 새 책치고는 커버도 낡아버리고 띠지도 사라진 듯한 이런 책을 굳이 가질 이유가 있을까요? 그리고 처음에는 그 책 때문이었을지는 몰라도, 두 분이 함께했던 시간과 시와 에세이에 관해 주고받은 즐거운 이야기는 사라지지 않았을 테니 이 누추한 곳까지 찾아오신 게 아닐까, 합니다. 음, 제 생각엔 제게 물어보시는 것보다는, 두 분의 마음속에 또 다른 정답이 있을 것 같군요. 아닌가요?"

마스터는 두 사람의 눈동자 한가운데를 지그시 번갈아 쳐다보며 말했다. 그 눈빛은 마치 김릿처럼 사람의 마음을 꿰뚫는 듯한 눈빛이었다. 순간, 어색하고도 이상한 정적이 흘렀다. 아무래도 수연과 시우, 모두 마스터의 말과 눈빛을 받아들이곤 정곡을 찔림과 동시에 이상한 어색함을 느낀 듯했다. 그러한 정적의 시간을 깨버린 것은 마스터의 휴대폰 벨 소리였다.

"아이고. 두 분 죄송합니다. 이렇게 중요하고 진지한 이야기를 하는 도중에 제가 꼭 받아야 하는 물건의 택배기사님 연락이 왔네요. 잠시 개인적인 전화를 해야 해서 바를 비워두어야겠군요. 혹시 다른 손님이 오시면, '잘생긴 마스터!' 하고 크게 소리쳐

주시면 됩니다. 길진 않아요. 한 십 분 십오 분이면 충분할 것 같습니다."

마스터는 두 손을 모으며 부탁한다는 제스처를 취하고는 시우와 수연을 향해 말했다.

"걱정하지 마세요. 잠깐인데, 당연한 거죠. 괜히 저희 고민의 답을 마스터님께 여쭤본 것 같아 마음 쓰이네요. 편히 다녀오셔요."

시우의 말이 끝나자마자 마스터는 기다렸다는 듯이 빠르게 날아가는 다트 핀처럼 비품실 안으로 사라졌다. 둘은 조금 전 정적을 이어가려는 듯, 한동안 서로 다른 곳을 쳐다보며 말이 없었다. 그 정적 속에서 먼저 입을 연 것은 수연이었다.

"마스터 말이 맞는 것 같아요."

수연이 칵테일 잔의 모서리를 손가락으로 매만지며 말했다.

"어떤 말이요?"

"음, 우리 마음속에 정답이 있다는 말이요. 솔직히 말씀드리면 처음에는 책을 꼭 얻고 싶어서 오기로 움직였는데 시우 씨랑 다니다 보니까 책보다 더 중요한 것을 얻게 된 거 같거든요. 저를 돌아볼 수 있었을 뿐만 아니라 제가 늘 추구했던 삶의 시야를 넓히는 데 조금 성공한 기분이 들어요. 게다가 시우 씨라는 좋은 사람을 알게 되어서 저도 괜스레 더 좋은 사람이 된 느낌이에요. 고마워요, 시우 씨."

수연은 잔의 모서리를 매만지던 손가락을 멈춘 후, 시우의 눈 한가운데를 바라보며 말했다.

"그러게요. 저도 수연 씨와 같아요. 사실 처음에는 책이 중요했지만, 수연 씨랑 같이 다니다 보니 어느새 책보다는 저 자신을 돌아보면서 더 좋은 쪽으로 변화하게 된 것 같아요. 수연 씨를 통해서 그동안 덮어두었던 진짜 '나'라는 책장을 다시 열어서 드러낼 수 있게 된 것 같달까요. 저도 수연 씨라는 책, 좋은 사람을 알게 되어서 너무 다행이라는 생각이 들어요. 다시 한번 정말 고마워요. 수연 씨."

시우는 자기 말을 들으며 부끄러운 표정을 짓고 있는, 수연의 눈동자에 비친 자신을 응시하며 말했다. 시우의 말을 끝으로 또다시 정적이 흘렀다. 그러나 아까의 정적과는 다른, 따스한 무언가가 주변의 공기를 서서히 채우고 있었다. 그 공기를 머금은 수연의 목소리가 천천히 페이드인 되기 시작했다.

"정말… 사랑에 빠질 수밖에 없겠네요."

수연 또한 자신을 바라보는 시우의 눈에 비친 자신을 발견하고는, 미소와 함께 시선을 아래로 내리며 말했다.

"네? 그게 무슨? 이번엔 이곳의 무엇과 사랑에 빠지신 걸까요?"

"어휴… 참, 무슨 남자가 그렇게 눈치가 없어요? 아니면 저 창피하게 하려고 일부러 모른 척하는 거죠?!"

"네?"

당황한 시우가 되물었다.

"가벼운 사람으로 보일지도 모르고, 이상한 여자처럼 보일지도 모르고, 아직 시우 씨에 대해서 아는 것도 별로 없어요. 갑작스럽고 너무 빠를지도 모르고요. 그래도 삶은 단 한 번이잖아요. 지금 당장 서울 한복판에 별이 떨어져서 내가 죽을지도 모르고! 그러니까 저, 태어나서 처음으로 하고 싶은 대로 먼저 제 감정 표현해 볼래요. 이런 느낌도 처음이니까요. 나, 앞으로 시우 씨랑 진

우리 책장을 합치죠

지하게 만나보고 싶어요."

수연은 다시 한번 시우의 눈동자 중심을 응시하며 말했다.

"그러니까 어떤? 진지하게 만난다는 건…?"

시우는 갑작스러운 수연의 말에 당황을 감추지 못하고 물었다.

"어휴, 답답해. 점점 좋아진다구요. 그쪽! 이 책을 설령 내가 가지고 가서 혼자 본다고 해도 시우 씨 생각으로 점점 책 속 페이지가 가득 찰 것 같아요. 그, 그러니까, 같이 보자고요… 책!"

"아…! 아, 그렇군요."

"뭐, 뭐에요, 대답이 그게. 혹시 생각할 시간이 필요하다거나 거절이면 확실히 말해주세요. 제가 이렇게 자신 있게 말하는 것 같이 보여도 지금 엄청 부끄럽단 말이에요."

"음, 미안해요. 죄송하지만 저… 그렇게는 못 할 것 같아요."

시우는 부끄러워 차마 고개를 들지 못하는 수연을 보며 단호하게 말했다.

"네? 아, 네… 그, 그래요? 너무 단칼에 거절하시니 갑자기 민망해지네. 하하… 미안해요, 시우 씨, 괜히 부담스럽게 해서. 정, 정말 책을 갖고 싶으셨나 보다! 저 혼자 이상하게 맘대로 착각했나 봐요. 아, 진짜 현수연, 미치겠다 정말! 못 말린다, 못 말려…. 이거 다 잊어주세요. 하하하…."

수연은 시우의 단칼 같은 대답에 고개를 들어 흘깃 시우를 쳐다보더니 시선을 여기저기로 돌리며 말했다.

"아, 아니요! 저기, 그런 게 아니라…. 그, 그런 건 남자가 말하는 게, 더 클리셰적이고 아름답잖아요…. 그러니까 방금 일은 없던 거로 하고 제가 먼저 말할게요. 수연 씨, 괜찮으시면 저 좀 봐주실래요?"

"네…?!"

"저, 저도 오늘 처음 본 사람한테 이런 말 하는 건 난생처음이에요. 이런 느낌도 처음이고요. 태어나서 운명 같은 건 믿어본 적도 없고, 믿고 싶지도 않았거든요. 그런 건 어디까지나 수학적 확률이라고 생각했으니까요. 하지만 아까 마스터의 운명에 관한 말을 들으면서 어쩌면 수연 씨와의 인연이 운명이 아닐까, 하는 생각을 저 스스로 한 것 자체가 운명, 아니, 기적이라는 생각이 들었어요. 그러니까 이번엔 제가 확실히 말할게요. 저는 수연 씨가 좋습니다. 정말요. 그저, 마음속에서 정말이란 단어가 한없이 떠오르거든요. 수연 씨의 목소리가 귓가에 들려오고 행동 하나하나가 눈에 찰 때마다 점점 그 단어와 가까워지고 싶다고 생각했어요. 그러니까, 그러니까… 우리, 책장을 합치죠!"

시우는 수연의 눈동자 한가운데를 향해 당당한 고백을 건네며 환하게 미소 지었다.

"좋, 좋아요. 어?! 으응? 네? 뭘요? 책장을요? 갑자기?"

수연은 시우의 말을 들으며 표정이 환해지다가 마지막 말을 듣고는 매우 당황한 듯이 볼이 불그레해지며 물었다.

"아, 그게. 그, 그러니까. 다름이 아니라 우리는 서로 다른 장르 책을 좋아하니까, 같이 합쳐서… 아, 아니…. 그 뭐라 해야 하죠? 교… 교환? 아, 아무튼, 수연 씨가 좋다는 의미에요!"

"저기요, 시우 씨. 그런 문장은 상대방한테 프러포즈할 때나 하는 말이라고요. 아이, 정말! 눈치는 없으면서 이렇게 갑자기 확 들어오면… 너무 부끄럽잖아요. 제가…"

우리 책장을 합치죠

"아! 아, 그런가요? 그런 의미로 쓰이는구나. 하하… 저도 어쩐지 뱉어 놓고 뭔가 이상한 기분이 들더라고요. 그럼, 제가 그 말은 꼭 나중에…"

"어휴, 무슨 김칫국을 벌써! 진짜 저만큼이나 이상한 사람 같아요, 시우 씨는."

"그, 그래요? 근데 진지하게 만난다는 건, 결국 그런 의미 아닌가요? 저는 정말로 진지한데…."

자신을 바라보며 못 말린다는 표정을 짓는 수연을 본 시우는 여느 때보다 진실한 눈빛으로 말했다.

"그렇네요. 그렇죠…. 정말이죠. 우리 정말인 거죠?! 정말…! 헤헤, 아, 아무튼, 고마워요. 시우 씨… 그렇게 멋지게 먼저 말해 줘서. 그리고 시우 씨가 방금 너무 앞서가서 저도 조금 앞서가고 싶은 생각에 하는 말인데, 저 앞으로 시우 씨를 닮은 에세이를 써 보려고요!"

"정말요? 감동이네요. 고맙다는 말 오늘 너무 많이 한 것 같은데, 수연 씨를 보면 왜 계속 더 하고 싶어질까요. 제가 더 고마워요, 수연 씨! 그럼 그렇게 말씀해 주신다면야 앞으로 저는, 수연 씨를 닮은 시를 쓰는 시인이 될게요."

서로의 진심이 서로의 마음 중심에 닿자, 둘은 자연스럽게 눈을 맞추며 청초한 미소를 지었다. 만약 시우와 수연 둘의 커다란 미소를 합친다면 마치 하나의 투명한 원으로 연결될 것만 같았다.

"근데, 수연 씨는 언제부터 제가 마음에 들었어요?"

"아, 진짜 시우 씨! 그런 걸 지금 물어보면 안 되죠. 이 타이밍에 민망하게, 정말!"

시우의 진지하고도 급작스러운 질문을 들은 수연이 부끄러워하며 시우를 구박하려는 찰나, 어디선가 중저음의 편안한 목소리가 들려왔다.

"죄송합니다. 제가 조금 늦었네요. 자! 두 분 결정하셨나요?"

마스터가 사라질 때와는 달리 여유로운 걸음으로 바에 들어오며 두 사람에게 물었다.

"어… 저기 마스터, 그게…!"

"어… 그, 그게요!"

두 사람은 갑작스레 등장한 마스터의 얼굴을 보고는 횡설수설하며 답했다.

"오… 아하! 오호라! 그게 그렇게 돼서, 이게 이렇게 되고, 저게 저렇게 돼서, 그게 그렇게 된 거군요! 지금, 이 순간 청춘이네요, 여러분은. 자! 이제 어떻게 하시겠습니까? 기분이 좋으실 테니 술을 더 드셔도 좋고! 아니면 세상을 보는 시선이 달라지셨을 테니, 새로운 마음으로 두 분이 깊은 밤거리를 산책하셔도 좋고요. 이곳, 종로의 밤거리는 어떤 마음이냐에 따라 걸으면 걸을수록 더 아름다워 보이니까요."

마스터는 두 사람의 상기된 얼굴을 번갈아 보며 타이밍에 맞춰 말을 건네더니 흐뭇한 표정을 지었다.

"그, 그럼, 오늘은 이만 가보도록 하겠습니다. 마스터 말대로 밤 산책이 좋을 것 같아서요. 종로의 밤거리가 아까와는 다르게 보일 것 같아서, 괜스레 궁금해졌기도 하고요. 민, 민망하기도 하고, 하하……."

시우가 말했다.

우리 책장을 합치죠   287

"네, 저도 말씀을 들으니 갑자기 밤거리를 걷고 싶어졌어요. 걸으면 걸을수록 더 아름다워 보인다니! 마스터 시인 같으신데요, 꼭?! 헤헤, 어, 근데 저희 이 책은 어떻게 해야 할까요? 결국, 결정 못 한 것 같아서 이렇게 가기에는 아쉽기도 하고요."

"수연 씨 말대로 그건 저도 그렇네요. 어떻게 하는 게 좋으려나…"

"시우 씨. 우리 그럼, 이렇게 하는 게 어때요? 사실 저는 시우 씨가 읽었던 다른 시집들도 엄청 궁금해졌거든요. 그러니까 그 시집들을 먼저 읽고, 시우 씨 시도 읽은 다음, 시우 씨를 천천히 더 알게 되고 난 후에 저 책을 함께 제대로 마주 보고 싶은데, 그때까지 마스터만 괜찮으시면 이곳에 책을 맡겨두는 건 어떨까요? 마스터도 요즘은 소설만 읽는다고 하시니, 저희가 올 때까지 이 책을 훑어보시면 다시 시랑 에세이가 좋아지실 수도 있잖아요!"

수연은 아이디어가 떠올랐다는 듯이 신나게 말하더니, 금세 그 말이 부끄러웠는지 볼이 빨갛게 달아올랐다.

"오! 좋은 아이디어인데요? 저도 수연 씨가 읽었던 에세이를 읽고 싶어졌거든요. 서로 시집과 에세이를 교환하면서 읽고 난 후에 저 책을 함께 보면 더 좋을 것 같아요! 저기 마스터, 혹시 괜찮으시면 이 책을 맡아 주실 수 있으실까요? 아무래도 불편하시겠지만… 혹, 맡기는 비용이 필요하시다면 당연히 지급할 용의가 있습니다!"

시우는 수연의 볼이 참 귀엽다고 생각하고는 이내 마스터를 향해 정중하게 물었다.

"하하하! 그런 비용은 안 주셔도 됩니다. 음, 좋습니다. 오히려 좋아요. 그 정도야 어렵지 않죠. 게다가 이 책을 맡아드리면 또 술을 드시러 오실 수밖에 없을 테니 대한민국의 힘든 자영업자로서 멀리 보면 더 좋은 거죠. 자영업이란 게 생각보다 더 힘들거든요, 하하, 저도 여러분이 읽기 전에 오랜만에 이 책을 읽어볼까요."

마스터는 오케이 제스쳐를 그리며 답했다.

"정말 감사합니다, 마스터. 꼭 다시 올게요! 그럼, 일단 계산을…"

시우가 지갑을 꺼내면서 말했다.

"오늘은 첫 방문이니까 서비스! 저도 덕분에 추억의 김릿을 마셨으니까요. 그리고 저희 재즈바는 이 시간에 사람이 별로 없어서 사실 엄청 심심하거든요. 저도 덕분에 즐겁고도 재밌는 장면을 보았으니, 서비스와 함께 감사의 말씀을 드리고 싶군요. 여러분은 이제 저의 단골이라는 운명선 위에 함께 놓이신 겁니다, 하하, 대신 책은… 꼭 찾으러 오셔야 해요? 안 그러시면 폐기 처분하거나 잘라서 코스터로 쓸 겁니다?"

"당연하죠!"

"당연하죠! 여기 있는 술 다 마셔서라도 이 책은 꼭 찾아갈 거예요!"

먼저 대답한 시우에 이어 수연이 마스터를 향해 눈썹에 힘을 준 채로 조그맣고 하얀 주먹을 내보이며 말했다.

"하하, 못 말리는 두 분이시네요. 참 잘 어울려서 보기 좋군요. 그럼 아무튼, 이 책은 잘 맡아두겠습니다. 새로운 분들을 알게 되어서 오늘은 기분이 참 좋네요. 반가웠습니다. 조심히 가시고요. 다시 한번, 저희 재즈 바 창공을 찾아주셔서 진심으로 감사드립니다."

마스터는 한껏 진심을 담아 인사말을 건넸다.

우리 책장을 합치죠

"네, 감사합니다. 조만간 다시 올게요!"

시우와 수연은 동시에 활기차게 답하더니 조용하면서도 즐거움이 묻어나는 걸음으로 재즈바 〈창공〉을 나가기 위해 커다란 나무 문으로 향했다. 뒤에서 바라본 둘의 공간은 이전과 달리 훨씬 가까워져 맞붙은 것처럼 보였고, 수연이 온종일 들고 다니던 책이 들려 있던 오른손에는 어느새 시우의 손이 맞물려 있었다. 그 풍경은 마침 재즈바에 흘러나오고 있던 〈스테이시 켄트Stacey Kent - 이프 아이 해드 유If I Had you〉의 가사 내용을 누군가 풀어 그들의 발끝과 손끝에 묻혀놓은 듯했다.

"훗. 재미있는 손님들이었어. 근데, 오늘은 뭔가 저 손님들이 첫 손님이자 마지막 손님일 것 같다는 안 좋은 느낌적인 느낌이 든단 말이지. 아, 자유가 없는 자영업자의 삶이란. 휴, 괜히 일찍 닫고 집에 들어가면 또 친구 녀석들한테 게으르다고 잔소리 들으려나. 아니면 일찍 집에 들어가서 택배 언박싱이나 하면서 놀까."

마스터는 하나의 유기체처럼 붙어 나가는 시우와 수연의 뒷모습을 흐뭇하게 바라보더니, 더 만들어 두었던 자신의 김릿 칵테일을 손으로 흔들며 차오르는 거품을 향해 혼잣말했다.

Everything happens to me ♬ I never miss a thing ♩

"뭐야? 누구지?"

마스터의 휴대전화 진동과 벨 소리의 가사가 재즈바의 음악과 엉겨 붙으며 울려 퍼졌다. 마스터는 궁금증에 혼잣말을 되뇌고는 전화기를 꺼내 누구인지 확인하지도 않고 바로 밀어서 당김을 해제했다.

"여! 빼먹지 않고 장사 잘하고 계시는가? 후후, 또 괜히 딴짓하면서 희귀도서 택배나 받는 건 아니지? 후후."

마스터의 휴대전화 너머로 그의 귀에 익숙한 목소리가 들려왔다.

"어휴, 내가 맨날 노는 줄 아냐? 나도 장사해야지. 근데, 늘 하는 말이라 안 하면 섭섭할 테니 어쩔 수 없이 해야겠군. 에헴, 이게 누구야?! 재즈바 〈창공〉의 친구! 책방 〈지평선〉의 자영업자님이 아니신가. 짜식! 전화한 거 보니까 뭔가 찔리거나 아니면 기분 좋은 일이 있어서 전화한 게 분명한 것 같은데?"

마스터가 늘 하던 장난스러운 멘트를 던지며 물었다.

"후후, 그게 뭔 소리야, 우리 사이에 새삼스럽게. 같은 자영업자끼리 섭섭한데? 하늘이 무서우면서도 그리워 지하에서 상천(上天)을 찾는 창공의 마스터님. 오늘은 중간과 조금 더 가까워지셨나? 나처럼 지평선에서 살면 자연스럽게 해결될 텐데 말이야. 후후, 아, 맞다! 야. 오늘 우리 가게에서 엄청 클리셰적인 일이 일어났다니까! 너도 들어보면 깜짝 놀랄걸? 후후."

"오호, 클리셰적이라. 무슨 일인지 꽤 궁금해지는데?"

"걱정하지 마. 안 그래도 나 오늘 다 정리하고 끝내서 그쪽으로 바로 넘어갈게. 후후, 너에게는 새로운 소재가 될 거야."

"그래? 맨날 나한테 장사 일찍 접는다고 뭐라 하더니! 그나저나, 오늘 나한테 소재가 되는 사람이 내 앞에 많이 나타나는데? 나도 방금 되게 클리셰적인 일이 있었거든. 아무튼! 얼른 놀러 와서 매상 좀 올려 달라고. 지금 손님도 없으니까."

우리 책장을 합치죠

"콜! 한 십오 분 걸려. 내 첫 잔 뭐지 알지? 도착하는 시간 딱! 맞춰서 만들어줘. 프로라면 그 정도는 해줄 수 있잖아? 바에 도착하는 순간! 알코올을 바로 온 세포에 전달할 수 있게 말이야. 오늘 술 마시고 싶어서 하체 두 시간이나 했다고. 곧 보자 브라더! 후후."

마스터의 오랜 친구인 책방〈지평선〉주인의 주문을 끝으로 둘의 통화 소리는 풍기는 음악 선율에 삼켜져 사라졌다. 마스터는 새롭게 흘러나오는 음악의 선율을 알아차리곤, 눈을 감고 잠시 음악을 음미하더니 천천히 눈을 떴다. 이내 수연과 시우가 두고 간『시, 공간』책의 표지 위, 밤하늘의 별처럼 보이는 제목을 첫 획부터 끝 획까지 손가락으로 천천히 매만지며 써 내리더니, 남아 있는 김릿을 고요히 맘속으로 들이부었다.

'클리셰, 운명, 중간이라…. 재밌네. 역시 인생은 요지경이야. 이러나저러나 결국, 빛과 어둠은 반복되면서 한 점에 이르는 건가.'

마스터는 멍하니 재즈바의 둥그런 천장 조명과 빈 잔의 원 모양을 번갈아 보더니『시, 공간』책을 집어 들고는, 바 아래에 있는 조그만 책장 모양의 진열장 안으로 조심스레 밀어 넣었다. 깊고 어두운 진열장 안. 어쩌면 책을 진열해야 하는 책장인지 모를 그곳. 어두운 밤하늘처럼 수많은 별이 주인을 기다리며 빛나고 있었다.

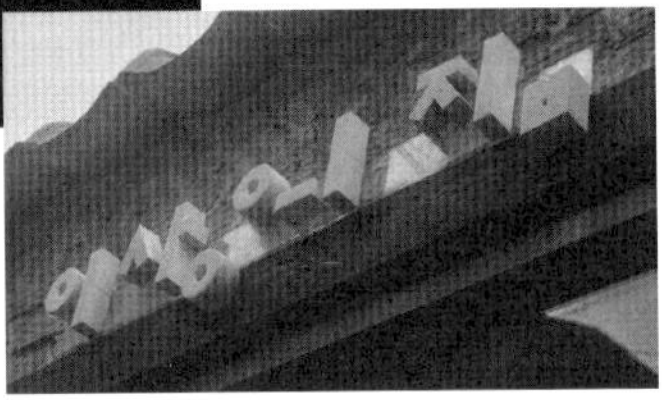

책장을 닫으며

인간은 예술을 느낄 수 있다는 것.

사람들은 이 문장을 즐깁니다. 누군가는 영화를, 누군가는 공연을, 누군가는 음악과 춤을, 누군가는 미술, 전시를, 그리고 누군가는 글을 느끼지요. 그중에서도 글이 묶여서 진화한 책이란 것은 문학이라는 하나의 카테고리로 묶이기도, 나뉘기도 합니다. 문학. 제게 있어 문학은 교과서의 표지 제목으로 더 익숙하긴 합니다만, 그 문학 교과서 속에서도 다시 한번 카테고리는 나뉩니다. 소설, 시, 에세이…. 그렇다면 과연 소설이란 무엇일까요? 시란 무엇일까요? 에세이란 무엇일까요?

혹자는 말합니다. 이런 것은 소설이고 저런 것은 소설이 아니다. 이런 것은 시고 저런 것은 시가 아니다. 이런 것은 무거우니 제대로 됐거나 잘못된 것이고, 이런 것은 너무 가벼워 제대로 됐거나 잘못된 것이다. 다들 각자 배우고 살아오며 느낀 주관으로 말하는 것들이겠지요. 먼발치에 누워, 오고 가는 말들의 광경을 바라보면서, 요즘 저는 그런 생각을 합니다. 어떤 예술이든, 어떤 형태든, 무형이든 유형이든, 인간이 살아있는 동안 자신을 토해내는 물질이라면 정의(定義)와 상관없이 누구든 정말로 느낄 수 있는 것이 예술 아닐까, 하는 생각이요.

태양이 우리은하를 공전하는 동안을 일 년으로 가정하는 우주의 기준으로 보면, 인간의 평균 수명은 사 초 정도밖에 되지 않는다고 합니다. 그 찰나의 순간 동안 창조되고 발현되는 그 물질들은 조금씩 모양만 다를 뿐 결국 다 비슷한 것 아닐까요? 우리가 살아가면서 죽음이란 끝점을 향하며 남기는 기록 혹은 잔적 같은 것이겠지요. 그러니 여전히 제게 있어서 글을 쓰고 책을 낸다는 것은 어두우면서도 정온한 밤하늘에 저만의 별을 새기는 느낌입니다.

제가 낸 책의 분류를 시집이라, 에세이라, 소설집이라, 고르고 보고 읽으시기 쉽게끔 앞으로도 표기할 듯합니다만, 그저 미약한 한 인간에 지나지 않는 제가 저의 날 것을 토해 만들어 낸 유기물의 흔적이라는 생각을 해주시면서, 넓은 관용으로 내내 편히 읽어주시면 감사하겠습니다.

늘 꺼냈던 말 같은데요.
그저, 읽어주셔서 감사합니다.

2023년 어느 따스한 여름날,
슬며시 놀러 온 햇볕의 안녕을 마음에 들이며,
작가 조종하 올림.

P. S. 당신의 책장은 어떻게 생기셨는지요.
그 책장 속 책들이 어떤 온도를 지녔든
오늘은 그 책장을 바라보며 쓰다듬어 주시길.

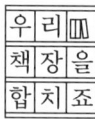

2023년 12월 25일 초판 1쇄

글 쓴 이 조종하
펴 낸 이 김성태
편　　집 김성태
디 자 인 오은진
촬　　영 김성태, 오은진
모　　델 조종하, 김수린
촬영협찬 횡성 카페 〈노랑공장〉, 서촌 Bar 〈비〉, 윤동주문학관, 시인의 언덕, 이상의집, 통인시장

펴 낸 곳 이상공작소
출판등록 제375-2019-000058호
주　　소 세종특별자치시 장군면 대학길 198-14, 403호
전화번호 0506-886-0906　**팩스번호** 0504-404-0906
홈페이지 http://idealforge.kr
인스타그램, 유튜브 @ideal_forge

ISBN 979-11-970938-6-9
ⓒ 조종하, 2023, Printed in Korea
- 이 책은 저작권법에 따라 보호를 받는 저작물로 무단 전재와 복제를 금합니다.
- 본 저작물에는 바른바탕, 이롭게 바탕체, 프리텐다드, 을유 1945, 인천교육자람, AIlura 서체가 사용되었습니다.
- 이상공작소는 표지 및 삽화 촬영에 도움을 주신 횡성 카페 〈노랑공장〉, 서울 서촌 Bar 〈비〉 그리고 모델 공개모집에 응모해 주신 많은 독자 여러분과 공모에 선정되신 '김수린' 님에게 감사의 말씀을 전합니다.